문학이론

LITERARY THEORY : A Very Short Introduction, Second Edition

첫 단 추 시 리 즈

문학이론

조너선 컬러 지음
조규형 옮김

교유서가

서문

문학이론에 대한 많은 입문서들은 다수의 비평적 '학파들'을 설명한다. 이들에서 이론은 각각의 이론적 입장과 명제를 갖고 경합하는 일련의 '접근 방식들'로 여겨진다. 하지만 입문서들이 보여주는 이론적 운동들—구조주의, 해체론, 페미니즘, 정신분석학, 마르크스주의, 그리고 신역사주의 등등—은 많은 공통 지점을 가진다. 이것이 많은 사람들이 '이론' 일반에 대해 이야기하고, 단지 특정 이론들에 대해서만 이야기하는 것으로 보이지 않는 이유이다. 이론을 소개하기 위해서는 이론적 학파를 개괄하기보다는 공통적 질문과 주장을 논의하는 것이 더 좋다. 한 '학파'를 또다른 학파와 대비하기보다는 이론적 움직임들 내에서 현저하게 그 의견이 나뉘는 부분에 주목할 수 있는 중요한 논점을 설명하는 것이 더 바람직한 것이다. 우리 시대의 이론을 단지 서로 경합하는 접근법이나 해석 방법의 집합으로 보는 것은 많은 것을 놓치는 것이다. 우리는 오히려 이론이 폭넓게 상식에 도전하면서 또한 어떻게 의미가 창출되고 인간의 정체성이 형성되는지에 대해 탐문하면서 불러일으키는 관심과 힘에 더욱 주목해야 한다. 나는 일련의 주제를 택하는 것이 더 좋다고 생각하여, 핵심적 사안과 이들에 대한 논쟁 그리고 이로써 얻어졌다고 생각하는 것에 집중하였다.

그럼에도, 문학이론에 대한 입문서를 읽는 사람은 당연히 '구조주의'나 '해체론'과 같은 용어에 대한 설명을 기대할 것이다. 나는 '부록'에 주요 비평 학파나 운동들에 대한 간략한 개요를 덧붙였다. 부록은 처음이나 마지막에 읽을 수 있을 것이고 읽는 과정에서 계속 참고할 수도 있을 것이다.

이 새 판본에서 나는 다수의 논의를 수정하였고, 참고문헌에 최근의 것을 반영하였으며, '윤리와 미학'에 대한 새로운 장을 추가하였다.

차례

제 1 장

이론이란 무엇인가?

오늘날 문학과 문화 연구 분야에서 이론에 대한 많은 말이 있다. 그런데 주의할 것은 그 이론이 문학에 대한 이론이 아니라 단지 '이론'이라는 것이다. 이 분야에 문외한인 사람들에게 이러한 상황은 이해하기 어려울 것이다. 왜냐하면 이론이라고 하면 당연히 "무엇에 대한 이론이야?"라고 질문하게 되기 때문이다. 그런데 이 '이론'은 특정한 것에 대한 이론도 아니고, 일반적 사안에 대한 포괄적 이론 또한 아니다. 가끔 이론은 어떤 것에 대한 설명이기보다는 이론과 관련된 어떤 행위를 지칭하는 것 같기도 하다. 우리는 이론에 관심을 가질 수 있고, 이론을 가르치고 배울 수 있으며, 이론을 싫어하거나 꺼릴 수 있다. 하지만 이러한 행위 역시 이론이 무엇인지 이해하는 데 도움이 되지 않는다.

이러한 '이론'은 문학 연구의 성격을 완전히 변화시켰다고 하지만, 일반적으로 이는 문학과 문학 분석방법에 대한 체계적 설명으로서의 '문학이론'의 변화를 말하는 것은 아니다. 사람들이 오늘날 문학 연구 분야에서 이론이 지나치게 넘쳐난다고 불만을 토로할 때, 이는 가령 문학의 성격에 대한 체계적인 연구나 문학적 언어만의 고유한 특성에 대한 논쟁이 너무 지나치다고 말하는 것이 아니다. 이와는 거리가 멀게도, 이들이 갖는 불만은 다른 곳에 있다.

사람들이 가지고 있는 이러한 불만은 너무나 많은 비문학적인 것들에 대한 논의, 문학과는 거의 관련성이 없어 보이는 일반적 문제에 대한 과도한 논쟁, 그리고 난해한 정신분석학적·정치적·철학적 저술에 치중하는 독서에 대한 것이다. 이론은 영미권 이외의 이름들로 가득하다. 이를테면 자크 데리다(Jacques Derrida), 미셸 푸코(Michel Foucault), 루스 이리가레이(Luce Irigaray), 자크 라캉(Jacques Lacan), 주디스 버틀러(Judith Butler), 루이 알튀세르(Louis Althusser), 조르조 아감벤(Giorgio Agamben), 가야트리 스피박(Gayatri Spivak) 등이 대표적이다.

'이론'이라는 용어

그러므로 이론이란 무엇인가? 문제의 일부는 '이론'이라는 용어 자체가 두 방향을 지향하는 데 있다. 한편으로 예컨대 '상대성 이론'이라는 확립된 명제들이 형성하는 이론이 있다. 다른 한편으로 '이론'이라는 단어는 매우 일상적인 의미로도 쓰인다.

"왜 로라와 마이클이 헤어진 거야?"

"그러니까, 내 이론은 이거야……."

여기에서 '이론'은 무엇을 의미하는가? 우선, 이 '이론'은 가설을 내비친다. 그러나 이론은 막연한 짐작과 다르다. "내 짐작은 이거야……"는 맞는 답은 분명 있지만 나는 알지 못한다는 것을 의미한다. "내 짐작에는 로라가 마이클의 잔소리에 지쳐서인 것 같지만, 둘의 친구인 메리가 오면 확실히 알 수 있겠지." 반면 이론은 메리가 무슨 이야기를 하든 상관없는 가설로서, 맞고 틀리고를 증명할 수 없는 설명이다.

"내 이론은 이거야……"라는 말은 또한 스스로가 명확하지 않은 설명임을 분명히 한다. 그래서 우리는 이 말이 "내 이론은 마이클이 서맨사와 몰래 사귀고 있기 때문이라는 거지"라고 이어질 것이라고 기대하지 않는다. 그것은 이론이 될 수 없다. 마이클과 서맨사가 사귀고 있고, 마이클에 대한 로라의 태도가 그 때문일 것이라는 결론에 도달하기 위해서는 이론적 통찰력이 요구되는 것은 아니다. 흥미롭게도, 만약 이 사람이 "내 이론은 마이클이 서맨사와 몰래 사귄다는 것이야"라고 말한다면, 이러한 관계는 더이상 명약관화한 사실이 아니라 추정(推定)의 문제가 되면서 그럴듯한 이론으로 성립할 가능성이 있다. 하지만 일반적으로 이론이 되기 위해서는 오히려 설명이 자명하지 않아야 되고, "내 이론은, 로라가 내비치지는 않지만 아버지를 항상 사랑하고 있는데, 마이클은 아버지를 대신할 만큼의 사람이 될 수 없다는 것이야"라는 정도의 일정한 복합성을 갖추어야 한다. 이론은 단순한 가정(假定) 이상이어야 하고, 확정적이지 않아야 하며, 여러 요소들 사이의 일종의 체계적이고도 복합적인 관계를 포함해야 하고, 쉽게 확인되거나 부정되지 않아야 한다. 이러한 요소들에 주의를 기울인다면, '이론'이라는 이름으로 통용되는 것을 이해하기가 더 쉬워질 것이다.

장르로서의 이론

문학 연구에서의 이론은 문학의 성격이나 이를 연구하기 위한 방법—이는 이론의 일부이고 이 책에서도, 특히 2, 5, 6

장에서 다뤄질 터이지만—에 대한 설명이 아니다. 이론은 그 경계를 확정하기가 매우 어려운 사유와 글쓰기의 집합이다. 철학자 리처드 로티(Richard Rorty)는 19세기에 시작된 새롭고도 복합적인 한 장르에 대해 다음과 같이 말한다.

> 괴테(Goethe)와 매콜리(Macaulay) 그리고 칼라일(Carlyle)과 에머슨(Emerson)에서 시작하여 발달한 이 새로운 글쓰기 방식은 문학작품들의 가치를 상호 비교 평가하는 것도 아니고, 지성사도 아니며, 또한 도덕철학도 아니고, 사회적 예언도 아니며, 이 모든 것을 함께 묶은 새로운 장르이다.

이 잡다한 장르는 단지 '이론'이라는 편한 이름으로 불리면서, 명백히 자신 이외의 분야들에 도전하고 그들의 방향을 재설정토록 하는 작업들을 지칭하게 되었다. 이는 이론으로 여겨지는 어떤 것이 만들어진 과정을 가장 쉽게 설명한 것이다. 이론이라 여겨진 작업들은 자신의 원래의 분야를 넘어 효과를 발휘하였다.

이런 단순한 설명은 만족스럽지 못한 정의이지만, 1960년대 이후 벌어진 일들을 잘 포착하고 있는 것 같다. 이 시대 이후 문학 연구자들은 자기 분야 바깥의 저술들을 채택하게 되었는데, 그 이유는 언어, 정신, 역사, 혹은 문화에 대한 이들 저술의 분석이 문자와 문화 산물에 대해 새롭고도 설득력 있는 설명을 제시했기 때문이다. 이러한 의미에서의 이론은 문학 연구 방법론들이 아니고, 이론 철학의 기술적 문제에서부터 사람들이 몸에 대해 이야기하고 생각하는 방식의 변화에 이르기까지, 하늘 아래 모든 것에 대한 저술들의 무한한 집합체이다. '이론'이라는 장르는 인류학, 예술사, 영화 연구, 젠더 연구, 언어학, 철학, 정치 이론, 정신분석학, 과학 연구, 사회 지성사, 그리고 사회학의 저술을 포함한다. 주목을 받는 저술은 이들 학문 분야의 논리 속에서 전개되고 있지만, 이들이 '이론'이 되는 이유는 그 시각과 주장이 그 분야를 전공하지 않는 사람들에게도 생산적 암시를 담고 있기 때문이다. '이론'이 된 저술들은 다른 분야의 사람들이 의미, 자연, 문화, 심리적 기능, 공적 경험과 사적 경험의 관계 및 한층 넓은 역사적 힘과 개인적 경험의 관계를 이해하는 데 사용할 수 있는 설명을 제공한다.

이론의 영향

만약 이론이 실질적 효과에 의해, 즉 사람들이 견해를 바꾸도록 하고 연구 대상과 연구 활동에 대해 달리 생각하게 하는 것에 의해 정의된다면, 이러한 효과의 내용은 무엇인가?

이론의 주요 효과는 '상식', 즉 의미, 글, 문학, 경험에 대한 상식적 견해를 문제시하는 것이다. 이를테면 이론은 다음에 대해 의문을 제기한다.

- 어떤 언명이나 텍스트의 의미는 말하는 사람이 '의도한' 것이라는 관념
- 혹은, 글은 그 진실이 다른 곳에, 즉 그것이 표현하는 사안의 경험이나 상태의 표현에 있다는 생각
- 혹은, 실재란 주어진 '현재'에 있다는 관념

이론은 대체로 상식적 관념에 대한 신랄한 비판이자, 우리가 '상식'이라 여기는 것이 사실은 역사적으로 만들어진 대상, 즉 이론으로 보이지도 않을 정도로 자연스러운 것으로 받아들여지게 된 오히려 특별한 이론이라는 것을 보여주려는 시도이다. 상식 비판이자 대안 개념의 모색으로서의 이론은 문학 연구의 가장 기본적인 전제와 가정을 의심하고 당연한 것으로 여겨졌을 수 있는 어떤 것을 흔들어놓는 활동을 포함한다. 의미란 무엇인가? 저자란 무엇인가? 읽는다는 것은 무엇인가? 쓰고, 읽고, 행동하는 '나' 혹은 '주체'란 무엇인가? 텍스트는 그것이 생산된 환경과 어떤 관계를 갖는가?

'이론'의 한 예는 무엇일까? 이론 일반에 대해 이야기하는

대신에, 이론이란 무엇인가를 보기 위해 가장 각광받는 두 이론가의 어려운 저작에 직접 들어가보도록 하자. 이를 통해 상호 연관되어 있으면서도 대비되는 두 개의 이론을 살펴보고자 하는데, 둘은 '성(性)'과 '글', 그리고 '경험'에 대한 상식적인 생각을 비판한다.

푸코의 성(性)

『성의 역사Histoire de la sexualité』(1976~1984)에서 프랑스의 지성사가인 미셸 푸코는 이전 시대, 특히 19세기는 성을 억압하고 현대는 성을 해방하고자 싸웠다는 일반적 관념을 '억압가설'이라 부르고 이에 대해 논의한다. 푸코에 따르면, '성'은 자연스러운 어떤 것이었거나 억압된 것이 아니라, 19세기의 폭넓은 사회적 관행, 연구, 이야기, 저술 즉 소위 '담론' 혹은 '담론적 행태'가 결합하여 생산된 복합 개념이다. 우리가 성 현상의 억압이라는 관념과 연관시키는 의사, 성직자, 소설가, 심리학자, 윤리학자, 사회사업가, 정치가 등의 다양한 담론은 사실 우리가 '성'이라 부르는 것을 생성하게 하였다. 푸코는 다음과 같이 말한다.

'성'이라는 개념은 해부학적 요소, 생물학적 기능, 행동, 느낌,

쾌감이 인위적으로 하나로 결합되면서 가능해졌고, 이로써 이렇게 만들어진 허구는 근본적 원칙이자 보편적 의미로, 그리고 모든 곳에서 발견될 수 있는 비밀의 원동력으로 작용하였다.

푸코는 성적 결합이라는 육체적 행위와 또 인간이 생물학적 성욕과 성기를 가지고 있다는 것을 부정하고 있는 것은 아니다. 그의 주장은 19세기가 '성'이라는 하나의 항목 아래 잠재적으로는 매우 다른 많은 것들을—우리가 성적이라고 부르는 어떤 행동, 생물학적 구분, 신체 부분, 심리적 반응, 그리고 무엇보다도 사회적 의미들 등을—묶는 새로운 방식을 구사했다는 것이다. 사람들이 이러한 행동과 느낌 그리고 생물학적 기능에 대해 이야기하고 이를 다루는 방식이 다른 어떤 것 즉 '성'이라는 하나의 인위적인 포괄적 단위를 창출했고, 이는 개인적 정체성의 근간으로 여겨지게 되었다. '성'이라 불리게 된 이것은 오히려 이제 역으로 그 개념을 창출하기 위해 결합한 온갖 현상들의 **원인**으로 여겨지게 되었다. '성적 충동'과 인간의 '성적 본능'의 중요성을 논의하면서, 푸코는 우리가 어떤 지점에 당도한 것에 주목한다.

그 지점은 수세기 동안 광기라 여겨져온 것으로부터 우리의 지성이 (…) 그리고 이름 없는 충동으로부터 우리의 정체성이 구별되는 곳이다. 이로써 우리는 이 지점에 중요성을 부여하고, 이를 존경 어린 두려움으로 감싸고, 이에 대한 접근에 있어 조심스럽다. 이런 방식으로 지난 수세기에 걸쳐 성은 우리의 영혼보다 더 중요해졌다.

성이 개인적 존재의 비밀이 되고 개인적 정체성의 주요 근간이 된 과정을 잘 설명해주는 것으로는 19세기에 '동성애자'를 하나의 유형이자 거의 하나의 '종'으로 만든 것을 들 수 있다. 이전 시대에 동성 개인 간의 (남색과 같은) 성교 행위는 비난의 대상이었지만, 19세기에는 행위이기보다는 정체성의 문제가 되었으며, 누군가가 금지된 행위를 했다 안 했다보다는 그가 동성애자 '이다, 아니다'의 문제가 되었다. '남색'은 행위였지만, '동성애자는 이제 종이 되었다'는 것이 푸코의 주장인 것이다. 이전에도 동성애적인 행위들은 있어왔고 그것은 누구에게나 가능성이 있는 것이었다. 하지만 이제 그것은 개인의 존재 내용을 결정하는 성적 핵심 혹은 본질의 문제가 되어, "그는 동성애자인가?"라는 질문이 제기된다.

푸코의 설명에 따르면, '성'은 의사, 성직자, 공무원, 사회사업가, 게다가 소설가마저 자신들이 성적이라 판단한 현상들을 다루는 방식, 즉 복수의 사회적 행태나 제도와 연관된 담론들에 의해 구축된다. 하지만 이들 담론은 성을 담론 자체보다

선행하는 것으로 여긴다. 현대인들 또한 이러한 구도를 받아들이면서 이렇게 만들어진 성을 제어하거나 억압하려는 여러 담론들과 사회적 행태를 비난하여왔다. 이와 같은 접근 방식을 되돌린 푸코의 분석은 성을 원인보다는 효과로, 즉 인간 활동을 분석하고 기술하며 규제하려는 담론의 산물로 여긴다.

푸코의 분석이 역사학 분야에서 제기된 주장 가운데 '이론'의 예가 되는 이유는, 그것이 다른 분야의 사람들에게 호소력을 갖고 이들에 의해 채택되었기 때문이다. 성 현상에 대한 그의 분석은 보편적 법칙이고자 하는 일련의 규칙이라는 의미에서의 이론이 아니다. 그것은 특정 사안의 역사적 전개에 대한 분석이면서도, 분명 더 넓은 함의를 갖고 있다. 이를 통해 우리는 자연스럽고 주어진 것이라 여겨진 것에 대해 의문을 품게 된다. 이것이 통념과 달리 전문가들의 담론에 의해, 또 이를 설명한다고 주장하는 지식 담론과 연계된 행태들에 의해 생산되어온 것이 아닐까? 푸코의 설명에 따르면, '성'을 인간성의 내밀한 근간으로 만든 것은 인간에 대한 진리를 발견하고자 하는 담론적 시도의 산물이다.

이론의 제안

이론이 되는 사유의 특성은 우리가 다른 문제들을 생각하는 데 있어 유용한 인상적인 '제안'을 담고 있다는 것이다. 이러한 제안 가운데 하나인 푸코의 제안은, 자연스러운 성욕과 이를 억압하는 사회적 힘('권력') 사이에 예상되는 대립보다는 오히려 상호 공모 관계가 있다는 것으로, 사회적 힘이 외견상 그것('성')을 제어하는 것같이 보이지만 오히려 이를 창출한다는 것이다. 더 나아가 일종의 덤과 같은 또다른 제안은, 권력과 이 권력이 억압하고자 하는 성 사이의 이러한 공모 관계가 은폐됨으로써 무엇이 달성되는가라는 질문이다. 이러한 상호 의존 관계가 의존이 아닌 대립 관계로 여겨지도록 함으로써 얻어지는 것은 무엇인가? 푸코는 이를 통해 권력이 모든 곳에 스며들어 있다는 사실을 볼 수 없도록 하는 것이라 대답한다. 우리는 성을 자의적으로 사용함으로써 권력에 저항한다고 생각하지만, 사실 이는 전적으로 권력이 설정한 조건 속에서 행동하는 것일 뿐이다. 이를 달리 말하자면, '성'이라 불리는 이것이 권력 바깥에 있는 것으로, 즉 사회적 힘이 제어할 수 없는 것으로 여기는 것은 권력의 한계와 무력함을 보여준다는 (성을 다스리지 못한다는) 오해를 낳을 수 있다. 하지만 사실 권력은 모든 곳에 편재해 있다.

푸코에게 권력은 누군가가 휘두르는 어떤 것이 아니라 '권력/지식'이다. 권력은 지식의 형태를 취하거나 지식은 권력으로 존재한다. 우리가 세계에 대해 알고 있다고 생각하는 것은,

즉 우리가 세계에 대해 생각할 때 사용하는 개념적 틀은, 엄청난 권력을 행사한다. 권력/지식은 가령 우리의 성에 의해 우리 자신이 정의되는 상황을 낳는다. 일례로 여성의 경우 한 인간으로서의 그 완성이 남자와의 성적 관계에 있는 것으로 여겨지는 상황을 낳는다. 성이 권력의 바깥에 그리고 대립적 관계에 있다는 생각은 권력/지식의 편재를 은폐한다.

이론의 이러한 예에 대해 주의해야 할 몇 가지 사항이 있다. 이러한 푸코의 이론은 분석 즉 개념의 분석에 해당하지만, 동시에 이것이 성 현상에 대해 정확한 가정임을 보여줄 수 있는 증거가 없다는 의미에서 근본적으로 가설의 성격을 띤다. (그의 설명에 설득력을 더하는 다수의 증거가 있지만 결정적인 검증은 이루어지지 않았다.) 푸코는 자신의 질문 제기를 '계보학적' 비판이라 부른다. 이는 '성'과 같이 당연시되는 기본적 범주들이 어떻게 담론적 실천(담론 행태)에 의해 생산되는가를 밝히는 것을 말한다. 이러한 비판은 성이 '실제로' 무엇인지를 우리에게 말해주려는 것이 아니라, 성이라는 개념이 어떻게 창출되었는지를 보여주고자 한다. 또한 주목해야 할 것은, 비록 이러한 이론이 문학 연구자에게는 큰 관심거리인 것이 확실하지만, 여기에서 푸코는 문학에 대해서는 전혀 언급하지 않고 있다는 점이다. 문학이 성을 다루고 있다는 것은 분명하다. 문학은 성이라는 개념이 구축되는 곳이자, 인간의 깊은 정체성이 다른 인간에 대해 느끼는 욕망의 유형과 연계되어 있다는 생각이 두드러지는 곳이기도 하다. 푸코의 설명은 동성애와 젠더 연구자들뿐만 아니라 소설을 연구하는 사람들에게도 중시되어왔다. 푸코는 새로운 역사적 연구 대상을 창출하는 데 특히 큰 영향을 주었다. 이전에는 역사의 일부로 생각되지 않았던 '성', '처벌', 그리고 '광기' 등이 그 예이다. 그의 저작은 역사적 구축물과 같은 것을 다루면서 우리로 하여금 어떻게 당대의 문학을 포함한 다양한 담론적 실천이 오늘날 우리가 당연시하는 것들을 만들어냈는지 살피도록 한다.

데리다의 글쓰기

'이론'의 둘째 예로는 성 현상의 역사에 대한 푸코의 재점검만큼 영향력이 있으면서도 '이론' 내에서의 차이점을 잘 보여주는 사례로, 장 자크 루소(Jean-Jacques Rousseau)의 『고백록』에 나타나는 글쓰기와 경험에 대한 프랑스 철학자 자크 데리다의 분석을 살펴볼 수 있겠다. 루소는 18세기 프랑스의 저술가로 현대적 개념의 개인적 자아를 창출하는 데 기여한 것으로 여겨진다.

하지만 우선 약간의 배경을 살필 필요가 있다. 전통적으로 서양 철학은 '실재'와 '현상', '사물' 자체와 사물의 '재현', 그리고 '사유'와 이를 표현하는 '기호'를 구분해왔다. 이에 따르면, 기호 혹은 재현은 실재, 진리, 혹은 관념에 도달하는 방편에 지나지 않는다. 이들은 스스로 반영하고자 하는 생각 즉 진리를 방해하거나 영향을 주거나 오염시키지 않아야 한다. 이러한 구도 속에서 말은 생각을 직접적으로 보여주거나 생각을 담고 있는 것으로 여겨진 반면, 글은 말하는 사람이 없는 가운데 작동하는 까닭에 인위적이자 파생적인 재현으로, 즉 일차적 기호를 호도할 수 있는 이차적 기호로 여겨져왔다.

루소는 상식이 되어버린 이러한 전통에 따라 "언어는 말해지기 위한 것이고, 글은 말을 보충하는 역할만을 수행한다"고 쓰고 있다. 바로 이 지점이 데리다가 개입하는 곳으로, 그는 "보충이란 무엇인가?"라는 질문을 제기한다. 웹스터 사전은 '보충'을 '완전하게 만들기 위해 덧붙이는 어떤 것'이라고 정의한다. 글은 말이 갖추지 못한 어떤 중요한 것을 제공함으로써 말을 '보충'하는가, 아니면 말이 완벽히 작동하는 데 있어 하등의 필요 없는 어떤 것을 덧붙이는가? 루소는 글을 단지 덧붙이는 것, 필수적이지 않은 부수물, 더 나아가 '말의 질병'이라고 여러 번 강조하며, 글은 말하는 사람이 부재하고 그가 현장에서 설명하거나 수정할 수 없는 가운데 읽히는 까닭에 오해의 가능성을 갖는 기호들로 구성된다고 주장한다. 이렇게 루소는 글을 단지 부수적인 보조물이라 부르지만, 기실 그의 저작들은 말이 갖추지 못한 어떤 것을 보충하여 완성하는 지위를 글에 부여한다. 글이 오해의 가능성 등 말의 단점을 보충하는 데 지속적으로 동원되는 것이다. 가령 루소의 『고백록』은 개인의 자아를 사회적으로는 알려지지 않은 '내적' 실재로 설명하기 시작한 저작으로 유명한데, 그가 자신의 『고백록』을 쓰기로 한 것은 사회로부터 자신을 숨기고자 한 것이었고, 그것은 "자신이 사회적으로 부당한 대우를 받을 수 있기 때문이 아니라, 자신의 사회적 자아가 진정한 자아와 완전히 다르고…… 만약 내가 나의 본 모습으로 사람들 앞에 나서면 사람들은 내 가치를 전혀 인정하지 않을 것이기 때문이었다"라고 말하고 있다. 그렇다면 루소의 '진정한' 내적 자아는 다른 사람과의 대화에서 나타나는 자아와는 다르며, 자신의 말도 오해의 가능성을 안고 있는 기호이기에, 이를 보충하고자 그에게는 글이 필요했다. 이전에는 말의 특성이라고 여겨졌던 것들이 글에서도 발견되고, 이제는 글이 더 필수적인 요소가 된 것이다. 더 나아가 글과 동일하게 투명하지 않은 기호의 집합인 말 역시 사람이 의도한 의미를 자동적으로 전달하기보다는 해석을 해야 하는 대상인 것이다.

글은 말의 보충재이지만 말 또한 이미 보충재이다. 루소에 따르면 어린이가 말을 배우는 이유는 "자기 자신의 약점을 보충하기 위한 것인데…… 이들이 말은 다른 사람의 손을 통해 만사를 수행하고 단지 혀를 움직임으로써 세상을 움직인다는 것이 너무나 즐거운 일이라는 것을 쉽게 터득하기 때문이다."

이론이 대개 그렇듯, 데리다는 이 특정 경우를 일반적 구도 혹은 논리의 예로 삼으면서, 루소의 여타 저작들에서 '보충성의 논리'를 발견한다. 이는 보충을 받는 것(말)이 보충을 받는 이유는 그것 또한 오직 보충재(글)만이 본래 갖는 특징이라고 여겨지는 자질들을 갖고 있기 때문이라는 것, 즉 말 역시 보충이 필요한 구조 속에 있기 때문이라는 논리이다. 다시 한번 설명해보자.

루소가 글을 필요로 한 이유는 말이 잘못 해석되기 때문이다. 한층 일반화하자면, 그가 기호를 필요로 한 이유는 사실 그 자체가 만족을 주지 못하기 때문이다. 『고백록』에서 루소는 청년기에 바랑 부인(Madame de Warens)의 집에 기거하고 그녀를 '엄마(Maman)'라고 불렀는데, 그녀에 대한 자신의 사랑을 이렇게 묘사한다.

> 그녀가 내 곁에 없을 때 나의 소중한 '엄마'에 대한 기억으로 인해 범한 우스꽝스런 일들을 모두 기술하자면 끝이 없다. 나는 침대에 입을 맞추며 그녀가 그곳에서 잠을 잔 것을 떠올리고, 커튼과 방안의 모든 가구에 입을 맞추었다. 이들 모두가 그녀에게 속한 것이었고 그녀의 아름다운 손이 이 모두를 만졌었고, 내가 드

러눕곤 했던 바닥마저도 그녀가 그 위를 걸었었다는 생각이 났기 때문이다.

이 모든 대상들은 그녀의 부재 속에서 그녀의 존재에 대한 보충물이거나 대체물 역할을 한다. 하지만 그녀가 곁에 있을 때마저도 그와 동일한 구도, 즉 보충물에 대한 동일한 욕구는 지속된다. 루소의 고백은 이렇게 이어진다.

가끔 그녀와 함께 있을 때조차 가장 격렬한 사랑이나 범할 수 있는 터무니없는 짓을 하곤 했다. 어느 날 식탁에서 그녀가 음식 한 조각을 입에 넣을 때 나는 그 위에 머리카락 하나가 있다고 소리를 질렀다. 그녀는 그 조각을 접시에 다시 올려놓았고, 나는 간절한 마음으로 그것을 집어들어 삼켰다.

그녀를 생각나게 하는 대체물이나 기호로 견뎌야 했던 그녀의 부재는 먼저 그녀의 존재와 대조를 이룬다. 하지만 그녀의 현존(존재)은 보충물이나 기호가 필요 없는 충족의 순간임에도, 그녀 자체에 대한 직접적 접근이 가능한 순간이 아니었다. 그녀가 존재하는 때에도 여전히 보충물이 필요했다. 그래서 그녀의 입에 들어갔던 음식을 삼키는 터무니없는 일이 발생한 것이다. 그리고 이러한 대체의 연속적 과정은 지속될 수 있다. 루소는 '그녀를 소유한다'고 해도, 그녀가 자신을 벗어났다고 느끼면서 단지 기다리고 되새길 수 있을 뿐이다. 또한 '엄마' 자신은 루소가 알지 못하는 어머니를 대신하는 존재이다. 루소에게 그녀는 충분하지 못하며 모든 어머니들과 마찬가지로 만족을 주지 못하고 대체물을 필요로 하는 그런 어머니이다.

데리다는 이렇게 설명한다. "이러한 대체의 연속을 통해 법칙이 등장한다. 끝없이 이어지는 연쇄의 법칙은 보충적 매개가 무한한 증식 속에서 도달하지 못하는 바로 그 대상에 대한 느낌을 산출할 뿐이다. 즉물적 차원은 이차적이다. 모든 것은 매개물에 의해 시작한다." 이러한 루소의 저작들이 우리에게 대상 자체의 존재가 갖는 중요성을 보여주고자 할수록, 이들은 매개물의 필요성을 더욱 강조할 뿐이다. 이들 기호 혹은 보충물은 파악해야 할 어떤 (루소의 '엄마'와 같은) 존재가 있음을 알려주는 데 있어 실질적 역할을 한다. 이들 저작에서 알 수 있는 것은 원본이라는 개념이 복사본에 의해 창조된다는 것이고, 원본은 계속적으로 연기되어 파악될 수 없다는 것이다. 그 결론적 주장은, 실재가 존재하거나 원본은 한때 존재했던 어떤 것이라는 상식적 관념이 지속될 수 없다는 점이고, 경험은 항상 기호에 의해 매개되며 '원본'은 기호와 보충물의 효과로 산출된다는 점이다.

데리다의 설명에 따르면, 루소의 저작들은 다른 것들과 동일하게 기호와 저술이 순전한 삶을 반영하기 위해 덧붙여진 어떤 것이 아니라, 삶 그 자체가 기호와 혼재되어 있고 기호적 표현 과정에 의해 삶이 형성된다는 것을 보여준다. 루소의 경우처럼 저술들 자체는 실재가 표현에 앞선다고 주장할 수 있지만, 사실 이들은 "텍스트 바깥의 세계는 없다(Il n'y a pas de hors-texte)"는 데리다의 유명한 말과 같이, 기호와 텍스트의 바깥이 있다고 생각하는 순간 우리가 직면하는 것은 또다른 텍스트, 또다른 기호, 또다른 연쇄적 보충의 고리일 뿐이다. 데리다는 이렇게 주장한다.

> 우리가 '위험한 보충'이 시사하는 바를 따라서 보고자 한 것은 이 '살과 피'로 된 생물체의 실제 삶이라 부르는 것에는 (…) 텍스트 이외의 다른 어떤 것도 없었다는 것이고, 일련의 차이와 연속 속에서만 발생할 수 있는 보충과 대체의 기호적 표현 이외의 어떤 것도 없다는 것이다. (…) 그리고 이는 무한히 연속되는데, 그것은 절대적 자기 존재, 자연, '진짜 어머니'와 같은 단어가 지칭하는 바 등등이 이미 항상 실재한 적이 없고, 의미와 언어의 시작은 자연적 존재를 대신하는 기호라는 것이다.

이것이 '엄마'와 그녀의 부재 사이에, 혹은 '실제' 사건과 허구 사이에 차이가 없다는 것을 주장하는 것은 아니다. 그것은 그녀의 존재 자체도 특별한 유형의 부재라는 것, 더욱이 매개와 보충을 필요로 한다는 것을 말하고자 한다.

위 예들이 보여주는 것

예시한 푸코와 데리다는 자주 '탈구조주의자'(부록 참조)로 함께 분류되지만, 이 두 '이론가'는 큰 차이를 보여준다. 데리다의 이론은 텍스트에 작용하는 논리를 밝히면서 텍스트 읽기 혹은 해석에 관해 말한다. 푸코의 주장은 텍스트에 기반하기보다는—사실 그가 실제 문서나 기록을 인용하는 경우는 많지 않다—텍스트와 담론 전반에 대해 생각할 수 있는 일반적 틀을 제공한다. 데리다의 해석은 루소의 『고백록』과 같은 문학작품들이 그 자체로 이론적일 수 있는 정도를 보여준다. 문학작품은 글, 욕망, 그리고 대체 혹은 보완에 대해 어떤 명백한 가설적 주장을 제공하고, 이들에 내재한 방식에 따라 그 주제에 대해 생각할 수 있는 지침을 제시한다. 반면 푸코는 텍스트가 얼마나 많은 직관과 의미를 담고 있는가가 아니라 의사, 과학자, 소설가, 그리고 다른 이들의 담론이 스스로는 단지 분석할 뿐이라고 주장하는 것들을 기실 창출하고 있음을 보여주고자 한다. 데리다는 문학작품이 얼마나 이론적인가를 보여주고 있다면, 푸코는 지식 담론이 얼마나 창조적 생산력을 갖는가를 보여준다.

이들은 또한 그 주장과 질문의 제기에 있어 차이를 갖는 것으로 보인다. 데리다는 루소의 텍스트들이 말하고 보여주는 것을 설명하고자 한다고 주장하는바, 여기에서 제기되는 질문은 루소의 텍스트들이 진실인가이다. 푸코는 특정한 역사적 순간을 분석한다고 주장하는바, 여기에서 제기되는 질문은 그의 폭넓은 일반화가 다른 시대와 공간에서도 유효한가이다. 이렇게 이어지는 후속 질문을 제기하는 것이 바로 우리가 '이론'에 뛰어들고 이론을 실행하는 방식이다.

이 두 예는 이론이 가설적 탐색을 포함한다는 것을 잘 보여준다. 욕망과 언어 등에 대한 설명은 ('성'이라는 자연스러운 어떤 것이 있다거나, 기호가 이미 존재하는 실재를 반영한다는) 기존 관념에 도전한다. 이들은 우리로 하여금 문학을 탐구할 때 동원하는 범주들을 재고하도록 독려한다. 이러한 예는 최근 이론의 주된 강조점으로서, 자연스런 본래의 것으로 여겨진 모든 것에 대해 비판하고, 자연스럽다고 여겨지거나 공표된 것들이 사실 역사적이자 문화적인 구축물임을 보여준다. 이는 다른 예로 더 분명해진다. 어리사 프랭클린(Aretha Franklin)이 "당신은 나를 진짜(본래) 여자인 것처럼 느끼게 해요"라고 노래할 때, 그녀는 문화 이전의 '본래의' 성적 정체성을 남자에게서 인정받은 것에 행복해하는 것 같다. 하지만 "당신은 나를 진짜 여자인 것처럼 느끼게 해요"라는 그녀의 논리는 오히려 그 자연스럽다고 여겨지는 주어진 정체성이 문화적인 것, 즉 문화 속에서 생산된 효과임을 암시한다. 그녀는 '본래 여자'인 것이 아니라, 여자처럼 느끼도록 만들어진 것이다. 그 본래 타고난 여자도 사실 문화적 산물이다.

이론은 이와 유사한 다른 주장들 또한 제기하는데, 표면적으로는 자연스러운 사회 문제와 제도들 그리고 사회의 관습적 생각들이 그 기초가 되는 경제 관계와 지속적 권력 투쟁의 산물이라는 것이며, 의식적 삶의 현상이 무의식적 힘에 의해 산출되고, 우리가 자아와 주체라 부르는 것이 언어와 문화 체제 속에서 그리고 이를 통해서 만들어지며, 우리가 '현존', '기원', 혹은 '원본'이라 부르는 것이 복제 즉 반복의 효과에 의해 창출된다는 것이다.

그래서 이론은 무엇인가? 이론은 다음 네 가지로 요약된다.

1. 이론은 여러 학문 분야에 걸쳐 있어, 원래 분야 이외에서 효과를 가지는 담론이다.
2. 이론은 분석적이고 가설적으로서, 우리가 성, 언어, 글, 의미, 혹은 주체라고 부르는 것의 내면을 탐문하고자 하는 시도이다.

3. 이론은 일반적 상식이자 당연한 것으로 받아들이는 개념에 대한 비판이다.
4. 이론은 성찰적이며, 생각과 개념 자체에 대해서도 생각하며, 사물의 이해, 문학, 그리고 다른 담론 행위 등에서 사용하는 범주들에 대해 질문을 제기한다.

결과적으로, 이론은 위협적이다. 오늘날 이론의 가장 당황스러운 양상 가운데 하나는 그것이 끝이 없다는 점이다. 그것은 우리가 완전히 정복할 수 있는 것도 아니고, '이론 습득'을 위해 배울 수 있는 특정한 텍스트들도 아니다. 젊은 모험가들은 어른들의 가르침을 비판하고 새로운 사상가들의 이론이 가지는 장점을 살리면서 이전에는 간과된 사상가들의 저술을 재발견하는 가운데, 이론은 계속적으로 축적되는 끝없는 저작의 연속이 되고 있다. 이론은 이에 따라 상대방에게 위협적이거나 자기 자랑거리이기도 하다. "뭐라고? 라캉을 아직 읽지 않았다고! 화자의 시각적 구성을 언급하지 않고 어떻게 서정시에 대해 말할 수 있지?" 혹은 "성 현상의 전개와 여성의 몸에 대한 불안신경증 해석을 논의한 푸코의 설명이나 식민주체의 구성에 있어 식민주의의 역할을 논증한 가야트리 스피박을 이용하지 않고 어떻게 빅토리아조 소설에 대해 쓸 수 있지?" 가끔 이론은 악마의 판결처럼 낯선 분야의 난해한 책

Anthony Haden-Guest

"테러리스트(terrorist)라고요? 다행이네요. 멕이 당신을 이론가(theorist)라고 말하는 줄 알았어요."

을 읽도록 강요하면서, 겨우 한 가지를 해득하면 휴식을 주기보다는 오히려 또다른 어려운 임무를 부과한다. ("스피박? 좋아, 그런데 베니타 패리〔Benita Parry〕의 스피박에 대한 비판과 이에 대한 스피박의 반박은 읽었나?")

이론을 완전히 정복할 수 없다는 것이 바로 이론에 대한 저항의 주된 원인이다. 아무리 이론에 충분히 익숙하다고 할지라도, 정말로 장 보드리야르(Jean Baudrillard), 미하일 바흐친(Mikhail Bakhtin), 발터 벤야민(Walter Benjamin), 엘렌 식수(Hélène Cixous), C. L. R. 제임스(C. L. R. James), 멜라니 클라인(Melanie Klein), 혹은 줄리아 크리스테바(Julia Kristeva)를 '읽었다'고, 또한 이들을 '완전히' 잊어버렸다고 할 수도 없기 때문이다. (물론 이는 '당신'이 누구이고 어떤 사람이 되고 싶은지에 달려 있다.) 이론에 대한 적대감은 대개의 경우 이론의 중요성을 인정하는 것이 언제든 우리의 신념을 수정하도록 하고, 항상 우리가 모르는 어떤 중요한 것들이 존재한다는 입장을 취하도록 하기 때문이다. 하지만 이는 삶의 조건 그 자체이기도 하다.

우리는 이론을 완전히 터득했으면 하는 욕망을 갖게 된다. 즉 이론을 읽으면 주어진 사안을 구성하고 이해하는 데 유용한 개념들을 얻을 수 있을 것으로 기대한다. 하지만 이론의 완전 정복은 불가능한데, 그것은 더 알아야 할 것이 많아서가 아니라, (더욱더 구체적이면서 힘겹게 하는 것으로) 스스로 도달한 결론과 이들이 기반을 두고 있는 전제조건들을 의심하는 바로 그것이 이론의 역할이기 때문이다. 이론의 본령은 자명한 전제와 공준(公準)에 도전함으로써 우리가 알고 있다고 생각하는 것을 전복하는 것으로, 이론의 결과는 예측할 수 없다. 우리는 이론을 정복할 수 없지만, 그렇다고 우리가 시작한 곳에 머물러 있는 것은 아니다. 우리는 스스로의 읽기를 새로운 방식으로 되돌아보게 되며, 다른 질문을 제기하게 되고, 우리가 읽은 것들에 대해 제기한 질문의 함의를 더욱 잘 파악하게 된다.

이론의 죽음 혹은 이론의 승리?

1990년대와 21세기 초의 다양한 이론적 논의 가운데 새롭게 등장한 것은 이론의 (오히려 반가운) 죽음을 선언한 것이었다. 만약 이론이 정말 죽었고 이제 수명을 다하고 사라졌다면, 이론이 죽었다고 공고할 필요가 없지 않았을까 하는 생각을 하지 않을 수 없다. 이론의 죽음을 알리는 선언은 대부분 그것이 공포하고자 하는 것을 이루고자 하는 시도일 가능성이 크다. (아주 자주 언급하다보면 이루어질 수 있다.) 이제 이론은 더 이상 최신의 것도 아니고, 놀랍고 흥분되는 현상도 아닌 것은 물론 사실이다. 이론은 비평계의 일부이자 연구 주제로 당연한 것으로 여겨지게 되었지만, 지금은 새로움이든 악명이든 그 매력을 상당 부분 잃어버렸다. 오늘날 우리는 모든 지적 작업이 어떤 형태든 이론적 기초 위에 있으며, 학생들은 자신의 연구 분야에서 행해지는 이론적 논쟁을 잘 파악해서 변화하는 지적 구조 내에서 자신의 연구를 잘 위치 지을 수 있어야 하며, 이론이 학생들에게 '너무 난해한' 것이기보다는 인문학 가운데 가장 흥미롭고 사회적으로 적절한 탐구 영역 가운데 하나라는 인식을 갖게 되었다. 이제 이렇게 이론이 당연시되었다면, 이것은 이론의 죽음이라 해야 하는가 아니면 이론의 승리라 해야 하는가?

이러한 질문은 특정 이론 분야에서 더욱 심각하게 대두된다. 페미니즘 이론가들은 새로운 학생 세대가 페미니즘의 모든 정치 문화적 업적을 당연히 여기면서도 스스로를 페미니스트라고 하지 않는다고 불만을 표한다. 페미니즘이 쟁취한 원칙들이 당연시되는 오늘날은 페미니즘이 죽은 것이라 해야 하는가 아니면 승리한 것이라 해야 하는가?

이론 일반에 있어, 상황은 조금 다르다. 생각에 대해 생각하는 것으로서의 이론의 추진력은 자신이 하고 있는 일을 이해하고자 하는, 또는 그 신념과 의미에 의문을 제기하고자 하는 욕망에서 오지만, 이러한 목표는 결코 단번에 모두 이루어질 수 없다. 이론은 자신만의 생각에서 벗어나 자신의 생각의 위치를 확인하고 이해하려는 불가능한 욕망에 의해서 추동되지만, 더 나아가 자신이 사고하는 이 세계뿐만 아니라, 생각하는 방식도 한층 더 현명해지고 더욱 넓은 식견을 가지고 더욱 자기반성적으로 변화하고자 하는 욕망—이것은 가능한 욕망이다—에 의해서도 발전한다.

이 매우 간략한 입문서로 이론을 정복할 수는 없을 것이다. 이 책이 매우 짧기 때문만이 아니라 사유의 주요 줄기와 논쟁 지점들에 대한, 이 가운데 특히 문학 분야에 관련된 것들에 대한 개괄이기 때문이다. 이 책은 독자가 이론의 가치와 매력을 발견하고 사유의 기쁨을 맛볼 수 있는 기회를 갖기 바라는 마음에서 이론적 탐색의 예들을 제시하고자 한다.

제 2 장

문학이란 무엇이고, 과연 중요한가?

문학이란 무엇인가? 문학이론에서 이는 중심적인 문제라고 생각할 터이지만, 사실 매우 중요한 것 같지는 않다. 왜 그런가?

여기에는 두 가지 주된 이유가 있는 것으로 보인다. 첫째로는 이론 자체가 철학, 언어학, 역사학, 정치 이론, 그리고 정신분석학의 생각을 혼합하여 쓰고 있는데, 이론가들이 읽고 있는 텍스트가 문학인가 아닌가가 문제될 필요가 무엇인가? 오늘날 문학 분야의 학생이나 선생에게 비평적 작업의 범위, 즉 읽고 쓰는 주제들은—예컨대 '19세기 초의 여성 이미지' 등—문학과 비문학 작품 모두를 아우르며 매우 넓고, 버지니아 울프(Virginia Woolf)의 소설이나 프로이트의 사례 연구 혹은 둘 다가 될 수 있을 것이며, 방법론적으로 양자의 구별은 중요하지 않다. 이는 모든 텍스트가 어떻든 동등하다는 것은 아니다. 어떤 텍스트는 이러저런 이유로 더 풍성하고, 더 힘이 있고, 더 대표적이며, 더 논쟁적이고, 더 중심을 이룬다. 하지만 문학과 비문학 작품은 함께 유사한 방식으로 연구될 수 있다.

비문학적 저작의 문학적 특성

둘째로 문학과 비문학이라는 구별이 중심적이지 않은 이유는, 이론적 작업이 비문학적 현상에서도 단연 '문학적 특성'이라 할 수 있는 것을 발견했기 때문이다. 흔히 문학적인 것이라 생각되는 특질들이 비문학적 담론과 실천에서도 결정적인 것으로 밝혀진 것이다. 일례로 역사적 이해의 성격에 대한 논의에 있어서도 이야기를 이해하는 방식을 그 모형으로 삼고 있다. 역사가는 특히 과학에서와 같은 예측성 설명을 내놓지는 않는다. 역사가는 X와 Y가 일어날 때 Z가 필연적으로 뒤따른다는 것을 보여줄 수 없다. 오히려 역사가가 하는 것은 하나의 사건이 어떻게 다른 사건으로 이어지는지, 어떻게 제1차세계대전이 발발하게 되었는지이지, 왜 그것이 발발할 수밖에 없었는지는 아니다. 역사적 설명의 모형은 따라서 이야기의 논리와 같다. 이야기는 어떻게 어떤 일이 일어나게 되었는지를 최초의 상황, 전개, 그리고 결과가 의미를 형성하는 방식으로 설명한다.

간단히 말해, 역사적 이해의 모형은 문학적 서사이다. 이야기를 듣고 읽는 우리는 그 줄거리가 의미가 있는지, 잘 맞아떨어지는지, 혹은 이야기가 마무리되지 못하고 말았는지 등을 잘 구별해낸다. 의미가 통하고 이야기로 여겨지는 모형은 문학적 서술과 역사적 서술 모두의 특징이며, 이로써 이 둘을 구별하는 것은 대단한 이론적 문제로 여길 필요가 없다. 이와 함께, 이론가들은 프로이트의 정신분석학적 사례이든 철학적 논저이든 비문학적 텍스트에서도, 문학에서는 결정적이지만 다른 유형의 담론에서는 오직 장식적인 것으로만 여겨진 은유와 같은 수사학적 기재가 갖는 중요성을 주장하게 되었다. 이론가들은 수사학적 표현이 다른 담론에서도 생각의 내용을 결정한다는 것을 보여주는 한편, 비문학적으로 여겨지는 텍스트에도 강력한 문학적 특징이 작동하고 있다는 것을 보여주면서, 문학적인 것과 비문학적인 것 사이의 구분을 간단치 않게 한다.

하지만 이러한 상황을 비문학적 현상에서 '문학성'의 발견이라 진단하는 것은 오히려 문학이라는 관념이 지속적으로 일정 역할을 수행하고 있고 또 거론될 필요가 있음을 말해준다.

어떤 질문인가?

이런 가운데도 다시 "문학이란 무엇인가?"라는 우리의 주된 질문은 아직 대답 되지 않았다. 하지만 이것은 어떤 종류의 질문인지를 먼저 물어야 한다. 만약 다섯 살배기가 질문한다면 그것은 쉽다. "문학은 이야기, 시, 그리고 희곡이야"라고 대답할 수 있다. 하지만 그 질문자가 문학이론가라면, 이 질문을 어떻게 받아들여야 할지부터가 더 어려워진다. 이는 질문자와 응답자가 이미 잘 알고 있는 문학이라는 이 대상의 일반적 성격에 대한 것일 수 있다. 그런데 문학은 어떠한 종류의 대상이고 활동인가? 문학이 하는 것은 무엇인가? 문학은 무슨 목적을 위해 있는가? 이런 까닭에, "문학이란 무엇인가?"는 어떤 정의가 아니라 분석을 요구하며, 더 나아가 왜 우리가 도대체 문학에 관심을 가져야 하는지에 대한 주장을 요구하는 것이기도 하다.

하지만 "문학이란 무엇인가?"라는 질문은 문학이라고 알려진 작품의 특성을 구별해내고자 하는 것일 수도 있다. 문학과 비문학을 구분하는 것은 무엇인가? 문학을 인간의 다른 활동 혹은 소일거리와 구별하는 것은 무엇인가? 이제 이러한 질문을 하는 것은 어떤 책이 문학이고 또 어떤 책이 문학이 아닌가를 어떻게 결정해야 하는지 의문을 갖게 되었기 때문이기도 하지만, 그것보다는 오히려 우리는 무엇이 문학으로 여겨지는지 이미 어느 정도는 알고 있어 또다른 어떤 것을 알고 싶기 때문이다. 그것은 "문학작품만이 공통적으로 갖는 어떤 근본적인 구별점이 있는 것인가?" 하는 질문에 대한 답이다.

이는 어려운 질문이다. 이론가들이 이와 씨름하였지만 큰 성과는 거두지 못하였다. 그 이유는 멀리 있지 않다. 문학작품은 다양한 형태와 크기로 존재하며, 대부분은 문학이라고 인식되는 어떤 다른 작품들보다도 오히려 통상적으로 문학이 아니라고 여겨지는 작품들과 더 공통점을 갖고 있는 것으로 보이기 때문이다. 예컨대 샬럿 브론테(Charlotte Brontë)의 『제인 에어Jane Eyre』는 문학인 소네트보다는 오히려 비문학인 자서전을 훨씬 더 닮아 있고, 로버트 번스(Robert Burns)의 시 「내 사랑은 붉고 붉은 장미 같다My love is like a red, red rose」는 셰익스피어의 『햄릿』보다는 민요에 더 가깝다. 그렇다면 시와 희곡 그리고 소설은 가령 노래와 대화록 그리고 자서전과 구별되는 특징이 있는 것일까?

역사적 변모

약간의 역사적 조망으로도 앞의 질문은 좀더 복잡해진다. 지난 25세기 동안 사람들은 오늘날 우리가 문학이라 부르는 글들을 써왔지만, 현대적 의미의 '문학'이라는 개념이 등장한 것은 겨우 두 세기밖에 되지 않았다. 1800년 이전의 경우 영어의 '문학(literature)'과 여타 유럽 언어에서의 이와 유사한 용어는 '글(writings)' 혹은 '학식(book knowledge)'을 의미했다. 오늘날마저도, 과학자가 "진화에 대한 글(literature)이 매우 많다"고 말하는 경우 그것은 단지 많은 시와 소설이 이 주제를 다루었다는 것이 아니라, 이 주제에 대한 글들이 많이 있다는 것을 의미한다. 그리고 학교와 대학의 영어나 라틴어 수업에서 문학으로 가르치는 많은 작품들은 한때는 특별한 종류의 글이 아니라 언어와 수사를 잘 구사한 사례로서 다루어졌다. 이들은 글쓰기와 사유라는 한층 넓은 범주를 대변하는 예로서, 여기에는 연설, 설교, 역사, 그리고 철학 또한 포함되었다. 오늘날 우리가 문학작품을 해석하면서 그 '진정한 의미'를 설명하고자 하는 것과 달리, 그 시대의 학생들은 이들을 해석할 필요가 없었다. 그 시대의 학생들은 이들을 암기하고, 그 문법을 공부하고, 수사학적 비유와 구조 혹은 논쟁의 절차를 습득하였다. 베르길리우스의 『아이네이스』와 같은 작품은 오늘날 문학으로 연구되지만 1850년대 이전에는 학교에서 전혀 달리 다루어졌다.

문학을 상상적 작품으로 정의하는 현대 서구의 문학관은 18세기 후반의 독일 낭만주의 이론가들에게서 시작하였다고 할 수 있는데, 그 근원을 찾는다면 프랑스의 남작 부인인 마담 드 스탈(Madame de Staël)이 1800년에 출판한 책 『사회 제도와의 관계에서 고찰된 문학론De la littérature considérée dans ses rapports avec les institutions sociales』일 것이다. 하지만 지난 두 세기 안에서도 문학의 범주는 불분명했다. 가령 압운이나 명시적 운율이 없이 일상적 대화의 일부로 보이는 시들처럼 오늘날 문학으로 여겨지는 작품들이 마담 드 스탈에게는 문학으로서의 자격이 있었을까? 게다가 유럽 이외의 문화를 고려하기 시작한다면, 무엇을 문학으로 여길 것인가 하는 질문은 더욱더 어려워진다. 이제 이러한 질문은 뒤로하고, 문학은 한 사회가 문학으로 다루는 모든 것을—다양한 문화적 판단들이 문학에 속한다고 인정한 일정한 텍스트들을—문학이라고 결론짓고 싶을 수 있다.

이러한 결론은 물론 참으로 만족스럽지 못하다. 그것은 단지 문제를 풀기보다는 다른 문제로 대체한 것이다. 이제 "문학이란 무엇인가?"라는 질문 대신에 "우리로 하여금 (혹은 다른 사회로 하여금) 어떤 것을 문학으로 여기게 하는 것은 무엇인가?"라는 질문을 할 필요가 있다. 하지만 다른 범주들 또한 그 고유한 속성보다는 사회 집단의 변화하는 기준에 따라 설정된다고 할 수 있다. "잡초란 무엇인가?"라는 질문을 살펴보자. 잡초가 아닌 것들과 구분해주고 또 모든 잡초가 공유하는, '설명할 수는 없는' 특별한 어떤 것으로서의 본질적 '잡초성'이라는 것이 있는가? 정원의 잡초 제거를 도와달라는 부탁에 응한 사람은 잡초와 잡초 아닌 것을 구별하기가 얼마나 어려운지 잘 알고 있으며, 이를 구별할 수 있는 어떤 비밀이라도 있길 바란다. 그것이 무엇일까? 어떻게 잡초를 알아볼 수 있을까? 그런데 그 비밀은 바로 그러한 비밀이 존재하지 않는다는 것이다. 정원사가 정원에서 자라는 것을 원하지 않는 식물은 모두 잡초이다. 만약 '잡초성'의 근본을 찾고자 한다거나, 그 식물적 특성을 조사하려고 한다거나, 혹은 식물을 잡초로 만드는 확연한 형태적 혹은 구조적 특성을 찾으려 한다면 이는 시간 낭비이다. 이와 달리 우리는 오히려 여러 곳의 다양한 문화들이 각기 바람직하지 않은 것으로 판단하는 식물종에 대해 역사적, 사회학적, 혹은 생리학적 탐구를 해야 할 것이다.

아마도 **문학**은 **잡초**와 닮은 듯하다.

하지만 이 대답은 애초의 의문을 완전히 해소하지 못한다. 이는 단지 그 질문을 "우리 문화에서 문학**으로** 다루는 것들에 속하는 것은 무엇인가?"라는 질문으로 바꾼 것에 지나지 않는다.

텍스트를 문학으로 다루기

다음과 같은 문장을 만났다고 해보자.

우리는 원을 그리며 춤을 추면서 추측해보지만,

비밀은 한가운데에 앉아 알고 있다.

We dance round in a ring and suppose,

But the Secret sits in the middle and knows.

이것은 무엇이고, 또 어떻게 알 수 있을까?

분명, 이것을 어디에서 보게 되었는가는 상당히 중요하다. 이 문장이 중국식 포춘 쿠키에 들어 있는 쪽지에 인쇄된 것이라면 이상한 운명의 수수께끼로 받아들이겠지만, (지금 여기에서와 같이) 한 예로 제시된다면 우리에게 익숙한 언어의 쓰임새 가운데 어떤 것인지를 알아보고자 할 것이다. 우리에게 비밀을 맞춰보라는 수수께끼인가? 정작 '비밀'이라고 불리는 어떤 것에 대한 광고일 수도 있지 않은가? 광고들은 자주 "윈스턴 담배는 맛이 '좋다', 담배는 그래야 '한다'"(Winston tastes good, like a cigarette should)라는 식으로 운율이 있고, 이미 싫증난 사람들을 충동질하고자 점점 더 수수께끼같이 진화하고 있기 때문이다. 하지만 이 문장은 쉽사리 상상할 수 있는 실제 상황과는, 예컨대 어떤 제품을 파는 상황과는 먼 듯 보인다.

이런 이유로, 그리고 첫 두 단어(We dance) 이후 강-약-약 음절이 반복되는(róund in a ríng and suppóse) 규칙적 운율을 보인다는 사실로 미루어, 아마도 이것이 문학의 한 경우인 시일 수 있다는 가능성을 낳는다.

하지만 아직도 의문이 남는다. 이 문장이 어떤 명확한 실용적 의미를 갖지 않는다는 점이 이것을 문학으로 추측할 수 있는 주된 원인이라면, 또다른 문장들의 경우에도 본래 그 의미가 분명한 상황에서 분리된다면 동일한 효과를 낼 수 있지 않을까? 안내 책자, 요리법, 광고나 신문에서 딱 한 문장을 떼어 내어 백지에 이렇게 옮겼다고 하자.

세게 저은 다음 5분 동안 놓아둔다.

Stir vigorously and allow to sit five minutes.

이는 문학인가? 요리법이라는 실용적 상황으로부터 분리된 이 문장은 문학이 되었는가? 아마 그럴지도 모르지만, 정말로 그런 것인지는 분명치 않다. 뭔가가 부족하다. 이 문장은 뭔가 더 생각을 해야 할 구석을 갖고 있는 것 같지 않다. 이를 문학으로 만들기 위해서는 이러한 문장이 문제를 제기하고 상상력을 발휘하도록 하는 어떤 제목—예컨대 '비밀'이나 '측은지심'—을 생각해낼 필요가 있을 것이다.

이런 정도가 도움이 될 수 있지만, '아침 베개 위의 캔디'는 문학이 될 가능성이 더 많은 것 같은데, 이는 그것이 다른 무엇보다도 하나의 이미지를 형성하면서 일정한 주목을 끌고 생각을 유발하기 때문이다. 형식과 내용 사이의 관계가 생각거리를 담고 있는 문장의 경우도 그렇다. 따라서 콰인(W. O. Quine)의 『논리적 관점에서From a Logical Point of View』라는 철학책의 첫 문장("존재론적 문제에 대한 신기한 것 하나는 그 단순성이다")은 생각건대 시일 수 있다.

신기한 것 하나
존재론적 문제는 그
단순성이다.
A curious thing
about the ontological problem is its
simplicity.

이런 식으로 공포로 가득찬 침묵의 여백으로 둘러싸인 한 페이지에 쓰인 이 문장은 우리가 문학적이라 부를 수 있는 그런 유의 주의를 끌 수 있다. 이는 단어들 그 자체, 단어들 서로 간의 관계, 그들의 함의, 그리고 특히 어떻게 그 말하는 내용과 말하는 방식이 연결되는지 등에 대한 호기심을 낳는다. 즉,

이런 방식으로 쓰인 이 문장은 시에 대한 어떤 현대적 개념에 근접할 수 있는 것 같고 오늘날의 문학과 연계되는 그런 유의 관심에 부응한다. 누군가가 이런 문장의 말을 한다면 "무슨 말이에요?"라고 질문할 터이지만, 하나의 시로 이를 받아들인다면 질문은 이와 전혀 다를 것이다. 질문은 말하는 사람이나 저자가 무슨 말을 하는가가 아니라 이 시가 무엇을 의미하는가, 이 언어 표현들은 어떤가, 이 문장은 어떤 효과가 있는가에 대한 것이 될 것이다.

첫 줄에 홀로 떼어진, '신기한 것 하나'라는 말은 그것이 무엇이고 왜 신기한지 의문을 낳는다. "사물이란 무엇인가?"는 존재에 대한 학문, 즉 존재하는 것에 대한 연구인 존재론이 다루는 문제 가운데 하나이다. 하지만 이 '신기한 것 하나'라는 구절의 '것'은 물리적 사물이 아니며 돌멩이나 집이 존재하는 방식과는 다른 관계 혹은 양상으로 존재하는 어떤 것이다. 이 문장은 단순성에 대해 말하고 있지만, 것이라는 모호한 표현 속에서 범접할 수 없이 난해한 존재론의 한 상황을 보여줄 뿐, 자신이 주장하는 바를 스스로 실천하지 못하는 듯하다. 그러나 이 시의 진정한 단순성은 마치 더이상의 말이 필요 없다는 듯이 '단순성'이라는 말로 끝을 맺고 있다는 사실에 의해 더해지면서, 존재론의 단순성이라는 믿을 수 없는 주장에 대한 신뢰성을 더한다. 어떻든 이렇게 떼어낸 문장은 문학에서 보이는 해석적 움직임, 즉 방금까지 설명한 활동을 유발할 수 있다.

이러한 실험은 문학에 대해 무엇을 말해주는가? 무엇보다도 이는 말이 본래의 맥락과 목적으로부터 분리될 경우 문학적으로 해석될 수 있다는 것이다. (이 경우에는 이러한 해석을 유도할 수 있는 특정 자질을 가져야 한다.) 만약 문학이 다른 기능이나 목적으로부터 떼어내진, 탈맥락화한 언어사용이라고 한다면, 바로 이 또한 일종의 맥락으로서 어떤 특별한 관심을 이끌어내고 또 산출해낼 것이다. 이를테면 독자는, 예를 들어 콰인의 그 말을 무슨 특정한 행위를 명령하는 것으로 받아들이기보다는, 그 잠재된 복합성에 주의를 기울이면서 내포된 의미를 찾아 나설 것이다. '문학'에 대해 이야기한다는 것은 독자들이 이러한 텍스트에 동원할 수 있는 추측과 해석적 작업의 틀을 분석하는 것이 될 것이다.

문학의 관습적 약속

(개인적 일화에서부터 소설 전반을 포함하는) 이야기를 분석하는 데 있어 등장한 하나의 규약 혹은 경향은 '고도로 유지된 협력 원칙'이라는 좀 끔찍한 이름으로 불리지만 기실 매우 단순하다. 의사 교환은 참여자가 서로 협력한다는, 따라서 한 사

람이 다른 사람에게 말하는 것은 적절한 것이라는 기본 약속에 의존한다. 내가 당신에게 조지가 좋은 학생이냐고 묻고 당신이 "시간은 잘 지키죠"라고 대답한다면, 나는 당신이 내 대화에 협력하면서 내 질문에 적절한 것을 대답하였다고 가정하여 그 의미를 파악한다. "내 질문에 대한 대답이 아니네요"라고 불만을 표하는 대신, 나는 당신의 대답이 학생으로서의 조지에 대해 별로 긍정적인 것이 없다는 것을 은연중에 담고 있다고 결론지을 수 있다. 즉, 다른 결정적 증거가 없는 한, 나는 당신이 대화에 협조적이라고 가정하는 것이다.

이제 문학적 서술은 이야기, '서술 과시적 텍스트', 즉 듣는 이를 향한 적절성이 그 정보 내용에 있는 것이 아니라 '말할 가치'에 있는 언술을 포괄하는 더 넓은 범주에 속하는 것으로 여겨질 수 있다. 친구에게 어떤 사건을 이야기하거나 후손을 위해 소설을 쓰는 것은 가령 법정에서 증언을 하는 것과는 다른 것이다. 그것은 당신이 듣는 이에게 '그럴 가치가 있는' 것으로 보이는 이야기를 하려고 노력하는 것이다. 문학작품이 다른 서술 과시적 텍스트와 구별되는 것은 그것이 선별 과정을 거쳤다는 것이다. 문학작품은 출판과 서평 그리고 판을 거듭하는 과정을 거치게 되며, 이에 따라 독자들은 다른 사람이 이들에 대해 좋은 구성과 나름의 '가치'를 갖는 것으로 생각했다는 확신을 갖고 접근하게 된다. 따라서 문학작품에 있어 협력 원칙은 '고도로 유지된다'. 우리는 수많은 해독 불가능 지점과 너무도 분명히 부적절한 부분을 아무 의미가 없는 것이라고는 상상도 하지 않은 채 그저 참아낸다. 독자들은 문학에 있어 언어적 복잡성은 궁극적으로 어떤 의사소통적 목적을 가지고 있고, 어떻든 말하는 이 혹은 쓰는 이가 (언어사용에서 가끔은 발생할 수도 있는) 비협조적일 수 있는 상황을 상정하지 않으며, 다른 언어사용의 경우보다 한층 더 높은 차원에서 소통적이고자 의도적으로 효과적인 의사소통의 원칙을 거부하고 있는 것으로 생각되는 요소들을 해석해내고자 노력한다. '문학'은 우리가 독서에 바친 노력이 결국 '가치'가 있는 것이라고 기대하도록 하는 실마리를 제공하는 제도적 이름표이다. 그리고 문학의 다양한 양상들은 독자들이 주의를 기울이고자 하는 의지로부터 출발하여 불확실한 것을 탐문하게끔 하면서, 단도직입적으로 "그 말의 의미가 무엇인가요?"라고 묻지 않게끔 한다.

결론을 짓자면 문학은 어떤 특정한 시선을 끌어내는 언어 행위이거나 글로 된 사건이다. 문학은 다른 종류의 언술 행위 즉 정보를 공유하거나 질문을 하거나 약속을 하는 언술 행위와 대조를 이룬다. 대부분의 경우 독자로 하여금 어떤 것들을 문학으로 다루게끔 하는 것은 이들을 문학으로 여기게 하는 어떤 맥락 속에서 발견했기 때문이다. 시집 혹은 잡지의 한

"훈련도 받지 않은 채 내리 두 시간을 읽더니만."

면, 도서관, 혹은 서점이 그것이다.

수수께끼

하지만 또다른 수수께끼가 있다. 우리로 하여금 어떤 것이 문학이라고 판단하게끔 언어를 조직하는 특별한 방식은 없는가? 혹은 우리가 무엇이 문학인지 이미 알고 있기 때문에 문학에 신문의 경우와는 다른 관심을 보여주고, 이에 따라 문학의 특별한 구조와 함의를 찾게끔 되는 것인가? 대답은 분명 두 경우 모두가 발생하고 있다는 것이다. 어떤 경우는 그 대상이 문학적이 될 수 있는 양상을 가지고 있고, 어떤 경우는 문학적 상황으로 인해 문학으로 여겨진다. 하지만 고도로 조직화된 언어가 사용된 것이라고 해서 반드시 문학이 되는 것은 아니다. 고도의 조직화로 말하자면 전화번호부를 능가할 것은 없다. 그리고 언어로 된 모든 것을 문학이라 부른다고 해서 문학이 되는 것은 아니다. 오래된 화학 교과서를 집어들어 소설처럼 읽을 수는 없다.

한편으로, '문학'은 단지 우리가 언어를 집어넣는 틀이 아니다. 한 페이지에 시처럼 (행을 바꿔) 쓰였다고 해서 모든 문장이 다 문학이 되는 것은 아니다. 하지만 다른 한편으로, 문학은 단지 특별한 종류의 언어 또한 아니다. 왜냐하면 많은 문학작품이 다른 언어사용과 다르다고 뽐내는 것은 아니기 때문이다. 문학작품은 특별한 관심을 받기 때문에 특별한 방식으로 기능한다.

여기에서 우리는 복잡한 구조에 당면하게 된다. 우리는 서로 겹치고 교차하는 두 개의 다른 관점을 다루고 있지만, 둘을 종합하지는 못하고 있는 것 같다. 우리는 문학작품을 특정한 속성 혹은 양상을 갖는 언어로 생각할 수 있고, 문학을 어떤 약속과 특별한 종류의 관심의 산물로 생각할 수도 있다. 둘은 서로 다른 쪽의 관점을 성공적으로 통합하지 못하기 때문에, 우리는 이 둘 사이를 왔다갔다할 수밖에 없다. 이제 문학의 특성에 대해 이론가들이 제시한 다섯 가지를 살펴보고자 한다. 그 각각은 하나의 관점에서 출발하지만 궁극적으로는 다른 것들과 중첩된다.

문학의 특성

언어의 '전경화(前景化)'로서의 문학

'문학성'은 무엇보다도 다른 목적을 위해 사용하는 언어와 차별되는 언어 조직 방식에 있는 것으로 자주 언급된다. 문학은 언어 자체를 '전경화하는' 언어이다. 전경화란 언어를 새삼스럽게 보게 하면서, "봐요! 나는 무엇보다도 언어예요!"라고 달려들어 우리로 하여금 낯선 모양새의 언어를 다루고 있다는 것을 잊지 않게 한다. 특히, 시는 언어의 음성적 측면을 조직하여 어떤 항상성을 새롭게 부여한다. 제라드 맨리 홉킨스(Gerard Manley Hopkins)가 스코틀랜드 인버스네이드의 계곡을 노래한 시 「인버스네이드Inversnaid」의 첫 부분을 보자.

이 어두운 듯 타버린, 말 등과 같은 갈색,
바위를 굴려 내리며 포효하는 거침없는 행로,
크고 작은 웅덩이에 와서는 거품의 구름 떼가
길을 내어 나직이 호수를 향해 고향으로 떨어진다.
This darksome burn, horseback brown,
His rollrock highroad roaring down,
In coop and in coomb the fleece of his foam
Flutes and low to the lake falls home.

'Rollrock(바위굴림)'과 같은 생소한 낱말의 조합과 함께, 언어적 형태—'burn…… brown…… rollrock…… road roaring'의 규칙적 반복—의 전경화는 우리가 언어적 구조 그 자체에 주목하게끔 조직된 언어를 다루고 있음을 환기시킨다.

하지만 무엇인가가 명시적으로 문학이라고 제시되지 않은 이상, 많은 경우 독자는 그것에 일정한 언어적 형태가 있다는 것을 알아차릴 수 없다. 일상의 산문을 읽을 경우 소리는 상관이 없다. 이 문장은 독자의 귀에 어떤 인상을 남기는 운율을 담고 있지는 않다. 그러나 어떤 운율이 갑자기 나타난다면 바로 그 운율이 귀에 들어올 것이다. 이 시의 각운(brown/down, foam/home)은 문학성의 오랜 특징으로 문학이 함께해온 운율을 느끼게 한다. 어떤 텍스트가 문학이라고 인지되면, 우리는 일반적으로 간과해온 소리의 배열이나 여타 다른 언어적 구조에 주목하게 된다.

언어의 융합으로서의 문학

문학은 텍스트의 다양한 요소와 부분들이 복합적 관계를 형성하도록 한 언어이다. 어떤 좋은 목적을 위해 기부를 요청하는 편지를 받은 경우 그 소리가 의미와 조응한다고 생각하지는 않겠지만, 문학에서는 다양한 언어적 차원의 구조들, 즉 소리와 의미 그리고 문법 구조와 내용적 구도 등이 서로 강화되거나 대조와 갈등 관계를 형성한다. 두 단어(예컨대 'suppose/knows')의 소리를 묶는 운(韻)은 그 의미 또한 관계를 갖도록 하면서, '앎(knowing)'이 '추측(supposing)'의 반대말인가 하는 질문을 유발한다.

하지만 언어의 전경화나 융합, 둘 다 문학에 대한 적절한 정의를 내리지 못한다. 모든 문학이 언어를 전경화하는 것은 아니며(소설이 특히 그렇다), 전경화된 언어가 모두 문학인 것도 아니다. 혀를 꼬이게 하는 말들('Peter Piper picked a peck of pickled peppers.' 피터 파이퍼가 피클 고추 한 팩을 땄다.)은 비록 언어 자체로서 우리의 주목을 끌고 말을 더듬게 하지만, 그것이 문학이라 생각될 여지는 거의 없다. 광고에서 언어적 도구는 서정시에서보다 눈에 띄게 더 자주 전경화되고 다른 구조적 차원들이 한층 무게감 있게 결합될 수 있다. 저명한 이론가인 로만 야콥슨(Roman Jakobson)은 언어의 '시적 기능'의 예로 서정시의 한 줄이 아니라, 드와이트 D. ('아이크') 아이젠하워(Dwight D. 〔'Ike'〕 Eisenhower)의 대통령 선거 운동 슬로건인 "나는 아이크를 사랑한다(I like Ike)"를 든다. 여기에서 단어 배열을 통해 좋아하는 대상(Ike)과 좋아하는 주체(I)가 행동(like)에 의해 하나가 되어 있다. 이렇게 대상(Ike)과 주체(I)가 행동(like)에 의해 함께하고 있을 때 아이크를 좋아하지(like) 않을 수 없다. 이런 광고를 통해 아이크를 꼭 좋아해야 한다는 것이 언어 구조 그 자체에 내장된 것처럼 느껴진다. 그러므로 여러 언어 층위들 사이의 긴밀한 관계는 오직 문학에서만 적절한 것이 아니며, 오히려 우리 자신이 문학의 형식과 의미 혹은 주제와 문법 사이의 관계 구축을 더욱 추구하거나 활용하고자 한다는 것이고, 각각의 요소가 전체적인 효과에 기여하는 바를 이해하기 위해 이들의 통합, 조화, 긴장, 혹은 부조화마저도 긍정적으로 찾아 나선다고 해야 한다.

전경화와 언어적 통합의 관점에서 문학성을 설명하는 것은 가령 화성인이 문학작품과 다른 종류의 글을 구별할 수 있는 기준을 제공하지 못한다. 이러한 설명은 문학의 성격에 대한 대부분의 주장에서처럼 일반적으로 중요하다고 생각되는 일정한 문학적 양상에 주목하도록 한다. 이에 따르면, 어떤 것을 문학으로 연구하는 것은 무엇보다도 언어의 구조에 집중하는 것으로, 문학을 저자의 마음의 표현이나 이를 생산한 사회의 반영으로 읽는 것이 아니다.

허구로서의 문학

독자들이 문학을 별도로 주목하는 이유는 문학적 언명이 세계와 특별한 관계 즉 이른바 '허구적'인 관계를 갖기 때문이다. 문학작품은 언어적 사건으로 화자, 등장인물, 사건, 그리고 예상되는 청자(작품의 전개 속에서 설명해야 할 것과 설명하지 않아도 될 것을 가려나가는 과정에서 설정되는 청자)로 구성된 허구의 세계를 만들어낸다. 문학작품은 역사적이기보다는 상상의 인물들(엠마 보바리, 허클베리 핀)에 대해 이야기하지만, 그 허구성은 인물과 사건에 국한되지 않는다. 발화 상황과 긴밀히 연관되는 소위 상황 지시적 언어—대명사(나, 당신) 혹은 장소와 시간의 부사(여기, 거기, 이때, 그때, 어제, 내일)—는 문학에서 독특하게 작동한다. 시에서 '이때'("이때…… 모여든 제비들이 하늘에서 지저귄다." 키츠John Keats, 「가을에 부쳐 To Autumn」)는 시인이 이 단어를 처음 적은 바로 그 순간이 아니라 시 속에서 즉 허구의 세계에서 그 행동이 일어난 시점을 가리킨다. 그리고 예를 들어 워즈워스(William Wordsworth)의 "나는 구름처럼 외로이 방황했네"('I wandered lonely as a cloud.' 「수선화 The Daffodils」)와 같은 서정시에서의 '나(I)' 역시 허구적인 것으로, 시의 화자를 지칭하면서 실제 개인으로서의 시인과 사뭇 다를 수 있다. (물론 시의 화자 혹은 서술자에게 일어난 일과 워즈워스의 일생 한순간에 일어난 일 사이에 깊은 관련이 있을 수 있다. 하지만 나이든 사람이 쓴 시의 화자가 젊은이일 수 있고 그 반대의 경우 또한 있을 수 있다. 그리고 악명 높게도 '나'라는 인물이 이야기하는 소설의 경우 화자의 경험과 판단은 작가 자신의 것이 아닐 수 있다.)

허구인 문학에서 화자가 말하는 것과 작가가 생각하는 것 사이의 관계는 항상 해석을 요하는 문제이다. 제시된 사건과 실제 세계에서의 상황과의 관계 또한 마찬가지이다. 논픽션 담론은 보통 우리가 이를 어떻게 받아들여야 할지가 제품 사용 방법, 신문 기사, 자선 단체의 편지 등에서와 같이 상황에 따라 분명하다. 하지만 허구의 경우 명백히 그것이 정말 무엇에 대한 것인지에 대해 의문의 여지를 남긴다. 허구와 세계와의 관계는 문학작품의 속성이기보다는 그에 대한 해석에 의해 정해진다. 만약 내가 친구에게 "내일 8시에 하드락 카페에서 저녁 함께하지"라고 말한다면, 친구는 이를 구체적인 초대로 받아들이고 내 말의 상황에 따라 그 공간적·시간적 의미('내일'은 2012년 1월 14일, '8시'는 미국 시간으로 오후 8시라는 의미)를 파악한다. 하지만 시인 벤 존슨(Ben Jonson)이 「친구를 저녁식사로 초대하기Inviting a Friend to Supper」라는 시를 쓸 때에는, 이 작품의 허구적 성격으로 인해 실제 세계와 어떤 관계가 있는 것인지는 해석의 문제가 된다. 이 말의 상황은 문학적인 것으로, 이 시를 읽으면서 우리는 시가 우선적으로 허구의 화자가 갖는 태도를 그리는 것인지, 이제는 가버린 시절을 그리는 것인지, 혹은 우정이나 단순한 기쁨이 인간의 행복에 가장 중요하다는 것인지를 결정해야 한다.

『햄릿』을 해석한다는 것은 무엇보다도 이것이 가령 덴마크 왕자들의 문제에 대해, 혹은 자아 개념의 변화를 겪고 있는 르네상스기에 대해, 혹은 남자와 어머니 사이의 일반적 관계에 대해, 아니면 (문학적인 것을 포함한) 언어적 묘사가 우리의 경험을 이해하는 데 어떤 영향을 주는지에 대해 이야기하는 것인지 독서 과정에서 결정해야 한다는 것이다. 이 희곡에서 전체적으로 덴마크가 언급되었다고 해서 이를 반드시 덴마크에 대해 이야기한다고 읽을 필요는 없다. 이는 해석이 결정할 일이다. 우리는 『햄릿』을 다양한 다른 수준에서 다른 방식으로 현실 세계와 연관시킬 수 있다. 문학의 허구성은 다른 일상적 맥락으로부터 언어를 격리시켜 이 세계와 작품과의 관계를 해석에 맡긴다.

미적 대상으로서의 문학

이제까지 문학의 양상으로서 언어적 층위의 효과적 조직화, 말의 실용적 맥락으로부터의 탈피, 현실 세계와의 허구적 관계를 살펴보았는데, 이들은 모두 언어의 미적 기능이라는 포괄적 항목 하나로 묶일 수 있을 것이다. 미학은 역사적으로 예술에 대한 이론에 붙여진 이름으로, 미가 예술작품의 객관적 속성인지 혹은 보는 이의 주관적 반응인지에 대해, 그리고 미적인 것과 진리와 선한 행동 사이의 관계에 대해 논쟁이 진행되어왔다.

현대 서구 미학의 가장 중요한 이론가인 이마누엘 칸트(Immanuel Kant)에 따르면 미적 개념은 물질세계와 정신세계 사이의, 힘과 규모의 세계와 개념 세계 사이의 괴리를 메워주려는 시도를 지칭한다. 회화나 문학작품과 같은 미적 대상은 감각적 형식(색, 소리)과 정신적 내용(이념)을 결합함으로써 물질적인 것과 정신적인 것을 묶을 수 있는 가능성을 보여준다. 문학작품이 미적 대상인 것은 우선 여타 의사소통적 기능이 괄호 안에 넣어지거나 유보됨으로써, 독자로 하여금 형식과 내용 사이의 상관관계를 고려하도록 권하기 때문이다.

칸트와 다른 이론가들에게 미적 대상은 '무목적적 목적성(purposiveness without purpose)'을 가지고 있다. 미적 대상은 그 구성에 있어 목적성이 있고 그 구성 요소들이 일정한 목적을 달성하도록 조직되어 있다. 하지만 그 목적은 예술 작품 그 자체를 향해 있고, 작품 속의 즐거움이든 작품이 가져온 즐거움이든, 어떤 외부적 목적을 갖지 않는다. 구체적으로 어떤 텍스트를 문학으로 여긴다는 것은 이를 구성하는 각 부분이 전체의 포괄적 효과를 위해 기여하는 것에 대해 묻는 것이지, 작품을 무엇보다도 어떤 다른 목적을 위한 것으로, 가령 우리에게 정보를 전달하거나 설득력을 발휘하기 위한 것으로 생각하지 않는다는 것이다. 이야기는 그 적절성이 '말할 가치'에 따라 결정되는 언술이라고 한다면, 그것은 문학적 이야기에는(이야기를 '좋은 이야기'로 만들 수 있는 특질에는) 어떤 다른 외적인 목적성이 있기보다는 그 자체로서 어떤 목적성이 있고, 이러한 시각은 문학적 이야기에서 (그리고 비문학적 이야기의 경우마저도) 미적·정서적 특성을 찾아낸다는 것을 의미한다. 좋은 이야기는 이야기할 가치가 있고, 독자 혹은 청자에게 '가치 있는' 것으로 다가온다. 그것은 즐거움이나 교훈 혹은 자극을 주는 일정한 효과를 유발하지만, 이들 가운데 하나를 행한다고 해서 반드시 좋은 이야기라고 일반화된 정의를 할 수는 없을 것이다.

상호텍스트 혹은 자기 반영적 구조물로서의 문학

최근 이론가들은 작품은 다른 작품으로부터, 즉 그것이 선택하여, 반복하고, 도전하며, 변형하는 이전의 작품들에 의해 탄생할 수 있다고 주장한다. 이러한 생각은 가끔 '상호텍스트성'이라는 엄청난 이름으로 불린다. 한 작품은 다른 많은 작품들과의 관련 속에서 존재한다는 것이다. 어떤 것을 문학으로 읽는다는 것은 그것을 다른 담론들과의 관련 속에서 의미를 갖는 '언어적' 사건으로 여긴다는 것이다. 말하자면 이전 시들에 의해 생성된 가능성을 이용하는 시나 당대의 정치적 수사를 끌어들여 비판하는 소설들이 이러한 예이다. 셰익스피어의 소네트가 "내 애인의 눈은 조금도 해를 닮지 않았네"라고 노래할 때 그것은 연애시 전통에서 사용되어온 은유를 가지고 와서 이를 거부하는 것인데("하지만 그녀의 볼에서는 그런 장미를 볼 수 없지."), 이러한 거부는 전통적 은유가 "걸을 때, 땅을 밟는" 현세의 자기 애인을 칭송하는 산뜻한 방식이 될 수 없다는 것을 강조하게 된다. 이것은 이 시가 이 시를 존재하게 하는 전통과의 관계에서 의미를 지닌다는 것을 보여준다.

이제 어떤 시를 문학으로 읽는 것은 이를 다른 시들과 관계 짓는 것으로, 그 의미 생성 방식에 있어 이 시와 다른 시들을 비교하고 대조하는 것이기 때문에, 어떤 차원에서 시를 시 스스로에 대한 것으로 읽는 것이 가능해진다. 시들은 시적 상상과 시적 해석이 작동하는 방식을 담고 있다. 여기에서 우리는 최근 이론에서 중요해진 또다른 개념을 만나게 된다. 그것은 문학의 '자기 반영성'이라는 개념이다. 소설은 어떤 차원에서는 소설에 대한 것, 즉 경험을 표현하고 구체화하거나 의미를 부여하는 데 있어서의 문제점이나 가능성에 대한 것이다. 그래서 『마담 보바리』는 한편으로 엠마 보바리의 '실제 삶'과 다른 한편으로 그녀가 읽는 낭만적 소설과 플로베르 자신의 소설이 삶을 그리는 방식 사이의 관계를 밝히는 작업으로 읽힐 수 있다. 우리는 어떤 소설(혹은 시)에 대해 그것이 은연중에 말하는 내용이 그것을 말하는 방식과 어떻게 관련되어 있는지를 항상 물을 수 있을 것이다.

문학은 저자들이 문학을 발전시키거나 새롭게 하려는 시도로서, 이런 까닭에 항상 내면적으로 문학 그 자체에 대한 사유를 동반한다. 하지만 다시 한번 우리는 다른 것들에 대해서도 동일하게 말할 수 있다는 것을 알게 된다. 시와 비슷하게 승용차 뒤창에 붙이는 문구의 의미는 이전의 다른 문구들에 이어질 수 있다. "주 예수를 위해 고래에게 핵공격을!(Nuke a Whale for Jesus!)"의 의미는 "핵무기 반대(No Nukes)", "고래 보호(Save the Whales)", 그리고 "주 예수를 믿으라(Jesus Saves)" 등이 없이는 그 의미를 알 수 없고, 이 문구 역시 실제로 다른 문구들에 대한 '반응'이라고 말할 수 있다. 이렇듯 문학의 상호텍스트성과 자기 반영성 역시 문학의 특징을 최종적으로 정의해주지 못하며, 다른 곳에서도 관찰될 수 있는 언어사용 양상들과 언어의 반영성에 관해 제기된 질문들을 또 다시 드러낼 뿐이다.

속성 대 결과

위의 다섯 경우 각각에서는 앞서 언급한 일정한 구조를 만나게 된다. 우리는 문학작품의 **속성** 즉 문학을 특징짓는 양상이라 할 수 있는 것을 논의해왔고, 특수한 종류의 관심—즉 어떤 것을 문학**으로** 여기는 데 있어 우리 자신이 언어에 부여하는 특별한 기능—의 결과로 보일 수 있는 것 또한 논의해왔다. 두 가지 관점 모두는 포괄적 관점이 되기 위해서는 다른 한쪽을 품어야 하는 것으로 보인다. 문학의 특성은 객관적 속성으로 간추려질 수 없거나 언어를 구성하는 방식의 결과물로 축소될 수 없다. 그 주요한 이유 가운데 하나는 이 장의 도입부에서 해본 작은 실험적 생각에서 이미 밝혀졌다. 언어는 우리가 강요하는 구성에 저항한다. 운율을 이루는 "우리는 원을 그리며 춤을 추면서(We dance round in a ring)"라는 구절을 중국식 포춘 쿠키에 넣거나, "세게 저으시오"를 감동적인 시에 넣을 수는 없을 것이다. 우리가 어떤 것을 문학으로 다룰 때나 형식과 통일성을 찾을 때 언어에는 저항이 있고, 우리는 이에 대해 그리고 이와 함께 작업을 해야 한다. 마지막으로 문학의 '문학성'은 언어적 자료와 문학이란 무엇인가에 대한 독자의 일상적 기대 사이의 상호 긴장 관계 속에 존재한다고 할 수 있을 것이다. 하지만 이 또한 조심스러운 것인데, 위의 다섯 경우에 대한 검토로부터 알 수 있었던 또하나의 사실은 문학의 주요 특성으로 여겨진 각 양상들 역시 여타 언어사용의 경우에도 발견될 수 있으며 결코 **확정적** 양상이 아니라는 점이다.

문학의 기능

이 장은 1980년대와 1990년대의 문학이론이 문학작품과 비문학 작품 간의 차이를 크게 강조하지 않았다는 언급과 함께 시작하였다. 이론가들이 행해온 것은 문학을 역사적이자 이념적인 영역 가운데 하나로 고려하면서, '문학'이라 불리는 것이 수행한다고 생각되는 사회 정치적 기능을 연구하는 것이었다. 19세기 영국에서 문학은 매우 중요한 사유 양식으로, 즉 다양한 기능으로 충만한 특별한 종류의 저작으로 등장하였다. 영제국(英帝國)의 식민지 교육과목 가운데 하나로 채택되면서 문학은 원주민들에게 영국의 위대함을 느끼게 하고, 그 역사적인 문명화 사업에 기꺼이 동참하게끔 하겠다는 의식으로 충만해 있었다. 영국 내에서 문학은 새로운 중산층과 상류층에게 특별한 가치관을 제공하고, 노동자에게는 비록 물질적 차원에서는 이들을 피지배 지위에 놓아두는 문화이지만 이에 동참할 수 있도록 하면서, 자본주의 경제에 의해 생겨난 이기주의와 물질주의에 저항하고자 하였다. 문학은 또한 공평무사한 이해를 가르치고, 국가적 자존감을 제공하고 계층을 넘어서는 동료애를 창출하여, 이제는 더이상 사회 통합적 능력이 없는 것으로 보이는 종교를 대체하는 기능을 수행하고자 하였다.

이 모든 것을 행할 수 있는 텍스트들은 진정으로 모두 특별한 것이었다. 그런데 이 모든 것을 행한 것으로 생각되는 문학은 무엇인가? 중요한 것은 문학에 작용하는 특별한 예시 구조이다. 문학작품—일례로 『햄릿』—은 허구적 인물의 이야기임이 분명하다. 문학작품은 스스로를 예시로 제시한다(읽는 이 또한 예시로 읽는다). 하지만 이런 가운데서도 문학은 그 예시적 성격의 범위나 폭을 정하지는 않고 있어, 독자나 비평가들이 쉽게 문학의 '보편성'을 논할 수 있게 되었다. 문학작품의 구조가 이런 까닭에, 문학작품은 묘사하거나 설명하고자 하는 바를 더 구체적으로 적시하기보다는 일반적인 '인간 조건'에 대해 말하고 있다고 여기게 된다. 『햄릿』은 단지 왕자들에 대한 것인가, 르네상스 시대의 남자들에 대한 것인가, 내성적인 젊은이들에 대한 것인가, 아니면 분명치 않은 이유로 아버지를 잃은 사람들에 대한 것인가? 이에 대한 대답은 모두 만족스러울 수 없기 때문에, 독자는 대답을 하지 않는 것이 더 좋다고 여기면서 암묵적으로 가능한 보편성만을 받아들인다. 구체성에 있어 소설, 시, 그리고 희곡은 모든 독자로 하여금 서술자와 인물의 고난과 생각을 느끼도록 하지만, 이들 장르는 구체적으로 '무엇을' 예시하고 있는지에 대해서는 적극적이지 않다.

하지만 보편성 즉 보편적 이해를 제공하는 것과 한 언어를 읽을 수 있는 모든 사람들을 대상으로 하는 언술 행위의 결합은 강력한 '국민적' 기능을 가진다. 베네딕트 앤더슨(Benedict Anderson)은 정치사 분야의 저술로 영향력 있는 이론을 제시한 『상상의 공동체: 민족주의의 기원과 전파에 대한 성찰Imagined Communities: Reflections on the Origin and Spread of Nationalism』에서 문학작품 특히 소설은 한 언어를 구사하는 (원칙적으로는 한정되어 있지만) 모든 사람들에게 호소함으로써 민족 국가적 공동체 형성에 기여하였다고 평가한다. 앤더슨에 따르면, 허구인 소설은 "현실에 조용하고도 지속적으로 파고들면서 익명의 구성원 상호 간의 신뢰를 바탕으로 하는 근대적 민족 공동체를 형성하였다". 영문학의 등장인물, 화자, 구성, 그리고 주제가 잠재적 보편성을 가진다고 하는 것은 열려 있으면서도 일정한 경계를 갖는 공동체를 상상하게 함으로써 가령 영국의 피식민지인들이 영국민이 되고 싶도록 만들었다. 사실 문학의 보편성이 강조될수록, 문학의 국가적 기능은 강화된다. 제인 오스틴(Jane Austen)에 의해 제시된 세계관의 보편성을 주장하는 것은 영국을 참으로 특별한 곳, 즉 취향과 행동의 기준점이자, 한 걸음 더 나아가 윤리적 문제가 결정되고 인간성이 형성되는 도덕적 구도와 사회적 환경의 기준점으로 만든다.

문학은 특별한 유형의 글로서 하층민뿐만 아니라 귀족층과 중산층 또한 문명화할 수 있었다고 주장된다. 문학은 우리로 하여금 '한층 나은 사람'이 될 수 있게 하는 미적 대상이라는 견해는 인간 주체에 대한 특별한 생각과 이어져 있는데, 이론가들은 이를 '자율적 주체'라 부른다. 이에 따르면 개인은 사회적 상황이나 이해관계에 의해서가 아니라 근본적으로 사회적 결정 인자로부터 자유롭다고 설정된 개인적 주체성(합리성과 도덕성)에 의해서 정의된다. 미적 대상은 실용적 목적으로부터 벗어나 특별한 유형의 성찰과 주체 형성을 유도하는데, 특히 우리로 하여금 지식과 판단을 적절하게 결합하는 상상력이 풍부한 인지 기능을 자유롭고 공평하게 행사하게 함으로써 자유주의적 주체가 되도록 도와준다. 이러한 주장에 따르면, 문학이 이렇게 할 수 있는 것은 선부른 판단을 배제하면서 복합성을 고려하도록 독려하고, 우리의 마음이 윤리적 사안에 고심하도록 하며, 또 국외자나 소설 독자로서 (자신들의 행동을 포함한) 다양한 행동과 처신들을 검토하도록 함으로써 이루어진다. 문학은 불편부당함을 증진하며, 감수성과 민감성을 함양하고, 다른 환경의 남녀와 공감하도록 하면서, 동료의식을 높인다. 1860년대에 어떤 교육자는 다음과 같이 주장했다.

> 인류의 지적 지도자들의 생각이나 말과 대화함으로써, 우리의 가슴은 보편적 인간애의 감정과 함께 뛰게 된다. 우리가 깨닫게 되는 것은 계층이나 당파나 신념의 차이가 매력적이고 교훈적인 천재의 힘을 파괴할 수 없다는 것, 또한 뿌연 연기와 소란 너머로, 근심과 일상과 논쟁으로 가득한 인간의 속된 삶 속에서 일어나는 소음과 혼란 너머로, 모두가 함께 만나 담소를 할 수 있는 고요하고 빛나는 진리의 장소가 있다는 것이다.

최근의 이론적 논의는 당연히 이러한 문학관에 비판적이며, 노동자들에게 소위 이 '높은 경지'에 대한 접근권을 부여함으로써 자신들의 비참한 조건에 대해 눈감게 하려는 신비화 전략—테리 이글턴(Terry Eagleton)에 따르면 노동자들이 바리케이드를 치지 못하도록 이들에게 소설을 던져주는 방식—을 무엇보다도 비판해왔다. 하지만 문학이 무엇을 하는 것인지에 대해 생각해보고, 어떠한 사회적 실천으로 작용하는지를 탐구해본다면, 극히 다양한 주장들이 상호 갈등하고 있다는 것을 알게 된다.

문학은 정면으로 충돌하는 여러 기능들을 부여받아왔다. 문학은 이념적 도구로서 독자를 위계질서가 있는 사회 구성을 받아들이도록 회유하는 일련의 이야기들인가? 만약 이야기가 여성은 어디까지나 결혼을 통해서 행복을 찾아야 한다는 것을 당연시하고, 계층의 구별을 받아들이면서 어떻게 착한 하녀가 주인 남자와 결혼하는가를 보여준다면, 이들 이야기는 현단계의 역사적 구성에 지나지 않는 것을 정당화하게 된다. 아니면, 문학은 이념을 의심해야 할 어떤 것이라고 폭로하고 밝히는 장(場)인가? 가령 문학은 당대 사회가 여자에게 허용한 좁은 선택권을 내밀하지만 강력하고 감동적인 방식으로 기술하여 이러한 사정을 드러냄으로써, 이를 당연시하지 않을 가능성을 높인다. 이 두 주장 모두 상당한 설득력을 가진다. 여기에서 또다시 우리는 문학의 잠재적 '속성'과 이러한 속성을 드러내는 관심 사이의 복잡한 진자 운동을 발견하게 된다.

우리는 또한 문학과 행동 사이의 관계에 대한 상반되는 주장을 만나게 된다. 이론가들은 문학은 우리에게 세계와 관계하는 방식으로 고독한 읽기와 성찰을 권함으로써 변화를 일으키는 사회 정치적 행동을 막는다고 주장한다. 최선의 경우 사안의 복합성으로부터 초연하거나 이를 인정하게 하고, 최악의 경우 현실에 대한 수동성과 수용적 태도를 조장한다는 것이다. 하지만 다른 한편으로 문학은 역사적으로 위험한 것으로 여겨진 바와 같이, 권위와 사회 질서에 질문을 제기하도록 하였다. 플라톤이 시인을 자신의 이상적 공화국으로부터 추방한 것은 이들이 오직 해악을 끼칠 수 있을 뿐이라는 것 때문이었고, 소설은 사람들로 하여금 자신이 이어받은 삶에 불만을 느끼고 새로운 것을—대도시의 삶이나 로망스 혹은 혁명을—추구하도록 만든다는 생각이 오랫동안 있어왔다. 계층, 성, 인종, 민족, 그리고 나이에 따른 구분을 넘는 공감을 촉진함으로써, 소설책은 투쟁보다는 '우의'를 증진할 수 있지만, 또한 진보적 투쟁을 가능하게 만드는 불의에 대한 민감성을 키울 수도 있다. 역사적으로, 문학작품은 변화를 산출하는 것으로 여겨졌다. 해리엇 비처 스토(Harriet Beecher Stowe)의

『톰 아저씨의 오두막Uncle Tom's Cabin』은 당대의 베스트셀러로 미국의 남북전쟁을 촉발한 반노예제도 운동에 큰 도움을 주었다.

문학작품의 등장인물과 서술자에 대한 공감의 문제와 그 효과에 대해서는 7장에서 다시 살펴볼 것이다. 여기서는 문학이 제도적·사회적 실천 차원에서 갖는 고도의 복합성과 다양성을 언급하고자 한다. 어떻든 여기서 우리가 논하는 문학은 우리가 상상하는 것은 무엇이든 말할 수 있는 가능성에 기초한 제도이다. 이것은 문학의 핵심적 사안이다. 어떠한 정설과, 어떠한 믿음, 어떠한 가치 앞에서도 문학은 그것을 조롱하고, 야유하고, 어떤 다른 악마적 허구를 상상해낸다. 인간의 행위가 제어되지 않은 욕망을 품은 본성을 따를 경우 발생할 수 있는 것을 그리고자 한 마르키 드 사드(Marquis de Sade)의 소설에서부터 신성한 이름과 주제를 풍자하고 야유하여 큰 격분을 일으킨 살만 루슈디(Salman Rushdie)의 『악마의 시The Satanic Verses』에 이르기까지, 문학은 이전까지의 생각과 글을 허구적으로 넘어서려는 시도 그 자체였다. 의미가 있는 것으로 보이는 어떤 것이든, 문학은 그 정당성과 적절성에 대해 질문을 제기하면서 그것을 무의미한 것으로 만들고, 넘어서고, 바꿀 수 있다.

문학은 문화적 엘리트의 활동이고, 가끔은 '문화 자본'이라 불려왔다. 문학을 배우는 것은 사회적 상류 계층에 합류하는 데 도움이 되는 등 여러 가지 측면에서 보상을 받는 문화적 지분을 제공한다. 하지만 문학은 이러한 보수적인 사회적 기능으로 한정될 수는 없다. 문학은 '가족 가치'의 전도사는 전혀 아니며, 밀턴의 『실낙원』에서 그려지는 신에 대한 사탄의 반란에서부터 도스토옙스키의 『죄와 벌』에서 그려지는 라스콜니코프의 노파 살해에 이르기까지 모든 방식의 죄들이 매력적으로 보이도록 한다. 문학은 자본주의적 가치에 저항하고, 돈을 벌고 쓰는 것의 적절성을 따져 묻는다. 문학은 문화의 전달자이자 문화의 소음이다. 그것은 문화 자본이자 재정돈의 힘이기도 하다. 또한 그것은 해석을 필요로 하고 독자로 하여금 그 의미를 따지도록 하는 글이다.

문학의 역설

문학은 역설적 제도인데, 그것은 문학을 창작하는 것이 주어진 법칙에 따라 글을 쓰는 것—소네트처럼 보이거나 소설 양식을 따르는 어떤 것을 만드는 것—이면서도, 이러한 양식들을 비웃으며 이를 넘어서는 것이기 때문이다. 문학은 스스로의 한계점을 내보이고 비판함으로써, 또는 다른 관점에서 접근할 때 생겨날 수 있는 것을 가늠함으로써 존속해가는 제도이다. 따라서 '달(moon)'은 '유월(June)'이나 '황홀(swoon)'과 음운이 맞고, 아가씨들은 예쁘며, 기사들은 용맹스럽듯이, 문학은 완전히 양식적인 것이면서도, 동시에 조이스(James Joyce)의 『피네간의 경야(經夜)』의 경우와 같이—이를테면 "그 옛날 한 공간 안에 지루하도록 넓은 공간 안에 쥐여우 한 마리 살았다네."("Eins within a space and a wearywide space it was er wohned a Mookse." *Finnegans Wake*, 152.18-19)—독자가 스스로 의미를 창출하려고 노력해야 할 만큼 완전히 혼란스러운 것이기도 하다.

"문학이란 무엇인가?"라는 질문이 제시되는 이유는, 앞서 제시한 바와 같이, 우리가 문학을 역사로 착각하거나 포춘 쿠키의 쪽지를 시로 착각할 수 있어서가 아니라, 비평가와 이론가가 무엇이 문학인가를 말함으로써 자신들에게 가장 적절한 비평 방법을 채택하는 한편, 문학의 가장 기본적이고 분명한 양상들을 살피지 않는 방법들을 퇴출하고자 하기 때문이다. 최근 이론의 장에서 "문학이란 무엇인가?"라는 질문이 문제되는 이유는 이론이 모든 종류의 텍스트에서 문학적 특성을 감지해낼 수 있기 때문이다. 문학성에 대해 숙고하는 것은 문학에 의해 추출된 읽기 방식을 다른 담론들의 분석에 있어 명심하는 것이다. 이러한 읽기 방식은 즉각적으로 이해 가능해야 한다는 요구를 일단 제쳐두고 표현 방식에 내재한 함의를 숙고하면서, 또 어떻게 의미가 만들어지고 즐거움이 생성되는지에 대해 주의하는 독서 방식을 말한다.

제 3 장

문학과 문화 연구

프랑스 문학 교수들이 담배에 대해 혹은 미국인들의 비만 강박관념에 대해 글을 쓰고, 셰익스피어 학자들이 양성애를 분석하고, 리얼리즘 전문가들이 연쇄 살인범에 대해 연구를 하고 있는 것은 도대체 어떻게 된 일인가?

이러한 현상은 이른바 '문화 연구'로서 1990년대 인문학의 주요 연구 활동이 되었다. 일부 문학 교수들은 밀턴에서 마돈나로, 셰익스피어에서 연속극으로 돌아서면서 문학 연구를 완전히 포기한 듯하다. 이러한 현상은 문학이론과 어떤 관련이 있는가?

이론은 문학작품 연구를 매우 풍성하게 하고 진작시켰지만, 1장에서 살핀 바와 같이 이론은 문학이론이 아니다. '이론'이란 모름지기 무엇에 대한 이론이어야 한다고 의문을 제기한다면, 이론은 '표상 행위', 경험의 생성과 재현, 그리고 인간 주체의 형성, 이 모두를 포괄해서 한마디로 말한다면 넓은 의미의 문화와 같은 것, 바로 이들에 대한 이론이라고 대답할 수 있다. 그리고 문화 연구 분야는 이제까지 전개되어온 바와 같이 '이론' 그 자체이기에는 혼란스러울 정도로 여러 학문 분야에 걸쳐 있으며 정의하기가 어렵다. 이론과 문화 연구는 함께한다고 말할 수 있지만, '이론'은 이론이고 문화 연구는 실제라고 할 수 있다. 문화 연구는 간략히 '이론'이라 부르는 이론을 펼치는 실제이다. 일부 문화 연구 수행자들은 '고급 이론'에 대해 불만을 표하지만, 이는 끝없이 이어지면서 위협적 수준의 규모로 다가오는 이론에 대해 그들이 괜히 책임지는 일을 떠맡지 않고자 한다는 것을 말해준다. 문화 연구 분야의 작업은 사실 이 책에서 다루는 의미, 정체성, 반영, 그리고 행위 능력 등에 대한 이론적 논쟁에 크게 의존한다.

하지만 문학 연구와 문화 연구는 상호 어떤 관계를 갖는가? 넓은 의미에서 문화 연구의 목표는 특히 현대 사회에서의 문화의 기능을 이해하는 것, 다시 말해 다양하게 섞인 공동체, 국가 권력, 매체 산업, 그리고 다국적 기업 등의 세계에서 문화 산물이 작동하는 방식과 개인 및 집단의 문화적 정체성이 구축되고 조직되는 방식을 이해하는 것에 있다. 따라서 원칙적으로 문화 연구는 문학 연구를 그 일부로 포함하면서 문학을 특별한 문화 현상으로 다룬다. 그런데 이는 어떤 포함 관계인가? 이에 대해서는 많은 논쟁이 있다. 문화 연구의 범위가 넓어 이 안에서 문학 연구가 새로운 힘과 통찰력을 갖출 수 있다는 것인가? 혹은 문화 연구가 문학 연구를 삼키고 문학을 소멸시킬 것인가? 이 문제를 알기 위해 우리는 문화 연구의 전개에 대한 배경을 잠시 살필 필요가 있다.

문화 연구의 대두

현대 문화 연구는 두 갈래의 계통을 가진다. 먼저 그것은 1960년대 프랑스 구조주의(부록 참고)에서 시작되었는데, 구조주의는 (문학을 포함하는) 문화를 규칙과 양식을 설명할 수 있는 일련의 활동으로 다룬다. 프랑스 문학이론가인 롤랑 바르트(Roland Barthes)의 『신화Mythologies』(1957)와 같은 초기 문화 연구는 프로레슬링과 자동차와 합성세제 광고에서부터 프랑스 와인이나 아인슈타인의 뇌와 같은 신화적 사례들에 이르는 문화 활동을 간략히 '해독'하는 작업을 하고 있다. 바르트는 특히 문화에서 자연스런 것으로 여겨져온 것들이 상황과 역사적 조건에 기초하고 있음을 보여줌으로써 이들을 탈신화화하는 것에 관심을 기울였다. 예컨대 프로레슬링과 권투를 비교한다면 전혀 다른 모습들을 볼 수 있을 것이다. 권투 선수들은 얻어맞아도 무표정하게 행동하지만, 레슬러들은 고통스럽게 몸부림치며 틀에 박힌 역할을 현란하게 해낸다. 권투에 있어 규칙은 넘어서는 안 될 선이지만, 레슬링의 경우는 규칙의 공공연한 위반도 경기의 일부로 받아들여지는데, 이러한 관계는 레슬링이 가지는 의미의 폭을 넓힌다. 레슬링에서 규칙은 아주 과장되게 위반하기 위해 존재하면서 '나쁜 놈' 혹은 악당이 극적으로 스스로를 악마이자 비신사적인 존재로 드러내고 관중을 복수의 광란으로 빠져들게 한다. 이처럼 프로레슬링은 무엇보다도 선과 악이 완전히 반대항을 이루는 도덕적 이해를 만족시킨다. 순수문학에서부터 패션과 음식에 이르는 문화 형식들을 탐문한 바르트의 사례들은 문화적 이미지의 내적 의미를 면밀히 읽을 것과 이상한 문화 구축물의 사회적 기능을 분석하도록 한다.

오늘날의 문화 연구의 또다른 근원으로는 영국의 마르크스주의 이론이 있다. 레이먼드 윌리엄스(Raymond Williams)의 저작인 『문화와 사회Culture and Society』(1958)와 버밍햄 현대 문화 연구소(Birmingham Centre for Contemporary Cultural Studies)의 창립자인 리처드 호가트(Richard Hoggart)의 『독해 능력의 효용The Uses of Literacy』(1957)은 문화가 단지 고급 문학과 동일시됨에 따라 전혀 주목을 받지 못했던 대중과 노동자 계층의 문화를 복구하고 탐구하고자 하였다. 잃어버린 목소리를 복원하고 아래로부터의 역사를 추구하는 작업은 또 다른 문화적 지평을 만나게 되는데 그것은 (유럽의 마르크스주의 이론으로부터 온 것으로) 〔부정적 의미의—옮긴이〕 군중문화(mass culture), 말하자면 〔좀더 긍정적 의미의—옮긴이〕 대중문화(popular culture)의 반대항을 분석하면서 이를 억압적 이념 장치로, 즉 독자와 시청자를 단지 소비자로 만들고 국가 권력의 작동을 정당화하는 기능을 수행하는 의미 장치로 분석하였다. 문화에 대한 이들 두 분석—문화를 사람들 스스로의 표현으로 보는 것과 사람들에 대한 강요로 보는 것—사이의 상호 관계는 영국에서 그리고 이후 다른 곳에서 문화 연구 발달에 매우 중요하게 작용하였다.

긴장

이러한 전통 속의 문화 연구는 한편으로 일반인들의 표현으로서의 대중문화를 복구하거나 주변화된 집단의 문화에 목소리를 부여하려는 욕망과, 다른 한편으로 이념적 강제로서의 즉 강압적인 이념적 구조로서의 군중문화 연구 사이의 긴장 속에서 추진되고 있다. 대중문화를 연구하는 것의 의의는 심미주의자나 대학교수의 삶과는 반대되는 일반인의 삶, 즉 이들의 문화에서 중요한 것에 접근한다는 것에 있다. 더 나아가, 어떻게 사람들이 문화적 힘에 의해 형성되고 조작되는지를 보여주려는 강한 충동 또한 작용한다. 어떻게 문화 형식과 실천이 특정한 욕망과 가치로 우리를 '호명'하거나 호출함으로써 주체로 구축하는가? '호명'은 프랑스 마르크스주의 이론가인 루이 알튀세르의 개념이다. 우리는 가령 광고에 의해 특정 유형의 주체(어떤 특성에 가치를 두는 소비자)로 호출되며, 이렇게 반복적으로 불려나온 결과 우리는 이러한 위치를 점하게 된다. 문화 연구는 우리가 얼마나 문화 형식에 의해 조정되는지, 그리고 얼마나 혹은 어떻게 우리가 이른바 '행위 능력'을 행사하면서 문화 형식을 다른 목적을 위해 사용할 수 있는지를 묻는다. (요즘 이론의 간략한 정의에 따르면, '행위 능력'의 문제는 우리가 얼마나 우리의 행동에 대해 책임이 있는 주체가 될 수 있는가, 그리고 외견상 보이는 우리의 선택이 얼마나 우리가 제어할 수 없는 힘에 의해 좌우되는지에 대한 문제이다.)

문화 연구는 문화를 한편으로는 우리의 진정한 욕망과는 거리가 먼 규칙과 양식들로 분석하고자 하는 분석가의 욕망과, 다른 한편으로는 대중문화에서 표현된 진정성 있는 가치를 찾고자 하는 분석가의 희망 사이의 긴장 속에 존재한다. 하나의 해결책은 우리가 자본주의와 그 매체 산업이 스스로의 문화를 조성하기 위해 우리에게 던져놓은 문화적 대상을 이용할 수 있다는 것을 보여주는 것이다. 대중문화는 군중문화로부터 만들어진다. 대중문화는 군중문화와 상반되는 문화적 원자재로부터 만들어지며, 이런 까닭에 그 문화적 투쟁의 창조성은 부정적 차원의 군중문화를 변용하는 것에 있다.

문화 연구 작업은 특히 정체성이라는 복합적 문제와 이러한 정체성이 형성되고, 경험되며, 전해지는 다양한 방식의 연구에 맞춰져 있다. 이러한 정체성은 인종적 소수자, 이민자, 여성 등 집단에 따라 구성되며, 이들은 자신이 속한 더 넓은 집단의 문화—이 문화 자체도 변화하는 이념적 구축물이다—에 동조하기 어렵기 때문에, 유동적 문화와 문화적 정체성에 대한 연구는 더욱 중요해진다.

현재 문화 연구와 문학 연구 사이의 관계는 복잡한 문제이다. 이론적으로, 문화 연구는 셰익스피어와 랩 음악, 고급문화와 하층문화, 과거의 문화와 현재의 문화 등 모든 것을 포괄한다. 하지만 실제로는, 의미는 차이에 기초하기 때문에 우리는 다른 어떤 것의 반대항으로 문화 연구를 한다. 그것은 무엇에 대한 반대항인가? 문화 연구는 문학 연구로부터 나온 것이기 때문에, 빈번히 '전통적 개념의 문학 연구에 대한 반대항'이라 대답 된다. 이러한 문학 연구에서는 문학작품을 저자가 이룩한 것으로 해석하고, 문학을 공부하는 주요 정당성이 위대한 작품의 특별한 가치—그 복합성, 아름다움, 직관, 보편성, 독자에게의 잠재적 도움 등—에서 찾아진다.

하지만 문학 연구 자체는 그것의 임무가 전통적이든 그렇지 않든 단 하나의 개념으로 모이지 않아왔다. 이론의 등장 이후 문학 연구는 특히 논쟁이 극심한 분야로서, 여기에서는 문학과 비문학을 다루는 모든 종류의 작업들이 주목을 받기 위해 경쟁해왔다.

이런 까닭에 원칙적으로 문학 연구와 문화 연구 사이에는 갈등이 있을 필요가 없다. 문화 연구와 문학 연구가 상정하는 문학적 연구 대상과 범주는 다르지 않다. 문화 연구는 문학 분석의 방법을 다른 문화적 대상에 적용하면서 시작되었다. 문화 연구는 문화 작품을 단순한 대상으로가 아니라 읽어야 할 '텍스트'로 다룬다. 반면에, 문학이 특별한 문화적 실천으로 연구되고 작품이 다른 담론과 연관될 때, 문학 연구는 이득을 본다. 이론의 영향력은 문학작품이 대답할 수 있는 질문의 범위를 넓혀왔고, 문학작품이 시대의 이념에 저항하고 이를 순순히 받아들이지 않는 다양한 방식들에 우리의 관심을 기울이도록 한 것에서 찾아진다. 원칙적으로 문화 연구는 문학을 다른 여러 표현 방식 가운데 하나일 뿐이라고 주장하는 한편, 문학에 부여된 문화적 역할을 검토하면서 문학을 복합적인 중층 텍스트 현상으로 다루는 연구를 촉진할 수 있다.

문학 연구와 문화 연구 사이의 관계에 대한 주장은 크게 다음 두 개의 논제를 중심으로 분류될 수 있다. (1)학교와 대학에서 정규 과목으로 공부하는 작품들로서, '우리의 문학 유산'을 형성하는 것으로 여겨지면서 '문학 정전'이라 불리는 것, (2)문화적 대상을 분석하는 적절한 방법들이 그것이다.

문학 정전

문화 연구가 문학 연구를 집어삼킨다면 문학 정전의 미래는 어떻게 되는 것일까? 연속극이 셰익스피어를 대체하였는가? 만약 그렇다면 문화 연구의 잘못인가? 문화 연구가 세계문학의 고전보다는 영화와 텔레비전이나 다른 대중문화 형식들을 연구하도록 권함으로써 문학을 죽이고 있는 것은 아닌가?

이와 유사한 공격은 이론에도 가해지는데, 이론이 문학작품을 철학과 정신분석학 텍스트들과 병행하여 읽도록 권함으로써 학생들로 하여금 고전으로부터 멀어지게 하였다는 것이다. 하지만 이론은 전통적인 문학 정전에 활력을 재충전하면서, 영미 문학의 '위대한 작품'을 더 다양한 방식으로 읽도록 하였다. 셰익스피어에 대해 요즘처럼 많은 글이 나온 적은 없다. 셰익스피어는 이제 페미니즘, 마르크스주의, 정신분석, 역사주의, 그리고 해체론적 개념에 의해 해석되는 등 생각할 수 있는 모든 측면에서 연구되고 있다. 워즈워스는 문학이론에 의해 자연의 시인에서 근대성의 주요 인물로 변모되었다. 문학 연구가 역사적으로 중요한 시대나 장르를 '개괄하기' 위한 것이 되면서, 항상 연구되던 '군소' 작품들은 더이상 관심을 끌지 못하는 신세가 되었다. 셰익스피어는 어느 때보다 더 널리 읽히고 왕성하게 해석되고 있다. 이에 반해 말로(Christopher Marlowe), 보몬트(Francis Beaumont), 플레처(John Fletcher), 데커(Thomas Dekker), 헤이우드(Thomas Heywood), 벤 존슨(Ben Jonson) 등 엘리자베스 여왕이나 이후 제임스 1세 시대의 극작가들은 오늘날 거의 읽히지 않는다.

이와 비슷하게 문화 연구 역시 몇몇 문학작품을 새로운 관점에서 연구하고 연구 주제를 넓히면서 다른 분야의 학생들을 뺏어가지 않을까? 아직까지는 문화 연구의 성장은 문학 정전의—확장을 유도하지는 않았어도—확장에 동참해왔다. 오늘날 널리 가르쳐지는 문학은 여성과 그 외의 역사적으로 소외된 집단의 작품을 포함한다. 전통적 문학 과목의 일부이든 별도의 전통('아시아계 미국인', '탈식민 영어 문학')이든, 이들 작품은 주로 문제시되는 사람들(미국의 경우, 여성뿐만 아니라 아프리카계와 아시아계 미국인, 아메리카 원주민, 히스패닉 등)의 경험과 함께 이들의 문화를 반영하는 것으로 연구된다. 하지만 이러한 문학작품들은 문학이 표현하고 반영하고자 하는 문화를 얼마만큼 창조해나가고 있는지에 대해서는 의문을 남긴다. 문화는 이러한 문학적 반영의 근원이거나 원인이기보다는 그 효과인가?

이전에는 간과되었던 작품들에 대한 광범위한 연구로 인해, 문학의 전통적 기준들은 이제 더이상 유효하지 않는가에 대해 대중매체에서 뜨거운 논쟁이 일어났다. 이전에 간과된 작품들이 '문학적 우수성'이나 문화적 대표성을 기준으로 새롭게 선택된 것인가? 연구 대상이 되는 작품을 선정하는 것은 특정한 문학적 기준이기보다, '정치적 올바름' 즉 모든 소수자들에게 적절한 발언권을 주고자 하는 바람인가?

이러한 질문에 대한 답변에는 세 가지 유형이 있다. 첫째는 '문학적 우수성'이 연구 대상을 결정하지 않는다는 것이다. 교사들은 세계문학 가운데 걸작이라고 생각하는 열 개를 선택하는 것이 아니라 무언가를, 아마도 문학 형식이나 문학사에 있어 한 시대를 대변하는 작품(영국 소설, 엘리자베스 여왕 시대의 문학, 현대 미국시)을 선택할 것이다. '최고의' 작품이 선택되는 것은 이들이 무언가를 대변한다는 것 때문이다. 시드니(Philip Sidney), 스펜서(Edmund Spenser), 그리고 셰익스피어를 당대 최고의 시인이라고 생각한다면 이들을 엘리자베스 시대의 과목에서 제외하지 않을 것이고, 아시아계 미국인 문학을 가르치는 경우 이 분야에서 '최고'라고 생각하는 작품들을 포함시키게 될 것이다. 변화한 것은 문학 형식의 다양성만

이 아니라 문화적 경험의 다양성을 반영하는 작품들을 선택하고자 하는 관심이다.

둘째, 문학적 우수성의 기준을 설정하는 것은 역사적으로 인종이나 성 등과 같은 비문학적 기준이다. 남자아이(이를테면 허클베리 핀)의 성장 경험은 보편적인 것으로 여겨져왔지만, 여자아이(이를테면 『플로스 강의 물방앗간Mill on the Floss』의 매기 털리버Maggie Tulliver)의 경험에 대한 관심은 한층 제한적인 주제로 여겨져왔다.

마지막으로, 문학적 우수성 개념 자체도 논쟁의 대상이 되어왔다. 특별한 문화적 관심과 목적이 문학적 평가의 유일한 기준이라면 문학적 우수성은 이러한 관심과 목적을 담고 있는가? 연구할 가치가 있는 문학으로 여겨질 수 있는 대상에 대해, 그리고 우수성이라는 개념이 실제로 어떻게 작용하여 왔는지에 대해 행해진 논쟁은 문화 연구 분야 가운데 문학 연구와 깊은 관련이 있는 부분이다.

분석

의견이 나뉘는 두번째 큰 주제는 문학과 문화 연구에서의 분석의 틀에 관한 것이다. 문화 연구가 문학 연구에서 약간 벗어난 형식에 불과했을 때, 문화 연구는 다른 문화적 대상들에 대해 문학적 분석 방식을 적용하였다. 문화 연구가 지배적이

되어 그 연구자들이 더이상 문학 연구로부터 오는 것이 아니라면 문학적 분석의 적용은 더이상 중요한 것이 아닐 수 있지 않을까? 미국에서 나온 『문화 연구Cultural Studies』라는 영향력 있는 교재의 서론은 "문화이론에서 비록 텍스트 읽기에서와 같은 면밀한 읽기를 금지하지는 않지만, 또한 요구하지도 않는다"고 단언한다. 하지만 문학비평가들에게 문화 연구는 면밀한 읽기로부터 상당히 자유로운 것으로 보인다. 문학 연구를 오랫동안 지배해온 원칙—즉, 주요 관심사는 개별 작품 특유의 복합성이라는 것—으로 벗어나면서부터 문화 연구는 손쉽게 일종의 비계량적 사회학이 될 수 있었고, 작품을 그 자체가 아닌 다른 어떤 것을 반영하는 흥미로운 사례나 증상으로 다루고 다른 유혹들에도 동의할 수 있게 되었다.

이들 유혹 가운데 주된 것은, 어떤 사회적 '총체성'이라는 것이 존재하고 문화 형식들은 이러한 총체성의 표현 혹은 증상인데, 이들 형식을 분석하는 것은 이들이 유래한 사회적 총체성과 연관되어야 한다는 생각이다. 최근의 이론은 사회적 총체성 즉 사회 정치적 총괄 구조가 있는가, 만약 그렇다면 어떻게 문화적 산물과 활동이 이와 관련되는가에 대해 논쟁하고 있다. 이런 가운데 문화 연구는 문화적 산물이 사회 정치적 하부 구조의 증상이며 이들은 상호 직접적 관계를 갖는다는 생각에 이끌리고 있다. 예를 들어 1982년과 1985년 사이에 영국 오픈 유니버시티의 '대중문화' 강좌는 약 5천 명이 수강한 바 있는데, 이 가운데 'TV 경찰 드라마와 법과 질서' 단원에서 변화하는 사회 정치적 상황과 경찰 드라마의 변화를 분석하고 있다.

〈도크 그린의 딕슨Dixon of Dock Green〉(1955~1976) 시리즈는 자신의 담당구역의 노동 계급인 이웃과 아주 친밀한 사이인 권위적인 가부장적 주인공을 중심으로 한다. 1960년대 초반 호황기에 복지국가 체제가 강화되면서 계급 간 갈등 문제는 이제 사회적 관심사 수준으로 떨어졌고, 이런 변화와 함께 〈제트 카Z Cars〉(1962~1978) 시리즈에서는 제복을 입은 경찰관이 전문 직업인으로서 순찰차를 타고 직무를 수행하되 이들이 관할하는 지역 사회로부터는 일정한 거리를 갖는 모습을 보여준다. 1960년대 이후부터 영국은 '헤게모니'*의 위기에 직면하였고, 국가가 쉽게 국민의 동의를 얻을 수 없어 전투적인 노동조합과 '테러리스트' 그리고 IRA(아일랜드 공화국군)의 저항에 대해 스스로 무장할 필요가 있었다. 이렇듯 더욱 강력하게 헤게모니를 행사하는 국가의 모습은 〈스위니The Sweeney〉나 〈특수 수사대The Professionals〉와 같은 경찰 드라마에서 사복 경찰이 테러 조직을 그들의 폭력과 유사한 무력으로 대처하는 전형적인 사례들에 반영되어 있다.

*'헤게모니'(패권)는 피지배자에게 행사되는 구조적·이념적 영향력을 말한다. 지배 집단은 단지 힘으로써만이 아니라 피지배자의 동의 구조를 통해 지배하며, 문화는 현재의 사회 체제를 정당화하는 구조의 일부를 이룬다. (이 개념은 이탈리아의 마르크스주의 이론가인 안토니오 그람시〔Antonio Gramsci〕에서 유래한다.)

분명 흥미로운 이러한 분석은 사실일 수 있어 매우 적절한 분석방식으로 보일 수 있다. 하지만 이것은 자세한 서사 구조에 주의하면서 의미의 복합성에 주목하는 읽기('면밀한 읽기')로부터, 주어진 시대의 모든 드라마를 동일한 중요성의 표현 즉 사회 구조의 표현으로 여기는 사회 정치적 분석으로 옮아가는 것이다. 문학 연구가 문화 연구의 일부로 편입된다면, 이러한 '증상 분석'이 표준이 되면서 문화적 산물의 특수성은 물론, (앞의 2장에서 논의된 바와 같이) 문학이 요구하는 읽기 방식 또한 간과될 것이다. 쉽게 이해될 수 있어야 한다는 압박에 대한 유예, 의미의 경계 지점에서 작업하고자 하는 의지, 일상적 기대를 넘어서서 창조적 효과를 발휘하는 언어와 상상력에 대한 열린 자세, 그리고 의미와 재미가 산출되는 방식에 대한 관심 등 바로 이러한 성향들은 문학을 읽는 것만이 아니라 여타 문화 현상을 다루는 데 있어서도 특히 가치 있는 것이며, 문학 연구가 이러한 읽기 방식을 가능하게 만든 것이다.

목표

마지막으로 문학 연구와 문화 연구의 목표에 대한 질문이 있다. 문화 연구 종사자들은 자주 현재의 문화에 대한 작업이 단지 설명적이기보다는 문화에 대한 개입이 되길 바란다. 『문화 연구』의 편집자들이 결론짓는 바와 같이, "따라서 문화 연구는 자신의 지적 작업이 어떤 차이를 만들거나 만들 수 있다고 여겨진다고 믿는다." 이는 묘한 시사점이 있는 말로 생각되는데, 문화 연구는 자신의 지적 작업이 어떤 차이를 만들 것이라고 믿지 않는다. 그것은 순진할 뿐만 아니라 자만에 가까운 것이다. 문화 연구는 자신의 작업이 차이를 만드는 것으로 '여겨지고 있다는 것'을 믿을 뿐이다. 이것이 바로 이들의 생각이다.

역사적으로, 대중문화를 연구하고자 하는 생각과 자신의 작업이 일종의 정치적 개입이 되기를 바라는 태도는 매우 긴밀히 연계되어 있다. 1960년대와 1970년대에 영국에서 노동자 계급의 문화를 연구하는 것은 매우 정치적인 것이었다. 영국에서는 국가의 문화 정체성이 셰익스피어와 영문학 전통과 같은 기념비적 고급문화와 연계된 것으로 여겨졌다. 이런 가운데 영국에서 대중문화를 연구한다는 사실 그 자체는 저항적 행동으로서, 이는 일반적으로 국가적 정체성이 고급문화의 '대척점'에서 정의되어온 미국의 경우와 다른 의미를 갖는

"죄송합니다만, 도스토옙스키는 한가롭게 읽는 책이 아닙니다."

것이었다. 마크 트웨인의 『허클베리 핀』은 미국적인 것을 정의하는 데 그 무엇보다도 크게 기여하고 있는 작품으로, 헉 핀은 샐리 아주머니(톰 소여의 이모)가 그를 '문명화'시키려고 하자 다른 '영토'를 찾아 도주하는 것으로 끝을 맺는다. 전통적으로 미국인은 문명으로부터 도망하는 사람이다. 미국의 문화 연구는 문학을 엘리트들의 것으로 폄하하는데, 이는 미국의 오랜 국가적 전통인 중산층의 속물근성을 반영할 뿐이다.

미국에서의 문화 연구는 영국에서 문화 연구를 촉진하였던 정치적 움직임과 그다지 연관성을 갖지 않으며, 무엇보다도 그것은 문화적 실천과 문화적 표현에 대한 풍성한, 또는 여러 분야를 넘나들면서도 여전히 학문적일 수 있는 연구로 보일 수도 있다. 문화 연구는 급진적이라 '여겨지는' 것이었지만, 능동적인 문화 연구와 수동적인 문학 연구라는 대립은 아마도 희망 사항에 불과할 것이다.

미적 차별성

문학 연구와 문화 연구 사이의 관계에 대한 논쟁에는 엘리트주의에 대한 불만은 물론, 대중문화를 연구하는 것은 문학의 죽음을 초래할 것이라는 주장으로 가득하다. 이렇게 혼란스런 가운데 이들 논쟁은 다행히 질문을 두 가지 유형으로 분류해준다. 첫째는 문화적 유형들의 상대적 연구 가치에 대한 질문이다. 일일 연속극보다는 셰익스피어를 연구하는 것의 상대적 가치는 더이상 당연한 것으로 받아들여지지 않으며, 논증되어야 할 사안이 되었다. 가령, 이런 다양한 연구들이 지적이자 도덕적인 훈련 과정으로서 이룰 수 있는 것은 무엇인가 하는 질문도 제기될 수 있다. 이와 관련된 주장들은 설득력을 발휘하기가 쉽지 않다. 유대인 강제 수용소의 지휘관들은 문학과 예술 그리고 음악 애호가들이었다는 것은 특정한 종류의 연구가 갖는 효과에 대해 어떠한 주장을 하기 어렵게 만든다. 그럼에도 이들 문제는 정면으로 다루어져야 한다.

또다른 종류의 질문은 모든 종류의 문화적 대상에 대한 연구 '방법들'에 관한 것으로, 이는 문화적 대상들을 복합적 구조물로 해석하고 이들을 전체 사회의 증상으로 읽는 것에서 보이듯, 해석과 분석에 있어 다양한 방식들의 장단점을 평가하는 것이다. 비록 가치 평가적 해석은 문학 연구에 관련되고 증상 분석은 문화 연구에 관련되어왔지만, 둘 다 이 모든 문화적 대상에 적용될 수 있다. 문학작품들에 대한 문화적 측면에서의 질문은 이들이 단지 한 시대의 기록물이라는 것을 밝히는 것이 아니듯이, 비문학적 글에 대한 면밀한 읽기는 대상에 대한 미적 가치평가를 의미하지는 않는다. 다음 장에서는 해석의 문제를 더 논의한다.

제 4 장

언어, 의미, 해석

문학은 특수한 종류의 언어인가 혹은 언어의 특수한 사용인가? 문학은 독특한 방식으로 조직된 언어인가 혹은 특권이 부여된 언어인가? 2장에서는 이 둘 가운데 하나를 택할 수는 없다는 것을 살펴보았다. 문학은 언어의 특별한 속성과 함께 언어에 대한 특수한 유형의 관심을 갖춘 존재이다. 이 논쟁이 보여주는 바와 같이, 언어의 성격과 역할 그리고 이를 분석하는 방법에 대한 질문들은 이론의 중심이 되어왔다. 그 주요 사안의 일부는 의미의 문제를 중심으로 살펴볼 수 있을 것이다. 의미에 대해 생각해본다는 것은 무엇인가?

문학에 있어서의 의미

앞서 우리가 문학으로 다룬 로버트 프로스트(Robert Frost)의 두 행으로 된 시를 살펴보자.

비밀은 앉아 있다

우리는 원을 그리며 춤을 추면서 추측해보지만,
비밀은 한가운데에 앉아 알고 있다.

여기에서 '의미'는 무엇인가? 그런데 텍스트(시 전체)의 의미에 대해 묻는 것과 한 단어의 의미에 대해 묻는 것 사이에는 다른 점이 있다. '춤'은 '운율에 따라 연속해서 움직이는 것'을 의미한다고 할 수 있지만, 이 텍스트의 의미는 무엇인가? 아마도 그것은 인간 활동의 무상함을 말하는 것일 수 있다. 우리는 돌고 돌면서 오직 추측을 해볼 수 있을 뿐이다. 이러한 수준을 넘어서 이 텍스트는 운율에 곁들여 스스로의 의미를 알고 있는 듯한 분위기 속에서, 독자로 하여금 춤과 그 의미에 대한 수수께끼 같은 과정을 밟게 한다. 이러한 효과, 즉 이 텍스트에 빠져들게 하는 것 자체가 이 시의 의미의 일부이다. 이렇게 우리는 단어의 의미와 텍스트의 의미 혹은 그 효과를 파악할 수 있다. 그리고 이 둘 사이에 발화의 의미라 할 수 있는 것이 있는데, 그것은 특정 상황에서 이 단어들을 말하는 행동의 의미를 일컫는다. 이러한 발화는 어떤 행동을 수행하는가? 그것은 가령 경고하거나 혹은 인정하는가, 후회하거나 혹은 자랑하는가? 여기에서 우리는 누구이고 이러한 발화에서 '춤'의 의미는 무엇인가?

그렇다면 단순히 '의미'가 무엇인지 물을 수는 없다. 의미에는 최소한 다른 세 개의 차원 혹은 단계를 생각할 수 있는데, 그것은 바로 단어, 발화 그리고 텍스트의 의미이다. 단어의 가능한 의미는 발화 즉 발화자의 행동의 의미에 기여한다. (그리고 단어의 의미는 이제 발화 속에서 그 의미가 행할 수 있는 것들로부터 나온다.) 끝으로 여기에서 이러한 수수께끼 같은 발화를 행하는 익명의 발화자를 대변하는 텍스트는 작가가 구축한 어떤 것으로, 텍스트의 의미는 어떤 제시이기보다는 그것이 행하는 어떤 것 즉 독자에게 주는 잠재적 영향력이다.

의미에는 다양한 층위가 있지만, 일반적으로 거론할 수 있는 있는 것은 차이에 기초한다. 이러한 텍스트에서 '우리'가 누구를 의미하는지 알 수는 없다. 오직 단수인 '나' 그리고 '그' '그녀' '그것' '당신' '그들' 모두에 반대되는 '우리'라는 것만 알 수 있을 뿐이다. '우리'는 어떤 확정할 수 없는, 우리가 생각하는 화자를 포함하는, 복수의 집단이다. 독자는 이러한 '우리'에 포함되는가? '우리'는 '비밀'이라는 존재를 제외한 모든 존재들인가, 아니면 특정한 집단인가? 이러한 의문은 쉽게 풀릴 수 없으며 시를 해석하려는 모든 시도에서 등장한다. 우리가 알 수 있는 것은 대조와 차이뿐이다.

'춤'과 '추측해보는' 것에 대해서도 동일하게 말할 수 있다. 여기에서 춤이 의미하는 바는 이것과 대립되는 것('원을 그리며 춤을 추는 것'은 '앞으로 곧장 나아가는 것' 혹은 '가만히 있는 것'과 반대되는 것)에 의존하고, '추측해보는' 것은 '아는' 것과 반대된다. 이 시의 의미에 대해 생각하는 것은 반대와 변별적 차이에 의한 작업으로, 바로 이 반대와 차이의 내용을 이해하고 또 이들로부터 추측해나가는 것이다.

소쉬르의 언어이론

언어는 차이의 체계이다. 이렇게 선언한 사람은 20세기 초 스위스의 언어학자로, 오늘날의 이론에 절대적 중요성을 갖는 페르디낭 드 소쉬르(Ferdinand de Saussure)이다. 언어의 한 요소가 갖는 성격과 정체성은 언어 체계 내에서 해당 요소와 다른 요소들 사이의 대립적인 변별성에 의해 결정된다. 소쉬르는 열차의 경우를 그 한 비유로 드는데, 이에 따르면 예컨대 오전 8시 30분 런던발 옥스퍼드행 급행열차는 그 정체성이 배차 시간표를 정한 열차 체계에 의해 규정된다. 이렇게 런던발 옥스퍼드행 급행열차는 오전 9시 30분 런던발 케임브리

지행 급행열차나 8시 45분 옥스퍼드행 보통열차와 구별된다. 중요한 것은 특정 열차의 물리적 특성이 전혀 아니다. 엔진, 객실, 정확한 노선, 승무원 등등은 모두 바뀔 수 있고, 출발과 도착 시간 또한 바뀔 수 있어 열차가 늦게 출발하거나 늦게 도착할 수 있다. 각 열차의 정체성을 부여하는 것은 열차 체계에서 그것이 차지하는 위치이다. 각 열차는 다른 열차들과 대비되는 열차이다. 소쉬르가 언어적 기호에 대해 설명하는 바와 같이, "어떤 언어적 기호의 가장 명확한 특성은 여타 언어적 기호들과의 차이이다". 이와 동일하게, 'b'라는 글자는 여타 다른 글자들(예컨대 'l,' 'k,' 'd' 등)과 혼동되지 않는 한에서는 여러 다른 모양새(이를테면 쓰는 이들의 다양한 필체)로 쓰일 수 있다. 중요한 것은 어떤 특정한 형태나 내용이 아니라 그것이 갖는 변별성으로, 바로 이것이 그 글자의 의미를 가능하게 한다.

소쉬르에게 언어는 기호의 체계이고, 그 중심이 되는 사실은 그가 언어 기호의 임의성이라 명명한 현상이다. 이는 두 가지를 의미한다. 첫째, 기호(예컨대 단어)는 형식(기표)과 의미(기의)가 함께하고 있고, 형식과 의미의 상호 관계는 관습에 기초하고 있을 뿐, 자연스러운 본연의 유사성에 기초하지 않는다. 내가 앉아 있는 것은 영어로 'chair'(의자)라 불리지만 충분히 다른 어떤 것으로, 이를테면 (현재로서는 아무 의미를 지니지 않는) 'wab' 혹은 'punce'로 불릴 수 있다. 이것이 이렇게 다른 어떤 것이 아닌 이유는 단지 영어의 관습 혹은 규칙에 있으며, 다른 언어에서 'chair'는 전혀 다른 이름을 갖게 될 것이다. 우리가 생각할 수 있는 예외적인 사례는 '의태어'의 경우로, '멍멍'이나 '윙윙' 등의 기표는 대상의 소리를 반영하는 것처럼 보인다. 하지만 이들 또한 언어에 따라 다르게 나타난다. 프랑스어에서 개는 '우아 우아' 하고, 벌은 '부르도네' 한다.

소쉬르와 최근 이론에 있어 한층 더 중요한 것은 기호의 임의성이 갖는 둘째 측면이다. 기표(형식)와 기의(의미)라는 개념 자체도 각각 소리의 차원과 개념의 차원을 관습적으로 구분한 것이다. 언어는 소리의 평면과 개념의 평면을 다른 것으로 구분하여 나눈다. 영어에서 'chair'(의자), 'cheer'(환호), 그리고 'char'(숯)는 소리의 차원에서 구분되어 다른 의미를 갖는 기호이지만 이는 필연적인 것은 아니며, 이들은 단지 하나의 기호에 대해 다양하게 변형된 발음이 될 수도 있다. 의미의 차원에서 영어는 'chair'(의자)와 'stool'(등받이가 없는 의자)을 구분하지만, 'chair'의 기의 즉 개념은 팔걸이가 있거나 없는 의자 그리고 딱딱한 좌판과 부드러운 고급 좌판 등 그 특성에 있어 차별성이 분명한 하위 개념을 포함한다.

소쉬르의 주장에 따르면 언어는 언어 세계 바깥에 존재하는 범주들에 이름을 부여하는 어떤 '명명법'이 아니다. 이것은 최근 이론에서 결정적 함의를 갖는 핵심이다. 우리는 언어 바깥에 존재하는 개와 의자를 지칭하기 위해 '개'와 '의자'라는 단어를 갖게 된 것이라 생각하는 경향이 있다. 하지만 소쉬르의 주장은 만약 단어가 언어 이전에 존재하는 개념을 지칭한다면, 한 언어 체계의 단어는 다른 언어 체계들에서 그 의미가 정확히 일치하는 단어를 가져야 하지만, 실제로는 전혀 그렇지 않다는 것이다. 각 언어는 일정한 형식과 내용의 체계로서, 이 체계는 세계를 구성하는 관습적 기호의 체계이다.

언어와 생각

언어는 생각과 어떤 관계를 갖는가 하는 것은 최근 이론의 주요 사안이 되어왔다. 한 극단적 관점은 언어는 자족적으로 존재하는 생각에 이름을 부여할 뿐이라는 상식적 견해로서, 언어는 기존의 생각을 표현할 도구를 제공한다는 것이다. 다른 극단적 관점은 우리가 말하는 언어가 우리의 생각을 결정한다고 주장한 두 언어학자의 이름에서 유래한 '사피어-워프(Sapir-Whorf) 가설'이다. 워프는 예컨대 호피 인디언은 영어로는 포착할 수 없는 (따라서 여기에서는 설명될 수 없는!) 시간 개념을 갖고 있다고 주장한다. 한 언어의 어떤 생각이 다른 언어에서는 생각되거나 표현될 수 없다는 것을 입증할 방법은 없는 것으로 여겨지지만, 한 언어에서는 '자연스럽고', 또는 '일반적인' 것이지만 다른 언어에서는 특별한 노력이 요구되는 생각이 존재한다는 것에는 수많은 증거가 존재한다.

언어 규약은 세계에 대한 이론이다. 다른 언어는 세계를 달리 구분한다. 영어 사용자의 '애완동물(pets)' 개념의 경우, 프랑스어 사용자는 비록 엄청난 수의 개와 고양이를 갖고 있음에도 이에 정확히 상응하는 범주를 갖고 있지 않다. 영어 사용자는 어린아이를 지칭하는 경우에도 남자인지 여자인지를 말하는 적확한 대명사(단지 '그것〔it〕'이 아니라 '그〔he〕' 혹은 '그녀〔she〕')를 사용해야 하기 때문에 아이의 성별을 알아야 한다. 따라서 영어에서 성별은 매우 중요하다. (여기에서 왜 분홍색과 파란색 유아복이 인기 있는지가 분명해지는데, 이러한 힌트를 통해 사람들이 아이의 성별을 구별해서 말할 수 있기 때문이다.) 하지만 성별에 대한 이러한 언어적 구분은 반드시 필수적인 것은 아니며, 모든 언어들이 신생아의 성별을 중요한 사안으로 여기는 것은 아니다. 문법 구조 역시 언어의 관습으로서, 자연적이거나 불가피한 것은 아니다. 우리가 하늘로 고개를 들고 새들의 날갯짓을 볼 때, 영어로 "새들이 난다(Birds are flying)" 하지 않고 "〔새들이〕 날갯짓을 한다(It's winging)"라고("비가 온다〔It's raining〕"는 표현에서처럼) 말하는 것은 아무런 문제가 없다. 폴 베를렌(Paul Verlaine)의 유명한 시는 이러한 구조

를 활용한다. "내 가슴에 탄식이 흐른다, 마을에 비가 내리듯이(Il pleure dans mon coeur | Comme il pleut sur la ville [It cries in my heart, as it rains on the town]"). 우리는 "마을에 비가 내린다(It's raining in town)"라고 말하는데, "내 가슴에 탄식이 흐른다(It's crying in my heart)"라고 말하지 못할 이유가 있을까?

언어는 이미 존재하는 범주들에 이름을 부여하는 '명명법'이 아니라, 스스로의 범주들을 만들어낸다. 언어의 화자와 독자는 언어 환경의 내면과 주변을 살핌으로써 또다른 현실을 볼 수 있다. 문학작품은 습관적 사유 방식의 배경 혹은 범주를 탐문하고 자주 이들을 변용하고 재구성하고자 시도하면서, 우리들로 하여금 우리의 언어가 이전에는 예기치 못했던 어떤 것을 생각하게 하고 세계를 당연시하도록 했던 범주들에 주의를 기울이도록 한다. 언어는 이렇게 이념(화자들이 생각하는 데 사용할 수 있는 범주들)이 구체적으로 나타나는 장(場)이자, 이에 대해 의문을 제기하고 이를 전복하는 장이다.

언어적 분석

소쉬르는 체계로서의 언어(랑그, langue)와, 말과 글이 구체적으로 사용되는 사례로서의 발화(파롤, parole)를 구별한다. 언어학의 임무는 언어 행위인 파롤을 가능하게 하는 언어의 기초 체계(즉 문법)를 밝히는 것이다. 이는 더 나아가 언어의 공시적(共時的) 연구(특정 시간, 현재 혹은 과거 시점의 체계로서의 언어에 주목하는 것)와 언어의 특정 요소가 갖는 역사적 변화에 주목하는 통시적(通時的) 연구를 구분한다. 언어를 일정한 기능을 수행하는 체계로 이해하는 것은 언어를 공시적으로 보는 것으로, 언어의 형식과 의미를 가능하게 하는 체계의 규칙과 관습을 밝히고자 한다. 한 걸음 더 나아가 우리 시대의 가장 영향력 있는 언어학자로서 소위 변형생성문법의 창시자이기도 한 노암 촘스키(Noam Chomsky)는, 언어학의 임무는 원어 사용자의 '언어 능력'—원어 사용자가 전혀 경험한 적이 없는 문장마저도 말하고 이해할 수 있도록 습득된 암묵적 지식 혹은 능력—을 밝히는 것이라고 주장한다.

그러므로 언어학은 발화가 가진 형식과 의미라는 사실에서 '출발'하여 이 형식과 의미를 설명하고자 노력한다. "존은 재미있게 하고자 열심이다(John is eager to please)"와 "존은 재미있게 하기 쉽다(John is easy to please)"라는 비슷한 형식의 두 문장은 어떻게 영어 사용자들에게 다른 의미를 갖게 되었을까? 영어 사용자들은 첫번째 문장에서는 존이 남들을 즐겁게 하고자 하고, 두번째 문장에서는 사람들이 존을 즐겁게 하고자 한다는 것을 안다. 언어학자는 사람들이 문장의 깊은 곳에 있는 별도의 의미를 알아차리지 못하고 있다고 해서 이러한 문장의 '진정한 의미'를 발견하려 애쓰지는 않는다. 영어 분야에서 언어학의 임무는 (문법 구조라는 기초적 차원이 있다고 상정하고) 영어의 구조를 그려내면서, 이 두 문장의 의미상의 명백한 차이점을 설명해내고자 한다.

시학과 해석학

여기에서는 문학 연구에서 거의 간과되는 것으로, 기본적으로 다른 두 작업을 구분할 필요가 있다. 하나는 언어학적 방법을 따르는 것으로, 의미를 모종의 설명되어야 할 것으로 여기면서 어떻게 이런 의미가 가능하게 되었는지를 설명하는 것이다. 다른 하나는 이와 달리 텍스트로부터 출발하여 이를 해석하고자 하면서, 그 의미가 진실로 무엇인지를 설명하고자 한다. 문학 연구에서 이는 '시학'과 '해석학' 사이의 구별로 이어진다. 시학은 확실한 의미와 효과에서 출발하여 이것이 어떻게 가능한지를 묻는다. (소설의 이 부분이 왜 다른 미묘한 의미를 갖게 되는가? 어떻게 우리가 특정 인물에 공감하게 되는가? 이 시의 마지막이 왜 여러 가지 의미를 갖게 되는가?) 반면 해석학은 텍스트에서 시작하여 텍스트의 의미를 물으면서 새롭고 더 나은 해석을 찾고자 한다. 해석학적 방식은 행동의 지침을 얻기 위해 권위 있는 법적 혹은 종교적 텍스트를 해석하고자 하는 법과 종교로부터 유래한다.

언어학적 방식은 문학 연구가 첫번째 경로인 시학을 따르기를 제안하면서, 어떻게 작품이 그 효과를 낳는지를 이해하고자 한다. 하지만 현대 비평 이론의 전통은 단연 두번째 경로를 택하면서 개별 작품의 해석이 문학 연구의 수확이 되어야 한다고 생각한다. 사실, 문학비평론들은 시학과 해석학을 결합하면서 어떻게 특정 효과가 얻어지고 왜 특정 결말이 더 적절한 것인지(둘 모두 시학의 문제)를 물을 뿐만 아니라, 시가 인간 조건에 대해 우리에게 하고자 하는 말이 무엇인지(해석학의 문제)를 묻는다. 하지만 이들 두 작업은 원칙적으로 전혀 별개의 것으로, 다른 목표와 다른 종류의 증거에 기반한다. 의미나 효과를 시발점으로 삼는 것(시학)은 의미를 찾는 것(해석학)과 근본적으로 다른 것이다.

만약 문학 연구가 언어학을 방법론으로 채택한다면, 그 임무는 문학 독자가 획득하는 '문학적 능력'을 기술하는 것이 될 것이다. 문학적 능력을 기술하는 시학은 문학적 구조와 의미를 형성하는 규칙에 집중하고자 한다. 즉 독자로 하여금 텍스트의 이런저런 세부 사항을 통해 문학 장르를 구분하고, 줄거리를 알아내고, '인물들'을 추출하고, 문학작품의 주제를 확정하며, 또 시와 이야기의 중요성을 측정할 수 있는 어떤 상징적 해석을 해나가도록 하는 규약이나 규칙의 체제가 무엇인지를 묻는 것이다.

시학과 언어학 사이의 이러한 유사성에 근거한 추론은 오해의 여지가 있는데, 그것은 우리가 "존은 재미있게 하고자 열심이다"의 의미를 아는 것과 달리 손쉽게 문학작품의 의미를 알지 못하고, 의미는 주어지는 것이 아니라 찾아야 하는 것이기 때문이다. 이것은 분명 현대의 문학 연구가 시학보다는 해석학을 선호해온 하나의 이유임이 분명하다. (또다른 이유로 우리가 문학작품을 공부하는 까닭은 문학이 작동하는 방식에 흥미를 느껴서가 아니라, 이들 작품이 말하려 하는 뭔가 중요한 것을 알고자 하기 때문이다.) 하지만 시학의 경우 우리는 작품의 의미를 알 필요는 없다. 시학의 임무는 우리가 어떤 효과들을 경험하게 되는지를 설명하는 것으로, 가령 이런 결말이 다른 결말보다 더 성공적이라거나, 어떤 시에서 이미지들의 이런 조합이 다른 조합과 달리 의미가 있다는 설명 등이 그것이다. 더 나아가, 시학의 결정적 부분은 어떻게 독자가 문학작품을 해석해내는가를, 즉 독자들이 작품의 의미를 해석할 수 있도록 하는 관습들이 무엇인가를 설명하는 것이다. 이를테면 앞의 2장에서 '고도로 유지된 협력 원칙'이라 했던 것은 문학 해석을 가능하게 하는 기본적 관습으로서, 여러 가지 난점들, 외견상 분명한 무의미함, 여담, 그리고 부적절한 것들 또한 일정 차원에서는 적절한 의미를 갖는다는 전제가 그 예이다.

독자와 의미

문학적 능력의 개념은 독자(그리고 작가)가 텍스트와 만나기 위해 사용하는 암묵적 지식에 관심을 집중한다. 독자들은 작품에 이렇게 반응하는 데 어떤 과정을 거치는가? 자신의 반응과 해석을 설명하는 데 사용하는 전제는 무엇인가? 독자들에 대한, 그리고 그들이 문학을 해석하는 방식에 대한 고려는 소위 '독자 반응 비평'을 낳았는데, 이러한 비평은 텍스트의 의미가 독자의 경험(머뭇거림, 추측, 그리고 자기 수정 과정 등의 경험)이라고 주장한다. 만약에 문학작품이 독자의 이해에 가해지는 일련의 행동이라고 한다면, 작품의 해석은 성취와 좌절 사이에서 만나는 이야기라고 할 수 있다. 그것은 다양한 규칙들과 기대가 동원되고, 연관 관계가 설정되며, 기대가 좌절되거나 충족되는 경험이다. 작품을 해석하는 것은 독서 경험에 대한 이야기가 된다.

하지만 주어진 작품에 대해 말할 수 있는 이야기는 이론가들이 말하는 독자의 '기대 지평'에 달려 있다. 작품은 이러한 기대 지평에 의해 제기된 의문에 답하는 것으로 해석되기 때문에, 1990년대의 독자는 셰익스피어 당대의 독자들과는 다른 기대 속에 『햄릿』에 접근한다. 다양한 요인들이 독자의 기대 지평에 영향을 줄 수 있다. 페미니즘 비평은 독자가 여성이라면 기대 지평은 어떻게 바뀌고 또 바뀌어야 하는가에 대해 논쟁을 해왔다. 일레인 쇼월터(Elaine Showalter)는 “여성 독자라는 가정이 어떻게 주어진 텍스트를 달리 해석하고, 그에 내재한 성적(性的)인 논리의 중요성을 인지하게 되는지”를 살핀다. 문학 텍스트와 그 해석적 전통은 남성 독자를 상정해왔고 여성 독자도 남성처럼, 남성의 관점에서 읽도록 해왔다. 이와 함께, 영화 이론가들은 영화적 시선(카메라 위치에서의 시각)이라 불리는 것이 근본적으로 남성적인 것이라고 상정해왔고, 여성은 관찰자이기보다는 영화적 시선의 대상이 되어왔다. 문학 연구에서 페미니즘 비평가들은 남성의 시각이 작품의 기준이 되게 하는 여러 가지 텍스트적 전략을 연구해왔고, 이러한 구조와 효과에 대한 연구가 어떻게 여성만이 아니라 남성의 독서 방식을 바꿀 수 있는지에 대해 논쟁해왔다.

해석

독서의 한 방식으로 역사적·사회적 변수에 집중한 결과, 해석은 사회적 행위라는 것이 부각된다. 독자는 책과 영화에 대해 친구와 이야기할 때 스스럼없이 해석을 하고, 책을 읽으면서 자신만의 해석을 해나간다. 교실에서 일어나는 한층 정연한 해석의 경우에는 다른 틀이 있다. 우리는 작품의 한 구성요소에 대해 그 기능과 다른 것들과의 관계를 물을 수 있지만,

해석은 궁극적으로 무엇에 '대한' 것인가를 다양하게 모색하는 놀이가 되면서, "그러므로, 이 작품은 정말 무엇에 대한 것인가?"라고 묻게 된다. 이러한 질문은 텍스트가 난해하기 때문에 발생하는 것은 아니다. 이 질문은 복잡하기로 악명 높은 텍스트들보다 단순한 텍스트에 더 해당하기도 한다. 이러한 놀이에서 답은 나름의 조건을 충족해야 한다. 가령 그 답은 빤하기보다는 가설적이어야 한다. "『햄릿』은 덴마크의 왕자에 대한 것이다"라고 말하는 것은 이 놀이에의 참여를 거부하는 것이다. 하지만 "『햄릿』은 엘리자베스 여왕 시대 세계 질서의 붕괴에 대한 것이다", "『햄릿』은 여성의 성애에 대한 남성의 혐오에 대한 것이다", 혹은 "『햄릿』은 기호의 불안정성에 대한 것이다" 등은 가능한 답으로 여겨질 수 있다. 해석학의 입장에서 보면, 일반적으로 문학비평의 '학파' 혹은 문학에 대한 이론적 '접근법'은 한 작품이 궁극적으로 무엇에 '대한' 것인가 하는 질문에 관해 특정한 대답을 하려는 경향이다. '계급투쟁'(마르크스주의), '통일적 경험 가능성'(신비평), '오이디푸스 콤플렉스'(정신분석학), '전복적 힘의 봉쇄'(신역사주의), '성 관계의 비대칭성'(페미니즘), '텍스트의 자기 해체적 성격'(해체론), '제국주의의 폐쇄성'(탈식민 이론), '이성애(異性愛)적 구도'(남녀 동성애 연구) 등이 바로 그것이다.

괄호 안의 이론적 담론들은 근본적으로 해석의 방식은 아니다. 이들은 문화와 사회에 특별히 중요한 것으로 여겨지는 것을 설명한다. 이들 이론의 다수는 문학 혹은 담론 일반이 작동하는 방식을 설명하며, 이로써 시학적 작업에 참여하는 것이다. 하지만 일종의 해석학들이라고 할 수 있는 이들 이론은 텍스트를 자신들이 목표로 하는 논리에 맞추는 특정한 해석 방식을 낳는다. 해석 놀이에서 중요한 것은 우리가 얻는 대답 자체가 아니다. 내가 조금 과장해서 제시하였듯이, 여러 유형의 대답들은 그 이름 자체로 예측 가능하다. 중요한 것은 우리가 어떻게 이들 대답에 도달하는가, 우리의 대답을 얻는 데 있어 텍스트의 세부적 요소들을 어떻게 사용할 것인가이다.

하지만 해석들 사이에서 우리는 어떻게 선택할 것인가? 여기에서의 예들이 보여줄 수 있었듯이, 어떤 측면에서는 『햄릿』이 '궁극적으로', 예컨대 르네상스 시대의 정치, 남자의 어머니와의 관계, 혹은 기호의 불완전성 등에 '대한' 것인지를 결정할 필요는 없다. (1)이러한 주장들은 확정될 수 없으며, (2)이들 주장은 어떻게 몇몇 구절들의 특정한 장면과 그 조합이 어떤 특정한 전제를 뒷받침하는지를 제시해야 한다는 이 한 쌍의 사실에 문학 연구 제도의 생명력이 달려 있다. 우리는 작품이 단지 아무것이나 의미한다고 말할 수는 없다. 작품은 이러한 접근을 거부한다. 우리는 다른 사람에게 우리 읽기의 적절성을 설득하기 위해 노력해야 한다. 이러한 주장 행위에 있어, 열쇠가 되는 질문은 무엇이 의미를 결정하는가이다. 우리는 이제 이 핵심적 문제로 돌아온 것이다.

의미, 의도, 그리고 상황

무엇이 의미를 결정하는가? 가끔 우리는 마치 말하는 사람의 의도가 의미를 결정하는 듯이, 어떤 말의 의미는 그 사람이 의도하는 바라고 말한다. 가끔 우리는 의미가 텍스트 안에 있다고 말한다. 당신이 x를 말하려고 의도했지만, 실제로 당신이 말한 것은 y를 의미하는 경우가 그것으로, 의미는 언어 자체의 산물인 것처럼 보인다. 어떤 경우 우리는 상황이 의미를 결정한다고 말한다. 이 말이 의미하는 바를 알기 위해서는 이 말이 나타나는 상황이나 역사적 배경을 살펴야 한다는 것이다. 앞에서 언급한 바와 같이 일부 비평가들은 텍스트의 의미는 독자의 독서 경험이라고 주장한다. 저자의 의도, 텍스트, 상황, 독자 중에서 의미를 결정하는 것은 무엇인가?

현재 이 네 가지 요소들을 위한 다양한 주장들이 있다는 사실은 의미는 복합적이고 파악하기 쉽지 않은 것으로서, 의미가 이들 가운데 하나에 의해 항구적으로 결정되지 않는다는 것을 보여준다. 문학이론에서 오랜 전통을 갖는 주장 가운데 하나는 문학적 의미를 결정하는 데 있어서 작가의 의도가 가지는 역할이다. 「의도의 오류The Intentional Fallacy」라고 불리는 저명한 논문은 문학작품에서 해석의 문제는 신탁(저자)을 통해 결정되는 것은 아니라고 주장한다. 작품의 의미는 작가가 작품 창작 과정의 어떤 순간에 마음에 두었던 것이나, 작품이 마무리된 다음에 작가가 작품이 의미하는 바라고 생각한 것이 아니라, 오히려 작가가 작품에 성공적으로 구현한 것이다. 일반적 대화에서 우리는 자주 말의 의미는 말하는 사람의 의도에 있는 것이라 여기는데, 그 이유는 말 자체보다는 말을 할 당시 말하는 사람이 생각하는 바에 더 관심을 갖기 때문이지만, 문학작품은 언어가 의미를 갖도록 조직되는 특정 구조에 의해 평가된다. 작품의 의미를 작가가 의도했을지 모르는 것으로 한정하는 것은 비평적 전략 가운데 하나로 이어져오고 있지만, 오늘날 그 의미는 작가의 내적 의도와 연계되기보다는 오히려 (당대 상황 속에서 작가는 무엇을 했는가 하는) 작가의 개인적 혹은 역사적 상황 분석과 연계된다. 이러한 전략은 작품에 대한 이후의 반응을 무시하게 되는데, 작품은 창작 당시의 관심과 관련되며, 이후 독자의 관심과 관련되는 것은 부차적일 뿐이라는 주장과 함께한다.

의도가 의미를 결정한다는 생각을 옹호하는 비평가들은 이에 대한 부정은 저자보다 독자를 우선시하는 것으로, 해석에서는 "무엇이든 맞다"는 선언이 된다고 우려한다. 하지만 우리가 어떤 해석에 도달한다면, 우리는 다른 사람들에게 그 해석의 적절성을 설득해야 하고, 그러지 못한다면 이는 폐기될 것이다. 어느 누구도 "무엇이든 맞다"고 주장하지 않는다. 저자로서는 작품의 원래 의미로 여겨지는 것 때문이 아니라, 끝없이 생각을 자극하고 다양한 읽기를 유도하는 자신의 창작물의 힘 때문에 자신들이 존경받는 것을 더 좋아하지 않을까? 이 어느 것도 작가의 언명에 작품은 아무런 상관이 없다는 것을 말하는 것은 아니다. 많은 비평 작업에 있어 작가의 언명은 특히 중요하며, 이는 작가의 해당 작품과 함께하는 텍스트의 지위를 가진다. 가령, 작가의 언명은 작가의 생각을 분석하거나, 작품의 알려진 견해나 의도를 복합적으로 만들거나 전복할 수 있는 방식을 논의하는 데 있어 결정적일 수 있다.

작품의 의미는 작가가 어떤 시점에서 생각한 것이 아니며, 단지 텍스트에 내재한 것이거나 독자의 경험 또한 아니다. 의미는 단순하거나 단순히 결정될 수 없는 것이기 때문에, 의미는 간단한 개념이 아니다. 의미는 읽는 주체의 경험이자 텍스트에 내재하는 속성이기도 하다. 그것은 우리가 이해하는 것이자, 텍스트 내에서 우리가 이해하고자 노력하는 것이기도 하다. 의미에 대한 다양한 주장은 항상 가능하며, 이런 측면에서 의미는 결정되어 있지 않고 항상 결정되어야 하는 상황에 있으며, 번복이 가능한 결정 속에 있다. 우리가 어떤 포괄적 원칙이나 공식을 채택해야 한다면, 의미는 상황에 의해 결정된다고 말할 수 있을 것인데, 여기에서의 상황은 언어의 규칙, 작가와 독자가 처한 상황, 그리고 아마도 관련이 있을 수 있는 다른 모든 것들을 포함할 것이다. 하지만 의미가 상황 의존적이라고 말한다면, 상황은 무한하다는 것을 또한 덧붙여야만 한다. 무엇을 적절한 것으로 여길 것인지, 또는 상황을 얼마나 더 확대해야 우리가 텍스트의 의미로 생각한 것을 변경할 수 있을지를 사전에 결정할 수는 없다. 의미는 상황 의존적이지만, 상황은 무한하다.

이론적 담론이 문학 해석에 있어 가져온 주요한 변화는 상황의 확대 혹은 재설정의 결과라고 할 수 있다. 토니 모리슨(Toni Morrison)은 미국문학이 노예제라는 역사적 사실을 거의 무시하는 경향이 심화되어 있으며, 미국문학에서의 자유—변방 개척지, 끝없는 이동, 구속받지 않는 상상력 등에서 보이는 자유—를 위한 투쟁들은 노예제의 상황에서 읽어야 하고 이러한 문맥 속에서 의미를 지닌다고 주장한다. 그리고 에드워드 사이드(Edward Said)는 제인 오스틴의 소설이 이제까지 이 소설을 해석하는 데서 배제해온 조건들을 배경으로 해석되어야 한다고 주장한다. 제국의 식민지 착취가 영국에서의 품위 있는 삶을 유지하는 부를 제공했다는 것이다. 의미는 상황 의존적이지만, 상황은 한정이 없고 이론적 논의의 압박 아래에서 항상 변모할 수밖에 없다.

대개 해석학적 설명은 작품이 생산된 원래의 상황(작가의 환경과 의도 그리고 텍스트가 원래의 독자들에게 갖고 있었을 의미)을 복원하려는 '회복의 해석학'과, 텍스트가 의존하고 있는 검증되지 않은 (정치적 · 성적 · 철학적 · 언어적) 전제들을 폭로하고자 하는 '의심의 해석학'을 구별한다. 전자는 텍스트와 저자를 더 높이 평가하면서 오늘의 독자가 원래의 의미에 접근할 수 있도록 하고자 하며, 후자는 일반적으로 텍스트의 권위를 부정하는 것으로 여겨진다. 하지만 이러한 연관성은 확정적이지 않고 그 반대가 될 수도 있다. 회복의 해석학은 텍스트를 우리의 관심과는 먼 소위 원래의 의미로 한정함으로써 그 힘을 감소시킬 수 있고, 의심의 해석학은 저자는 알지 못한 채 텍스트가 오늘 이 순간의 문제를 진지하게 다시 생각하도록 도움을 주는 등의 면에서 (이 과정에서 아마도 저자가 당연시한 것들을 전복하고) 텍스트의 가치를 새롭게 평가할 수 있다. 이러한 구별보다 더 적절한 것은 (1)텍스트가 작동하는 과정에서 텍스트에는 모종의 말할 가치가 있는 것이 내재된 것으로 여기는 독법(아마도 회복 혹은 의심의 해석학)과 (2)텍스트를 외적인 어떤 것의 징후나 증상으로, 진정한 의미의 근원이 되는 '더 깊은' 어떤 것(저자의 심리적 내면, 한 시대의 사회적 갈등, 혹은 중산층의 동성애 혐오 등)으로 접근하는 '징후적' 독법 사이의 구별이라 할 것이다. 징후적 독법은 대상의 특수성을 무시하는—대상은 스스로가 아닌 다른 어떤 것을 가리키는 것으로 여겨지는—까닭에 독법의 양식으로는 매우 만족스러운 것은 아니지만, 작품의 배경이 되는 문화적 실천에 집중하고 이를 설명하는 데 유용할 수 있다. 말하자면 어떤 시를 시징시의 여러 양상을 내비치는 증상 혹은 그러한 예로 해석하는 것은 불만스런 해석학일 수 있지만, 시학에는 유용하게 기여할 수 있다. 이제 이를 살펴보자.

제 5 장

수사학, 시학, 시

시학은 앞서 정의한 바와 같이 문학적 관례와 그러한 효과를 가능하게 하는 독해 방식을 묘사함으로써 문학적 효과를 설명하려는 시도로 정의되었다. 시학은 '수사학'과 긴밀히 연계되어 있는데, 수사학은 고전 시대 이후 언어의 설득력과 표현력 즉 효과적인 담론을 구축하기 위해 사용될 수 있는 언어와 사고 기법을 연구해왔다. 아리스토텔레스는 수사학과 시학을 나누면서, 수사학은 설득의 기술로, 시학은 모방과 표현의 기술로 다루었다. 하지만 중세와 르네상스기에는 시학과 수사학이 통합되어, 수사학은 웅변의 기술이 되었고, 시는 (독자를 교육하고, 즐겁게 하고, 또 감동을 주고자 하기 때문에) 이러한 기술 가운데 매우 높은 수준의 것이었다. 19세기에는 수사학이 진정한 의미의 사유와 시적 상상력의 행사와는 다른 기술로 여겨지게 되면서 그 지위가 격하되었다. 하지만 20세기 후반에 와서 수사학은 담론을 조직하는 힘과 권력에 대한 연구로 부활하였다.

시는 수사학과 관련된다. 시는 설득력을 힘있게 높이고자 언술적·언어적 수사를 풍성하게 사용하는 언어이다. 그리고 플라톤이 그의 이상국가에서 시인을 추방한 이래, 시가 공격을 받고 폄하되던 시대의 경우 시는 시민을 오도하고 헛된 욕망을 자극하는 삿되거나 허무맹랑한 수사로 여겨졌었다. 아리스토텔레스는 수사보다는 모방(미메시스)에 더 주목하면서 시의 가치를 주장하였다. 그는 시가 강렬한 감정의 해소를 위한 안전한 출구를 제공한다고 설명한다. 또한 그는 시가 무지에서 깨달음으로 이행하는 소중한 경험을 보여준다고 말한다. (이로써 비극에서 주인공은 '깨달음'의 결정적 순간에 자신의 과오를 알아차리고, 관객은 '신의 은총이 아니었다면 나 역시 똑같은 운명이었을 것'이라는 인식을 갖게 된다.) 문학의 능력과 전략을 설명하는 시학은 수사학적 표현에 대한 설명만으로 축소될 수 없지만, 시학은 모든 종류의 언어 활동이 보여주는 능력을 연구하는 넓은 의미의 수사학의 일부로 여겨질 수 있다.

수사적 표현

문학이론은 수사에 깊은 관심을 보여왔으며, 이론가들은 수사적 표현의 성격과 기능에 대해 논쟁을 하고 있다. 일반적으로 수사적 표현은 '통상적' 용법의 변형 혹은 그로부터 벗어난 것으로 정의된다. 「나의 사랑은 장미」는 장미를 꽃이 아니라 아름답고 소중한 어떤 것의 의미로 사용한다(이것이 바로 은유적 표현이다). 혹은 「비밀은 앉아 있다」는 비밀을 앉을 수 있는 행위의 주체로 만든다(의인화). 이전의 수사학자들은 단어의 의미를 '전환'하거나 변환하는 특정한 '비유'(예: 은유)와, 특별한 효과를 달성하기 위해 단어를 재배치하는 더 낮은 단계의 우회적 '수사법'을 구별하고자 하였다. 이러한 수사법으로는 두운법(자음의 반복), 돈호법("심장아, 조용하거라!"에서와 같이 일반적 청자가 아닌 대상에 말을 거는 것), 그리고 모운법(모음의 반복) 등이 있다.

최근의 이론은 '수사법'과 '비유'를 거의 구분하지 않으며, 이들의 출발점인 '통상적' 혹은 '문자 그대로의' 의미라는 관념에 의문을 제기한다. 가령, '은유'라는 개념 그 자체는 문자 그대로 의미를 가지는가, 아니면 이 역시 또하나의 은유인가? 자크 데리다는 「백색 신화」에서 어떻게 은유에 대한 이론적 설명이 어쩔 수 없이 또다른 은유들에 의존하는 것으로 보이는지를 설명하고 있다. 어떤 이론가들은 언어는 근본적으로 수사적이며, 문자 그대로의 언어라는 것도 그 수사적 성격이 가려진 수사들로 되어 있다는 역설적 결론마저 받아들이고 있다. 우리는 '견고한 문제(어려운 문제) 하나를 장악했다(이해했다)'—'grasping a hard problem'—라는 표현에 내재된 수사적 차원을 간과하면서, 이를 문자 그대로의 의미인 양 받아들인다는 것이다.

이러한 관점은 문자적인 것과 수사적인 것 사이에 구별이 없다는 것이 아니라, 비유와 수사는 오히려 언어의 근본적 구조로서 이들이 단지 어떤 예외적 사례나 변형이 아니라는 것이다. 전통적으로 가장 중요한 수사법은 은유이다. 은유는 어떤 것을 다른 어떤 것**으로** 다룬다. (조지를 당나귀로, 내 사랑을 붉고 붉은 장미로 부르는 것 등이 그것이다.) 은유는 이렇게 깨달음의 기본 방식 가운데 하나로서, 우리는 어떤 것을 다른 어떤 것**으로** 봄으로써 깨달아간다. 이론가들은 '우리의 삶이 의존하는 은유' 즉 기본적인 은유적 구도(예를 들어 "인생은 여행이다")를 지적한다. 이러한 구도는 세계에 대한 우리의 사유 방식을 조직한다. 우리는 인생에서 '뭔가에 도달하고자' 하고, '길을 찾고', '어디로 향하는지 알고', '장애물에 부딪힌다'.

은유는 언어와 상상력의 기초로 여겨져왔는데, 왜냐하면 그것이 근본적으로 사소하거나 장식적인 것이 아니라 인식 일반에 있어 중요한 것이기 때문이다. 하지만 은유의 문학적 힘은 그 모순성에 있다고 할 수 있다. "어린이는 어른의 아버지"라는 워즈워스의 구절은 우리를 멈추게 하고, 생각하게 하며, 이로써 세대 간의 관계를 새로운 시각으로 보게 한다. 어린이와 그가 이후에 도달한 어른과의 관계는 아버지와 어린이와의 관계에 비유된다. 은유는 정교한 제안과 이론마저 담아낼 수 있기 때문에, 가장 손쉽게 정당화되는 수사 기법이다.

하지만 이론가들은 다른 수사법들의 중요성 또한 강조하여 왔다. 로만 야콥슨에 따르면, 은유와 환유는 언어의 가장 기본적인 두 가지 구조이다. 은유가 유사성에 따라 연결된다면, 환유는 인접성에 따라 연결된다. 환유는 한 대상에서 이와 인접한 다른 대상으로 이동하는데, '여왕' 대신에 '왕관'을 말하는 경우가 그것이다. 은유는 하나의 영역을 다른 영역으로 연결하지만, 환유는 주어진 영역 내에서 하나의 대상에서 다른 대상으로 옮아가면서 공간과 시간의 연속성의 관점에서 대상을 연결함으로써 의미를 만들어낸다. 다른 이론가들은 '4대 비유'로 은유와 환유와 함께 '제유'와 '아이러니'를 꼽는다. 제유는 '10명의 일꾼' 대신 '10개의 손'처럼 전체를 부분으로 대신하는 것이다. 제유는 부분적 특징에서 전체적 특징을 추출하고, 부분이 전체를 반영하도록 허용한다. 아이러니는 겉모습과 실제를 병치하는데, 실제로 일어난 것은 기대된 것과 정반대가 되는 경우이다(일기 예보자의 나들이 날에 비가 온다면 어떻게 될까?). 이 4대 수사(은유, 환유, 제유, 아이러니)는, 우리가 경험을 이해하기 위해 동원하는 기본적인 수사적 구조로서, 역사가인 헤이든 화이트(Hayden White)가 역사적 설명, 즉 그가 '플롯화'〔emplotment, 문학에서처럼 역사 서술에 부여하는 일정한 플롯—옮긴이〕라고 부른 것을 분석하기 위해 사용된다. 이 네 개의 예에서 잘 드러나듯이, 학문으로서의 수사학의 기본적인 생각은 언어에는 기본적인 구조가 있고 이를 통해 담론이 폭넓은 다양성 속에서 의미를 산출할 수 있다는 것이다.

장르

문학은 수사적 표현에 의존하지만 또한 더 넓은 구조, 특히 문학 장르에 의존한다. 장르란 무엇이고 그 역할은 무엇인가? '서사시'나 '소설'과 같은 용어는 단지 대략적 유사성에 기초하여 작품을 분류하는 편리한 방법인가, 아니면 독자와 작가에게 있어 일정한 기능을 가지는 것인가?

독자에게 장르는 일련의 관례와 기대를 담은 틀이다. 탐정 소설을 읽는지 연애 소설을 읽는지, 서정시를 읽는지 비극을 읽는지를 의식함으로써, 우리는 다른 것들을 기대하고 중요한 것이 무엇인가에 대한 예상을 다르게 한다. 탐정 소설을 읽을 경우 우리는 비극을 읽을 때와 달리 어떤 실마리를 찾는다.

서정시—예컨대 「비밀은 앉아 있다」—에서 눈에 띄는 수사는 비밀이 구체적으로 나타나는 귀신 이야기나 공상과학 소설에서는 중요하지 않은 상황 묘사에 불과할 것이다.

역사적으로 다수의 장르 이론가들은 화자가 누구에게 이야기하는가에 따라 작품을 세 개의 넓은 범주로 나눈 그리스 시대의 분류를 따라왔다. 화자가 1인칭으로 말하는 '시' 혹은 '서정시'와, 화자가 자신의 목소리로 말하면서도 등장인물들 또한 스스로의 목소리로도 말하게 하는 '서사시' 혹은 '설화,' 그리고 등장인물들이 모든 이야기를 다 하는 '드라마'가 그것이다. 이러한 구분을 하는 또다른 방식은 화자와 청자의 관계에 집중하여 분류하는 것이다. 서사시에서 구술 암송을 하는 시인은 시를 경청하는 관객과 직접적으로 마주한다. 드라마에서 극작가는 관객을 마주하지 않고 오직 무대 위의 인물들만 말을 한다. 서정시는 가장 복잡한 경우로 시인은 노래하고 읊조리는 가운데, 말하자면 청자에게 등을 돌린 채, '자기 자신에게 혹은 다른 이들(자연의 신, 시의 여신, 개인적인 친구, 연인, 신, 인격화된 추상적 개념, 혹은 자연의 대상)에게 말을 하는 것으로 가정한다'. 이 세 기본 장르에 현대의 소설 장르가 더해질 수 있는데, 소설은 책을 통해 독자에게 말하는 것으로 6장에서 다루게 될 주제이다.

서사시와 비극은 고대와 르네상스기 문학에 있어 최고의

업적으로서, 시인이고자 하는 모든 이들에게는 최고의 위업이었다. 소설은 이러한 문학의 장에 새로운 도전자로 등장하였지만, 18세기와 19세기 중엽 사이에는 짧은 비서사체의 서정시가 문학의 정수로 여겨졌다. 한때는 무엇보다도 고양된 표현 양식으로, 그리고 문화적 가치와 태도의 우아한 공식으로 여겨진 서정시는 이후 강력한 감정의 발현으로 여겨지게 되고 일상의 삶과 초월적 가치를 동시에 다루면서, 개인 주체의 내면에 자리한 감정을 구체적으로 표현하였다. 이러한 생각은 아직도 힘을 발휘하고 있다. 하지만 오늘의 이론가들은 서정시를 시인의 감정의 표현으로 보기보다는 점차 언어에 관한 연상과 상상의 작업으로—시를 문화적 가치의 주요 저장고라기보다는, 문화의 틈새를 보여주는 언어적 연쇄와 공식에 대한 실험으로—보게 되었다.

말과 행위로서의 시

시에 관한 문학이론은 무엇보다도 시를 보는 다양한 방식—시는 말로 만들어진 구조(텍스트)이자 사건(시인의 행위, 독자의 경험, 문학사의 사건)이라는 시각 등—의 상대적 중요성에 대해 논쟁을 벌이고 있다. 언어적 구성이라 여겨지는 시에 대한 주요 질문은 의미와, 의미 외적인 소리나 운율 등 언어적 특성들 사이의 관계에 대한 것이다. 언어의 의미 외적 특성은 어떻게 작용하는가? 이들은 어떤 의식적이고 무의식적인 효과를 갖는가? 의미와 의미 외적 특성 사이에서는 어떤 상호관계를 기대할 수 있는가?

행위로서의 시에 대한 중요한 질문은 시를 쓴 저자의 행위와 시에서 말을 하는 화자 즉 시적 '목소리'의 행위 사이의 관계에 대한 것이다. 이는 쉽지 않은 문제이다. 현대에 있어서 독자가 마주하는 것은 페이지 위의 단어들이다. (시 낭송회의 경우에도, 시인은 통상 문자 텍스트를 읽는다. 시인들은 청자에게 직접 말하는 것처럼 하지 않는다.) 저자는 시에서 말하는 사람이 아니다. 시를 쓰기 위해 저자는 시를 이끌 자기 자신의 혹은 또다른 이의 목소리를 상상한다. 시를 읽는다는 것은, 가령 「비밀은 앉아 있다」의 경우, 우리 스스로가 "우리는 원을 그리며 춤을 추면서 추측해보지만……"이라는 말을 하는 것과 같다. 시는 어떤 말이긴 하지만, 그 지위를 확정할 수 없는 목소리에 의한 말이다. 시를 읽는다는 것은 우리 자신을 그 시어를 말하는 위치에 놓거나, 시어를 말하는 또다른 목소리—일반적으로 저자에 의해 구축된 화자의 목소리—를 상상하는 것이다. 따라서 한편으로 실재하는 로버트 프로스트라는 개인이 있고, 다른 한편으로 이 특별한 말을 하는 목소리가 있다. 이 둘 사이에는 어떤 중간자가 존재하는데, 그것은 한 시인이 쓴 다수의 시를 연구하는 가운데 나타나는 시적 목소리의 모습이다. (아마도 프로스트의 경우에는 농촌의 삶에 대한 생생하고 현실적이면서도 사려 깊은 관찰자일 것이다.) 이런 다양한 존재들의 중요성은 시인에 따라, 그리고 비평적 연구에 따라 다르다. 하지만 서정시의 경우 시 속에서 말하는 목소리와 시를 짓는, 즉 시적 목소리를 창조해내는 시인을 **애초부터** 구분하는 것이 매우 중요하다.

존 스튜어트 밀(John Stuart Mill)의 잘 알려진 말과 같이, 서정시는 넌지시 듣는 말이다. 우리의 관심을 끄는 말을 넌지시 듣는 경우, 우리가 필히 하는 것은 말하는 사람과 상황을 상상하거나 재구성하는 것이다. 목소리의 어조를 확인하고 나서, 우리는 말하는 이(가끔 우리가 아는 작가와 일치하기도 하지만 별로 그렇지 않은 경우가 더 많다)의 자세, 상황, 관심사, 태도를 유추해낸다. 이것은 서정시에 대한 20세기의 지배적 접근법이 되었는데, 이것을 한마디로 변호한다면 문학작품은 '실제 세계'의 말을 허구적으로 모방한 것이기 때문에 그렇다고 할 수 있다. 그러므로 서정시는 개인적인 말의 허구적 모방이다. 그것은 모든 시가 마치 눈에 띄지 않는 말, 즉 "(일례로 나는 혹은 어떤 이는 이렇게 말할 것이다) 내 사랑은 붉고 붉은 장미", 혹은 "(일례로 나는 혹은 어떤 이는 이렇게 말할 것이다) 우리는 원을 그리며 춤을 추면서 추측해보지만……"으로 시작하는 것과 같다. 그렇다면 시를 해석하는 것은 텍스트가 지시하는 바로부터, 그리고 화자와 일반적 상황에 대한 우리의 상식으로부터 말하는 이의 태도를 알아내는 일이다. 왜 이렇게 말하고 있는가? 학교나 대학에서 시를 평가하는 지배적 방식은 말하는 이의 태도가 갖는 복합성에, 그리고 우리가 재구성하는 화자의 생각과 감정을 구현하는 시의 모습에 집중하는 것이다.

이것이 서정시에 대한 생산적 접근인데, 이는 무엇보다도 많은 시들이 현저히 언어 행위를 수행하고 있는—이를테면 경험의 중요성을 되새기고, 친구나 연인을 원망하고, 존경과 헌신을 표하는—화자를 제시하고 있기 때문이다. 하지만 셸리(Shelley)의 「서풍 송가Ode to the West Wind」나 블레이크(Blake)의 「호랑이The Tiger」와 같은 가장 유명한 서정시들의 첫 부분—"오 거센 서풍, 그대 가을이 오는 숨결이여!" 혹은 "호랑이, 호랑이, 밤의 숲속에서/ 밝게 타오르는"—에서는 어려움이 생긴다. 어떤 상황이 이런 말을 하게 했는지 혹은 이런 말이 수행하고자 하는 실질적인 행위가 무엇인지 상상하기는 어렵다. 아마도 우리가 얻게 될 대답은 이들 화자가 넋을 잃은 채 과장된 시적 언동을 일삼는다는 것이다. 이들 시를 일상적 언어 행위의 허구적 모방으로 이해한다면, 이러한 시적 언어 행위는 시 그 자체를 모방하는 행위인 것으로 보인다.

서정시의 일탈적 자유

이러한 예들이 보여주는 것은 서정시의 일탈에 가까운 거리낌없는 자유이다. 서정시는 실제 청중보다는 오히려 다른 모든 것들(바람, 호랑이, 나의 영혼)에 말을 걸고자 할 뿐만 아니라, 더 나아가 매우 과장된 어조로 그렇게 하고자 한다. 과장은 이러한 놀이의 주를 이룬다. 호랑이는 단지 주황색이 아니라 '타오르며', 바람은 바로 '가을이 오는 숨결'이자 시의 다음 부분에서는 구원자이고 파괴자이다. 프로스트가 인간의 활동을 원을 도는 춤으로 축소하면서 다수의 지식 형식을 단지 '추측하는' 것으로 축소하듯이, 냉소적 시들마저도 과도할 정도의 압축에 의존한다.

우리는 여기에서 중요한 이론적 문제, 즉 서정시의 핵심에 자리한 것으로 보이는 역설(paradox)을 다룬다. 시의 일탈적 자유는 그리스·로마 시대 이후 이론가들이 일컫는 '숭고함'에 대한 열망에서 잘 보인다. 숭고함은 인간의 이해 능력을 초월하고, 경이로움과 강렬한 긴장을 유발하면서, 듣는 이에게 인간적인 것 너머의 무엇에 대한 느낌을 안겨주는 대상과의 관계이다. 하지만 이러한 초월적 열망은 실제로 듣는 이가 아닌 다른 무엇에 말을 거는 수사법인 '돈호법(頓呼法)', 인간이 아닌 것에 인간적 특성을 부여하는 '의인화', 그리고 사물에 말하는 능력을 부여하는 '활유법(活喩法)' 등과 같은 수사적 표현과 연계된다. 시의 가장 높은 수준의 열망은 이들 수사적 기법과 어떤 관계를 갖는가?

서정시가 일반적 의사 교환의 회로를 벗어나거나 이를 변용하여 실제로 듣는 이가 아닌 상대—바람, 호랑이, 혹은 가슴—에게 말을 거는 경우는 가끔 화자로 하여금 말을 쏟아내도록 하는 강한 감정을 나타내기 위한 것으로 여겨진다. 하지만 말을 걸고 호소하는 행위는 대개 어떤 상황을 만들어내고, 무생물적 대상들이 화자가 원하는 바에 따라 존재하도록 하는데, 특히 감정의 강렬함은 이러한 행위 자체와 함께한다. 셸리의 화자는 "오, 나를 일으켜다오, 파도처럼, 잎새처럼, 구름처럼"이라고 서풍에 호소한다. 우주가 자신의 말을 듣고 이에 따라 행동하도록 하는 과장된 요구는 화자가 자신을 숭고한 시인, 혹은 자연에 말을 걸고 자연이 이에 반응하는 예언자로 만드는 행동이다. '오'라는 호소는 시적 부름의 한 표현으로, 이는 화자의 목소리가 단지 시의 화자만이 아니라 시적 전통과 시적 영혼의 화신임을 강조한다. 바람한테 불어달라고 하거나 후대의 사람들에게 자신의 말을 들어달라고 하는 것은 시적 관행이다. 다만 실제로는 바람은 불지 않고 후대 사람들은 듣지 않는다는 점에서 그것은 관행인 것이다. 여기에서의 부름은 목소리를 더욱 극적으로 만들기 위해, 즉 시적이고 예언적인 목소리를 정립하고자 힘찬 모습을 불러들이기 위해 사용된다. 돈호법에서의 불가능하고 과장된 명령은 시라는 사건 속에서 (만약 가능하기만 하다면) 이루어지길 바라는 시적 사건들을 불러일으킨다.

서술적 시는 사건을 묘사하는 반면, 서정시는 사건이고자 노력한다고 말할 수 있다. 하지만 시가 효과를 발휘할 수 있으리라는 보장은 없고, 앞에서 예를 든 것과 같은 돈호법은 우리가 무의미한 과장으로 치부하기에는 심히 당혹스럽게 '시적'이며, 참으로 신비스럽고 미묘하다. "오, 나를 일으켜다오, 파도처럼, 잎새처럼, 구름처럼!" 물론 다른 것도 끌어들일 수 있다. 시인이 된다는 것은 이런 일들을 해내고자 하는 것이고, 이런 일이 그저 무의미한 일이라 여겨지지 않도록 자신의 명운을 거는 것이다.

앞서 말한 바와 같이, 시에 대한 이론의 주요 문제는 말로 구성된 구조로서의 시와 사건으로서의 시 사이의 관계이다. 돈호법은 무엇인가가 일어나길 바라고, 동시에 돈호법적 언명인 "오, 거센 서풍이여!"의 의미 없는 '오'와 같은 언어적 장치에 의해서 이런 일이 발생하는 것을 보여주고자 한다.

돈호법, 의인화, 활유법, 그리고 과장법을 강조하는 것은 여러 세기에 걸쳐 서정시와 다른 언어 행위를 구분하고, 서정시를 가장 문학적인 형식으로 여겨온 이론가들의 의견에 동의하는 것이다. 노스럽 프라이(Northrop Frye)에 따르면, 서정시는 "문학의 핵심으로 여길 수 있는 것을, 즉 말의 순서와 형태라는 문자적 측면에서 발현되는 이야기와 의미를, 가장 선명하게 보여준다". 즉, 서정시는 말의 외적 모양새에 의해 발생하는 의미나 이야기를 보여준다. 서정시의 독자는 운율 구조 속에서 공명하는 단어들을 반복하면서 이야기 혹은 의미가 무엇인지를 살핀다.

운율이 있는 단어

서정시와 다른 장르를 생각하는 데 있어 필수적인 요점을 담고 있는 『비평의 해부Anatomy of Criticism』의 저자인 프라이는 서정시의 기본적 구성 요소를 '웅얼거림'[babble, 주로 음성적 반복—옮긴이]과 '말장난'[doodle, 주로 문자적 반복—옮긴이]이라 부르는데, 전자의 어원은 '마법(charm)'에, 후자의 어원은 '수수께끼(riddle)'에 있다. 시는 웅얼거리면서 마법을 걸고 주문을 외듯이 소리와 운율 그리고 문자의 반복 등 언어의 의미 외적 요소들을 부각시킨다.

이 어두운 듯 타버린, 말 등과 같은 갈색,
바위 또한 포효 속에 밀어 내리는 거침없는 행로……
This darksome burn, horseback brown,

His rollrock highroad roaring down……

시는 제멋대로 에둘러, 그러면서도 당혹스런 방식으로 허튼소리를 하거나 우리에게 수수께끼를 던진다. "바위 또한 포효 속에"는 무엇을 말하는가? "비밀은 한가운데에 앉아 알고 있다"는 무슨 뜻인가?

이러한 양상들은 동요나 민요에서 매우 두드러지는데, 이들에서 얻는 주된 즐거움은 운율, 마법과 같은 주문, 그리고 낯선 이미지에 있다.

따끈한 완두죽,	Pease porridge hot,
차가운 완두죽,	Pease porridge cold,
냄비 속 완두죽,	Pease porridge in the pot,
아흐레나 되었네.	Nine days old.

〔죽을 냄비에 남겨 계속 물을 붓고 끓여먹는 가난한 처지를 노래한 영국 서민층의 전래 동요—옮긴이〕

이러한 운율 형식과 압운 양식은 이 언어적 사례를 지배하면서(압운을 형성하는 단어 사이의 관계를 궁금하게 하는 경우처럼), 특별한 해석적 관심을 유발함과 동시에 다른 질문은 막을 수 있다. 시에는 기쁨을 주는 나름의 어순이 있고, 이에 따라 그 의미에 대해 질문할 필요가 없으며, 운율 조직은 말의 의미가 확보되도록 하고 기계적 암송을 쉽게 한다. 우리는 "pease porridge hot"을 완두죽이 무엇인지를 굳이 묻지 않더라도 기억하게 되며, 그 의미를 알게 될지라도 이를 먼저 잊어버리지, "pease porridge hot"이라는 구절은 잊어버리지 않을 것이다.〔운율(韻律, rhythm)은 압운(押韻, rhyme)과 율격(律格, meter)으로 나뉜다. 압운은 비슷한 소리가 어울리는 각운(脚韻)과 두운(頭韻), 자음운(子音韻), 모음운(母音韻) 등이 대표적이고, 율격은 음의 고저, 장단, 강약 등의 반복을 통해 이루어진다.—옮긴이〕

운문 형식과 소리의 반복을 통해 언어 자체를 부각시키고 또 낯설게 하는 것은 시의 기초이다. 이런 까닭에 시 이론은 언어를—운율, 음성, 의미, 주제 등의 측면에서—조직하는 다양한 방식들 사이의 관계, 가장 일반적으로 말하자면 언어의 의미적 차원과 비의미적 차원 사이의 관계, 그리고 시가 말하는 바와 시가 말하는 방식 사이의 관계를 설명한다. 시의 형식적 면모는 그 의미 구조에 영향을 주는 한편, 시는 기표의 구조로서 기의를 받아들이고 재구성한다. 이러한 과정에서 시는 단어들이 다른 맥락에서 갖는 의미를 가져와 이를 새롭게 조직하고, 강세와 초점을 바꾸고, 문자 그대로의 의미를 비유적 의미로 바꾸고, 표현을 정돈하면서, 구성 요소들이 상호 조응하는 형식을 만들어간다. 소리와 운율의 '뜻밖의' 양상들이 시의 내용을 체계적으로 바꾸고 이에 영향을 끼치는 것은 시의 악명 높은 매력이다.

시의 해석

위와 같은 차원에서의 서정시는 어떤 법칙에 의해 일정한 통일성과 독립성을 가진다는 관례에 기초한다. 여기에서는 시를 대화의 한 부분, 즉 이를 설명하기 위해서는 더 넓은 문맥을 필요로 하는 조각으로 다루는 것이 아니라, 그 자체로 어떤 구조를 가지는 것으로 여겨야 한다. 시를 하나의 미적 통일성을 가지는 전체로 읽어야 한다는 것이다. 시학적 전통은 다양한 이론적 틀을 제시하였다. 20세기 초반의 러시아 형식주의자들은 시 구조의 표면적 차원은 그 근본적 차원을 반영한다고 주장한다. 낭만주의적 이론가들과 영미의 신비평가들은 시와 자연 유기체 사이의 유사점을 이끌어내면서, 시의 모든 부분이 조화롭게 엮여야 한다고 주장한다. 탈구조주의자들의 읽기는 시가 실제로 작동하는 것과 말하는 것 사이의 불가피한 긴장, 시 혹은 아마도 모든 언사가 실제로 말하는 것을 실천하기가 불가능하다는 것을 주장한다.

시를 텍스트 간의 상호 연계된 구성물로 보려는 최근의 견해는 시가 이전 시의 반향을 극복하기보다는 이에 따라 힘을 얻는다는 것을 강조한다. 개별적 통일성은 점점 시의 속성으로 인식되지는 않으며, 시 해석자들은 구성 요소들의 조화로운 융합이나 해결되지 않는 긴장 등 다른 양상을 추구하고 있다. 이런 까닭에 독자들은 시 내부의 대립항('우리'와 비밀, 아는 것과 추측하는 것 등)을 찾아내고, 어떻게 시의 다양한 요소들, 특히 비유적 표현이 대립항을 형성하는지 살핀다.

에즈라 파운드(Ezra Pound)의 2행 시 「어느 지하철역에서In a Station of the Metro」를 예로 들어보자.

> 군중 속 유령의 얼굴들
> 축축한, 검은 가지 위의 꽃잎들
> The apparition of these faces in the crowd;
> Petals on a wet, black bough.

이 시를 해석하는 것은 지하철 군중과 자연 경치 사이의 대조를 생각해보는 것도 포함한다. 이 두 행이 짝을 이루도록 한 까닭은 지하철의 어둠 속 얼굴들과 나뭇가지 위의 꽃잎이 평행 관계를 갖도록 하기 위해서이다. 그렇다면 어떻게 되는가? 시의 해석에는 시가 통일성을 가진다는 관념 못지않게 시가 어떤 의미를 가진다는 관념 또한 중요하게 작용한다. 여기에서 도출되는 법칙은 시가 외관상 아무리 사소해 보여도 중요한 어떤 것을 말하고 있는 것으로 여겨지며, 이에 따라 구체적 사항들이 일반적 의미를 가지는 것으로 다루어져야 한다는 것이다. 시는 의미 있는 중요한 감정 혹은 어떤 암시를 나타내는 기호, 즉 T. S. 엘리엇(T. S. Eliot)의 용어를 사용하자면 '객관적 상관물'로 읽혀야 한다.

파운드의 작은 시에 보이는 대립항에 의미를 부여하려면 독자는 그 평행 관계가 작동할 수 있는 방식에 대해 생각할 필요가 있다. 이 시는 지하철역 도시 군중의 모습과 젖은 나뭇가지 위의 꽃잎이라는 평화로운 자연의 경치를 **대비**하고 있는가, 아니면 그 유사성에 주목하면서 서로 **동일시**하고 있는가? 이 두 해석 모두 가능하겠지만, 후자가 시적 해석의 전통이 은연중에 강조하는 차원으로 나아가면서 한층 풍성한 읽기를 가능하게 하는 것으로 보인다. 군중 속의 얼굴들을 나뭇가지의 꽃잎들로 보면서, 이 얼굴들과 꽃잎들의 **유사점**을 인식하는 것은 '세계를 새롭게 보고', 예상치 못한 관계를 파악하며, 다른 관찰자들이 사소하다거나 따분하다고 여길 법한 것을 새롭게 평가하고, 외형과는 다른 깊은 의미를 찾아내는 시적 상상력의 예이다. 이렇게 이 작은 시는 시 자체가 이루어내는 효과를 달성하는 시적 상상력의 힘에 대한 고찰이 될 수 있다. 이러한 예는 시적 해석의 기본적 관례—특정한 시와 그 시적 과정이 시 일반과 그 의미의 창출을 성찰토록 하는 것—를 잘 보여준다. 수사적 기법을 펼치는 과정에서 시는 시학에 대한 탐구로 읽힐 수 있다. 이것과 동일하게, 다음 장에서 살펴보듯이 어떤 단계에서 소설은 어떻게 우리가 시간에 대한 경험을 이해할 수 있는지 성찰하게 하는데, 이로써 소설 자체가 서사 이론에 대한 탐구에 동참한다.

제 6 장

서사문학

한때, '문학'은 무엇보다도 시를 의미했다. 소설은 현대에 와서 갑자기 생긴 것으로, 진정한 의미에서의 문학이기에는 전기(傳記)나 시대사와 너무나 유사했고, 서정시나 서사시가 갖는 높은 이상을 추구할 수도 없는 대중적 형식이었다. 하지만 20세기에 와서 소설은 작가가 쓰는 측면에서나 독자가 읽는 측면 모두에서 시를 능가하였고, 1960년대 이후 서사문학은 문학 교육에서도 지배적이 되었다. 사람들은 아직 시를 공부하고, 또 자주 공부하도록 요구되지만, 소설과 단편은 교육과정의 핵심이 되었다.

이것은 단지 기꺼이 이야기를 택하고 시는 거의 읽지 않는 독자 대중의 기호에 따른 결과만은 아니다. 문학과 비평 이론은 점점 더 서사문학의 문화적 중요성을 강조하고 있다. 이러한 주장에 따르면, 우리가 인생을 어떤 곳에 도달하는 과정으로 생각하거나 세상에 무슨 일이 일어나고 있는지를 자신에게 설명하고자 하는 경우처럼, 이야기는 사물을 이해하는 주된 방식이다. 과학적 설명은 사물을 법칙—a와 b라는 조건이 이루어지면, c가 성립한다—에 따라 이해하지만, 인간의 삶은 일반적으로 그렇게 되지 않는다. 삶은 원인과 결과라는 과학적 논리가 아니라, 어떻게 하나의 사태가 다른 사태를 낳고 또 어떻게 다른 일이 일어날 수도 있었는지를 생각해보는 이해가 주를 이루는 이야기의 논리에 따른다. 어떻게 매기가 싱가포르에서 소프트웨어를 팔게 되었는지, 어떻게 조지의 아버지가 그에게 차를 주게 되었는지가 그런 것이다.

우리는 가능한 이야기들을 통해 사태를 이해한다. 앞서 2장에서 언급한 역사철학자들은 역사적 설명이 과학적 인과론의 논리가 아니라 이야기의 논리를 따른다고까지 주장하였다. 프랑스혁명을 이해하는 것은 하나의 사건이 어떻게 다른 사건으로 이어지는가를 보여주는 서사를 파악하는 것이다. 서사구조는 모든 곳에서 발견된다. 프랭크 커모드(Frank Kermode)에 따르면, 똑딱 시계가 '똑-딱' 하고 간다고 말할 때, 우리는 물리적으로 동일한 두 개의 소리를 구별하여, '똑'에서 시작하여 '딱'으로 끝나는 허구적 구조를 만든다. "시계의 '똑-딱'은 시간에 형식을 부여함으로써 시간을 인간화하는 조직화, 즉 우리가 플롯이라고 부르는 것의 전형적 예라 말할 수 있다."

서사이론('서사학')은 문학이론 중에서 활발한 분야로, 문학연구는 이러한 서사구조이론(즉, 플롯, 다양한 서술자, 서사 기술에 대한 연구 등)을 필요로 한다. 서사의 시학이라 부를 수 있는 이것은 서사의 요소를 탐문하면서 동시에 어떻게 특정 서사가 나름의 효과를 내는지를 분석한다.

하지만 서사는 단지 학문적 주제만은 아니다. 이야기를 듣고 말하고자 하는 것은 인간의 기본적 충동이다. 어린아이들은 아주 초기부터 기본적인 서사 능력이라고 할 수 있는 것을 키워나간다. 이야기를 해달라고 하면서 아이들은 이야기가 끝에 도달하기 전에 어디쯤에서 속임수가 있을지를 알고 있다. 그래서 서사이론의 첫 질문은 '적절하게' 끝나는 이야기와 그렇지 않고 사태가 아직 미해결 상태인 이야기를 구분하게 하는 기본적 서사 구도에 대해 우리가 암묵적으로 동의하고 있는 것은 무엇인가 하는 것일 수 있다. 그러므로 언어학이 언어 능력(특정 언어의 화자가 무의식중에 알고 있는 언어 지식)을 해명하려는 시도이듯이, 서사이론은 이러한 서사 능력을 밝히고 해명하려는 노력이라 할 수 있다. 여기에서의 이론은 직관적인 문화적 지식 혹은 이해력을 설명하려는 것으로 정의할 수 있다.

플롯

이야기의 필수 요소는 무엇인가? 아리스토텔레스는 서사의 가장 기본적 특징은 플롯으로, 좋은 이야기는 처음, 중간, 그리고 끝을 갖추어야 하고, 이들의 순차적 배열은 즐거움을 준다고 말한다. 하지만 어떤 일련의 사건들이 이러한 구도를 가진다는 인상을 창출할 수 있을까? 이론가들은 다양한 설명을 제시해왔다. 하지만 근본적으로 플롯은 변화를 요구한다. 플롯에는 시작 단계와, 사태의 역전과 같은 변화와, 이러한 변화를 중요하게 받아들이는 결말이 있어야 한다. 일부 이론은 만족스러운 플롯의 여러 가지 공통점을 강조하고 있다. 이를테면 등장인물 사이의 관계가 역전되는 것, 혹은 두려움이나 예언이 있고 이것이 현실화하거나 그렇지 않은 경우, 문제에서 문제의 해결로 귀결되는 것, 부당한 비난이나 평판으로부터 이후 그것이 시정되는 것 등을 들 수 있다. 이들 각각의 경우 사건의 전개 차원과 주제의 변모 차원이 상호 연계되어 있다는 것을 알 수 있다. 사건의 단순한 연쇄가 이야기를 만들지는 않는다. 이야기에는 결말이 시작과 다시 연계되는 플롯이 있어야 하는데, 이야기가 제시하는 사건들을 낳은 최초의 욕망이 어떤 결과를 낳았는지를 가리키는 결말이 그 예이다.

서사 역량을 설명하는 서사이론은 또한 독자가 플롯을 인식하는 능력에 집중하여야 한다. 독자는 어떤 두 작품이 동일한 이야기의 변형에 불과하다는 것을 파악해낼 수 있고, 플롯을 요약하고 그 적절성을 논할 능력이 있다. 이는 물론 독자들이 항상 모든 것에 의견을 함께한다는 것이 아니다. 하지만 독자 의견의 불일치는 상당한 정도의 공통적 이해 또한 드러내 줄 수 있을 것이다. 서사이론은 어떤 구조적 층위가, 즉 우리가 일반적으로 '플롯'이라 부르는 것이, 특정 언어나 표현 매체와 관계없이 존재한다고 상정한다. 번역 과정에서 많은 것이 달라지는 시와 달리, 플롯은 한 언어나 한 매체에서 다른 것으로 번역되는 과정에서도 유지된다. 무성 영화나 연재만화는 단편소설과 동일한 플롯을 가질 수 있다.

그럼에도 플롯에 대해 생각할 수 있는 두 가지 방식이 있다. 한편으로 플롯은 사건들이 진정한 이야기가 되도록 사건을 빚어내는 방식인데, 작가와 독자는 사건들의 의미를 밝히기 위해 사건을 플롯으로 빚어낸다. 다른 한편으로 플롯은 '이야기'를 다양한 방식으로 제시하는 서사에 의해 형성된다. 가령 세 등장인물의 일련의 행위는 남녀 간의 사랑이라는 기본 플롯으로 (저자와 독자에 의해) 만들어질 수 있다. 남녀 간 사랑의 플롯의 한 예로는 한 청년이 한 젊은 여성과 결혼하고자 하지만, 이들의 희망은 부모의 반대에 부딪히고, 그럼에도 우여곡절 끝에 이 젊은 연인들은 재결합할 수 있게 된다는 것을 들 수 있을 것이다. 이 플롯을 세 인물이 이끌어가도록 한다면, 이 플롯의 서사는 시련 속의 여주인공이나, 성난 아버지, 청년, 이 당혹스런 사건을 지켜보는 외부 관찰자, 혹은 각 인물의 내면 감정을 서술할 수 있거나 이들 사건의 진행으로부터 객관적 거리를 두는 전지적 관찰자 등등의 관점에서 구성되어 제시될 수 있다. 이런 까닭에 플롯 혹은 이야기는 주어진 것이지만, 담화는 이를 서술하는 다양한 방식이다.

이제까지 논의한 세 개의 차원—사건, 플롯(혹은 이야기), 담화—은 '사건과 플롯' 그리고 '이야기와 담화'라는 두 개의 대립항으로 작동한다.

사건 / 플롯

이야기 / 담화

플롯 혹은 이야기는 담화(다양한 서술 방식에 따라 '동일한 이야기'가 변주된 형태)가 특정 관점에 따라 서술되고 제시된 원재료이다. 〔일반적으로 서사(narrative)는 내용으로서의 이야기(story: 인물, 플롯, 배경)와 표현으로서의 담화(discourse: 관점, 서술 방식)로 나뉘어 분석된다. 이야기가 시간적 순서에 의한 사건의 묘사라면, 플롯은 인과관계에 의한 사건의 묘사에 역점을 둔다.—옮긴이〕 하지만 플롯 그 자체는 이미 사건을 한 방식으로 엮은 것이다. 플롯은 결혼을 이야기의 해피엔딩이나 시작으로 혹은 중간 기점으로 삼을 수도 있다. 그러나 독자가 실제로 만나는 것은 텍스트의 담화이다. 플롯은 독자가 텍스트로부터 '추론'하는 어떤 것이고, 플롯의 근간이 되는 기본적 사건들에 대한 인식 또한 독자가 추론하거나 구성한 것이다. 플롯을 형성하는 사건들은 플롯의 의미와 조직의 중요성을 두드러지게 한다.

서술

그렇다면 서사의 기본적인 구별은 플롯과 서술, 이야기와 담화의 구분이다. (용어는 이론가에 따라 다르다.) 텍스트(영화나 다른 매체를 포함하는 용어로서의 텍스트)에 직면한 독자는 이야기를 확인하고, 텍스트를 이러한 이야기의 특정한 하나의 서술로 보면서 그 의미를 파악해나간다. 이야기의 '사태 내용'을 파악한 까닭에, 우리는 여타 언어적 요소들은 이를 제시하는 방식 가운데 하나로 생각할 수 있게 된다. 그러므로 우리는 어떤 유형의 서술이 선택되고 또 그것이 어떤 효과를 가져오는지 물을 수 있다. 서술 유형은 다양하며, 그 선택은 서사적 효과에 매우 중요하다. 많은 서사이론은 다양한 서술 유형을 구상하는 방식들에 대해 논의한다. 의미 있는 다양한 서술 유형을 확정하는 데 중요한 몇 가지 질문은 다음과 같다.

누가 말하는가? 관례적으로 모든 서사에는 이야기의 바깥이나 안에 위치한 한 인물인 서술자가 있다. 이론가들은 '나'라고 말하는 서술자가 있는 '1인칭 서술'과, '나'라는 서술자가 없는 '3인칭 서술'이라고 불리는 조금은 혼란스러운 서술을 구별한다. '3인칭 서술'에서 서술자는 이야기의 등장인물이 아니며, 모든 등장인물은 이름이나 '그' 혹은 '그녀'라는 제3자로 지칭된다. 1인칭 서술자는 자신이 말하는 이야기의 주요 인물인 '주인공'이거나, 이야기의 부수적 인물인 '참여자'일 수 있고, 혹은 행동은 하지 않고 사태를 독자에게 설명해주는 역할만 하는 이야기의 '관찰자'일 수도 있다. 1인칭 관찰자는 이름과 과거 그리고 개성을 지닌 개인이거나, 전혀 발전되지 않고 이야기가 진행됨에 따라 시야에서 곧바로 사라지는, 즉 이야기가 소개된 이후에는 없어지는 존재일 수 있다.

누가 누구에게 말하는가? 저자는 독자에 의해 읽히는 텍스트를 창조한다. 독자는 텍스트로부터 서술자 즉 말하는 목소리를 추측해낸다. 서술자가 말을 건네는 대상인 청자는 어떤 경우 암시되거나 구성되고, 어떤 경우에는 분명히 확인된다(특히, 한 인물이 이야기 속의 이야기를 여타 인물들에게 전하는 서술자인 경우가 그렇다). 서술자의 청자는 자주 '피서술자'라 불린다.

피서술자가 분명히 확인되는지와는 무관하게, 이야기는 이야기가 당연시하거나 혹은 설명하는 바에 의해 암묵적으로 청자를 구성한다. 시대와 장소를 달리하는 작품은 대개 거기에 그려져 있는 모종의 사태를 이해할 수 있고 오늘날의 독자들은 좀처럼 알지 못할 전제를 공유하는 그런 청자를 전제하고 있다. 페미니즘 비평은 유럽과 미국의 서사들이 대체로 남성 독자를 상정한다는 것을 특히 문제시한다. 이에 따르면 독자는 남성적 견해를 공유하는 사람으로 당연시되고 있다.

누가 언제 말하는가? 서술은 — 알랭 로브그리예(Alain Robbe-Grillet)가 『질투La Jalousie』에서 "이제 x가 일어나고, 이제 y가 일어나며, 이제 z가 일어난다" 같은 형식을 취하는 것처럼—사건이 발생하는 시점에서 행해질 수 있다. 또 서술은 특정 사건들을 곧바로 전할 수 있는데, 새뮤얼 리처드슨(Samuel Richardson)의 『파멜라Pamela』와 같은 서간체 소설처럼 각각의 편지가 쓰인 시점까지 일어난 사건을 다루는 경우가 그것이다. 혹은, 가장 일반적으로, 서사의 마지막 사건들이 일어난 후, 서술자가 전체 과정을 되돌아보는 형식의 서술이 있다.

누가 어떤 말을 하는가? 서술하는 목소리들은 각각 독자적으로 자신의 말을 할 수 있는데, 이를 통해 이야기 속의 모든 것을 말하거나, 혹은 다른 사람의 말을 가져와 옮길 수도 있다.

어린아이의 의식을 통해 사물을 보는 서술은 아이가 인식한 것을 알려주는 어른의 말을 사용하거나 아이의 말 자체로 행해질 수 있다. 러시아의 이론가 미하일 바흐친은 소설을 근본적으로 다성적(다수의 목소리로 구성된 것)인 것으로, 즉 단성적(하나의 목소리로 구성된 것)이 아니라 대화적인 것이라고 평한다. 소설의 정수는 다른 목소리나 담화 자체를 가져와 보여주고, 이로써 다양한 사회적 견해와 시각이 서로 충돌하는 모습을 보여주는 데 있다는 것이다.

누가 어떤 권한으로 말하는가? 이야기를 한다는 것은 청자가 부여하는 어떤 권한을 행사하는 것이다. 제인 오스틴의 『엠마 Emma』의 서술자가 "엠마 우드하우스는 예쁘고, 영리하며, 유복하고, 안락한 집과 낙천적인 성격까지 갖추어……"라고 시작할 때, 우리는 그녀가 정말 예쁘고 영리한지에 대해 회의적인 반응을 보이지 않는다. 우리는 달리 생각할 이유가 없는 한, 이 언명을 받아들인다. 가끔 '신뢰할 수 없는' 서술자라는 용어에서와 같이, 서술자는 상황에 대해 충분한 정보와 함께 자기 자신의 편견에 대한 암시도 제공하면서 우리로 하여금 사건에 대한 본인의 해석을 의심하도록 하거나, 서술자가 저자의 견해와 함께하지 않는다고 생각할 수 있도록 한다. 이론가들은 '자의식적 서술'도 거론하는데, 이 경우 서술자는 스스로 이야기를 하면서도 어떻게 말해야 할지 주저하거나, 혹은 이야기가 어떻게 전개될지는 자신에게 달려 있다는 자랑마저 한다. 자의적 서술은 서술 권한이 갖는 문제를 잘 보여준다.

초점화

서사에 대한 논의는 자주 '이야기가 서술되는 관점'에 대해 말한다. 하지만 이 '관점'이라는 용어의 사용에는 두 개의 다른 문제가 도사리고 있다. '그것은 누가 말하고 있는가? 누구의 시선으로 제시되는가?'이다. 헨리 제임스(Henry James)의 『메이지가 알고 있던 일What Maisie Knew』은 어린아이가 아닌 서술자를 채택하였지만, 이야기를 여자아이인 메이지의 의식을 통해 제시한다. 메이지는 서술자가 아니다. 소설은 여자아이를 '그녀'라는 3인칭으로 그리면서도, 많은 것을 소녀의 시각에서 제시한다. 이를테면 메이지는 자기 주변의 성인들 사이의 관계에 내재한 성적 차원을 온전히 이해하지 못한다. 서사이론가인 미케 발(Mieke Bal)과 제라르 주네트(Gérard Genette)에 의해 시작된 용어를 사용하자면, 이야기는 소녀를 통해 '초점화'가 이루어진다. 소녀의 이야기는 일련의 사건이 하나의 초점으로 모이도록 하는 의식 혹은 입장이다. 따라서 '누가 말하는가?'라는 질문은 '누가 보는가?'라는 질문과 별개의 것이다. 누구의 시각에서 사건들이 집결되고 서술되는가? 초점자(초점이 되는 화자)는 서술자와 같거나 같지 않을 수 있다. 여기에는 많은 변형이 있다. 〔초점자는 사건과 내용을 인식하는 사람이고, 서술자는 초점자의 인식을 묘사하고 전달하는 사람이다. —옮긴이〕

1. 시간에 따른 초점화. 서술은 사건들이 일어난 시점에서, 혹은 그 직후의 시점이나, 긴 기간 이후의 시점에서 사건들을 모을 수 있다. 초점자가 사건이 발생한 순간에 알거나 생각한 것에, 혹은 이후 사건을 되돌아보는 가운데 사물을 보게 되는 방식에 초점을 맞출 수도 있다. 어린아이인 초점자에게 발생한 어떤 것을 묘사하는 가운데, 서술자는 아이의 의식을 통해 사건에 초점을 맞추면서 당시에 아이가 생각하고 느낀 바로 설명을 국한하거나, 혹은 그 아이 자신이 서술 시점에서의 자신의 인식과 이해를 통해 사건의 초점을 형성해낼 수도 있다. 물론, 이와 달리, 이들 관점을 통합하여 당시 알고 느낀 것과 지금 깨닫게 된 것 사이를 오갈 수도 있다. 유사한 변용을 채택하여, 3인칭 화자는 특정 인물을 통해 사건의 초점을 맞출 경우에도 사건 당시에 그 인물에게 사태가 어떻게 보였는지, 혹은 이후에 어떻게 느껴졌는지를 묘사할 수도 있다. 시간적 초첨화를 선택함으로써 서술 효과에 있어 엄청난 차이가 발생한다. 가령, 탐정 소설은 수사의 매 순간에 초점자가 알고 있는 것만을 제시하면서 최종 결과

에 대한 인지는 절정의 순간을 위해 남겨둔다.

2. 거리와 속도에 의한 초첨화. 이야기는 아주 미세한 것에서부터 점차 진행해나가거나 곧바로 무슨 일이 있어났는지를 말해주면서, 이를테면 현미경을 통해서나 망원경을 통해서, 초점을 맞출 수 있을 것이다. "고마워한 왕은 왕자에게 공주와의 결혼을 허락하고, 왕이 죽자 왕자는 왕위를 이어받아 오랫동안 행복하게 나라를 다스렸습니다"는 곧바로 말해주는 경우이다. 속도와 관련된 것은 빈도의 차이이다. 우리는 특정한 경우에 일어나는 것 혹은 매주 목요일에 일어나는 것에 대한 이야기를 들을 수 있다. 반복의 빈도와 관련하여 매우 독특한 것은 제라르 주네트가 '유사 반복'이라고 부른 것으로, 이 경우에는 아주 특별한 까닭에 되풀이해서 일어날 수 없는 어떤 것이 마치 규칙적으로 일어나는 것처럼 서술된다.

3. 인지의 한계. 극단적인 경우, 어떤 서사는 매우 한정된 시각—'카메라 눈' 혹은 '몰래카메라' 시각—에 의해 이야기의 초점을 맞출 수 있는데, 이를 통해 우리는 등장인물의 생각에는 접근할 수 없고 단지 행동만을 관찰할 수 있다. 이 경우마저 '객관적' 혹은 '외부적' 묘사가 어느 정도의 정보를 줄 수 있는가에 따라 수많은 변형이 일어날 수 있다. 그러므로 "노인은 담뱃불을 붙였다"는 인간의 행위에 익숙한 관찰자의 초점으로 묘사된 것으로 보이지만, "정수리가 희끗한 사람이 불붙은 막대기를 몸에 갖다 대니, 몸에 연결된 하얀 관에서 연기가 올라오

기 시작했다"는 외계인이나 '유체이탈'이 된 이상한 사람의 초점으로 묘사된 것으로 보인다. 또다른 극단에는 '전지적 서술'이라 불리는 것이 있는데, 이 경우 초점자는 등장인물의 내면적 생각과 감춰진 동기에 접근할 수 있는 신적 인물이다. "왕은 그 모습에 참으로 기뻐하였지만, 금에 대한 탐욕은 아직도 채워지지 않았습니다"가 그것이다. 알고 말할 수 있는 것에 원칙적으로 아무런 제약이 없는 것으로 보이는 전지적 서술은 전통 동화만이 아니라 실제로 무엇을 서술해야 할지 선택하는 것이 매우 중요한 현대 소설에서도 자주 쓰인다.

우선적으로 단 한 인물의 의식을 통해 초점이 형성된 이야기는 서술자가 스스로 생각하고 관찰한 바를 말하는 1인칭 서술은 물론이고, 『메이지가 알고 있던 일』에서처럼 흔히 '3인칭 제한적 시점'이라 불리는 3인칭 서술 형식을 띤다. **신뢰성 없는 서술**은 시점의 제한으로 인해 발생할 수 있는데, 이 경우에는 초점화가 이루어지는 의식이, 뛰어난 독자와 달리, 사건을 이해할 수 없거나 이해하지 않으려고 한다는 느낌을 준다.

서술과 초점화에 있어 이런 식의 변형은 소설의 전반적 효과를 결정하는 데 크게 기여한다. 전지적 서술의 이야기는 주인공의 감정과 감춰진 의도를 자세히 전하고 사건이 어떻게 전개될 것인지를 보여주면서 세계를 모두 이해할 수 있다는 인상을 줄 수 있다. 가령, 그것은 사람들이 의도하는 것과 필연적으로 발생하는 것 사이의 대조를 선명하게 보여줄 수 있다. ("그가 조금도 알지 못한 것은 두 시간 후에 그가 마차에 치여 자신의 모든 계획이 허사가 될 것이라는 사실이었다.") 단 하나의 주인공의 제한된 관점에서 그려지는 이야기는 무엇이 일어날지 모르는 예측 불가능성을 잘 보여줄 수 있다. 우리는 다른 인물들이 무슨 생각을 하고 있는지, 어떤 다른 일이 벌어지고 있는지 알지 못하기 때문에, 이 인물에게 일어나는 모든 일에 놀라지 않을 수 없다. 서술의 복잡성은 이야기 안에 이야기를 넣음으로써 더욱 강화되는데, 이렇게 함으로써 이야기를 하는 행위 자체가 이야기 안의 사건이 되면서, 이런 사건으로서의 이야기 행위의 결과와 중요성이 주된 관심사로 부각된다. 이야기 안의 이야기 내에 또다른 이야기가 있게 되는 것이다.

이야기가 하는 일

이론가들은 또한 이야기의 기능에 대해 논의한다. 앞서 2장에서 문학적 서사와 사람들이 서로 주고받은 이야기를 포함하는 범주로서의 '서술 과시적 텍스트'가 순환하는 이유는 그것이 말할 만한 것, 그럴 만한 '가치가 있는 것'이기 때문임을 살펴보았다. 이야기꾼은 "그래서 뭐?"라는 잠재적 질문을 가장 경계한다. 어떻든 이야기를 '가치 있는 것'으로 만드는 것은 무엇인가? 이야기는 무슨 일을 하는가?

무엇보다도 이야기는 즐거움을 준다. 아리스토텔레스가 말하길, 이러한 즐거움은 문학이 담고 있는 삶의 모방과 삶의 리듬에서 온다. 무는 자가 물리고 사태가 역전되는 것과 같은 예기치 못한 변화를 보여주는 서사구조는 그 자체로 즐거움을 주고, 많은 서사들은 익숙한 상황에 새로운 변화를 줌으로써 듣는 사람을 즐겁게 하는 이런 근본적 기능을 갖고 있다.

서사의 즐거움은 욕망과 관련된다. 플롯은 욕망과 그 결과에 대해 이야기하지만, 서사의 움직임 자체는 비밀을 찾아내고, 결말에 도달하고, 진실을 찾는 등의 알고자 하는 욕망인 '지식애(epistemophilia)'에 의해 이끌린다. 만약 서사를 이끄는 것이 지배욕과 같은 '남성적' 충동이거나 진실(소위 '적나라한 진실')을 드러내고자 하는 욕망이라면, 서사가 이러한 우리의 바람을 충족하기 위해 제공하는 지식은 무엇인가? 이러한 지식 자체가 오히려 욕망의 효과인가? 이론가들은 욕망과 이야기 그리고 지식 사이의 관계에 대해 이러한 질문을 제기한다.

이론가들이 강조한 바와 같이 이야기는 우리에게 세상에 대해 가르치고, 세상이 어떻게 움직이는지 보여주고, (초점화라는 장치를 통해) 다른 관점에서 사물을 보게 하고, 일반적으로 우리에게는 불투명한 다른 사람들의 의도를 이해하도록 하는 기능 또한 갖고 있다. 소설가 E. M. 포스터(E. M. Forster)는 소설이 다른 사람을 완벽히 알 수 있는 가능성을 제공하면서, 우리가 '실제' 삶에서 다른 사람에 대해 분명치 않은 것을 보완해준다고 말한다. 소설의 등장인물들은

> 자신들의 비밀스러운 삶이 드러나거나 드러날 수 있는 사람들이다. 우리 자신은 비밀스러운 삶이 드러나지 않는 사람들이다. 그리고 바로 이것이 소설이, 비록 그것이 사악한 사람들에 대한 것일지라도, 우리에게 위로가 될 수 있는 이유이다. 소설은 한층 더 포괄적인, 이로써 한층 더 제어 가능한 인간을 제시하며, 우리가 통찰력과 힘을 갖고 있다는 환상을 준다.

소설이 제공하는 지식을 통해 서사는 독자를 관리한다. 서양 전통에 있어 소설은 어떻게 열망이 순치되고 욕망이 사회적 현실에 맞춰지는지를 보여준다. 많은 소설들은 젊은이의 환상이 깨지는 이야기이다. 이들 소설은 우리에게 욕망을 이야기하고, 욕망을 일으키고, 남녀 간의 욕망이 나아갈 방향을 보여주었고, 18세기 이후부터 소설은 우리가 진정한 정체성을 이룰 수 있는 방법은 공적 행동보다는 오직 사랑과 사적 관계에서일 뿐이라고 한층 더 강조하고자 한다. 하지만 소설은

'사랑한다'와 같은 것이 있다고 우리를 믿도록 만들면서도, 또한 이러한 생각을 탈신비화한다.

우리는 일련의 동일화 과정을 통해 우리가 되는 한(8장 참조), 소설은 사회적 기준을 내면화하는 강력한 기재이다. 이와 동시에 서사는 사회에 대한 비판의 한 유형을 제공한다. 소설 서사는 세속적 성공의 공허함, 세계의 타락, 세계 속에서의 우리의 숭고한 열망의 좌절을 폭로한다. 그것은 독자가 공감하는 동일화 과정을 통해 어떤 상황을 더이상 견딜 수 없는 것으로 여기도록 하면서, 핍박받는 사람들의 고통 또한 폭로한다.

우리의 인식 방식 가운데 서사구조가 차지하는 중요성으로 인해, 최근 일부 이론가들은 서사이론을 인지과학과 연계하면서, 뇌 작용의 관점에서 이야기의 과정을 기술하고자 노력해왔다. 우리가 이야기를 좇아 이해하는 능력은 일반적 인지 능력의 한 예인가? 이는 서사이론의 생산적 방향이 될 수 있지만, 아직 그 주된 성과는 새로운 용어를 도입하는 것 정도인데, 예컨대 '틀'〔프레임. 개체를 파악하는 맥락이나 준거체계 혹은 인지적 무의식: 가령, 문화적 프레임, 사회적 프레임, 가치 프레임—옮긴이〕, '연계'〔스크립트. 도식화된 인식 패턴: 이를테면 '공부'의 경우 도서관, 책, 필기구 등으로의 연계적 인식—옮긴이〕, '공백화'〔갭핑. 내용의 일부분을 반복하지 않고 비워두지만 공유되는 인식: 이를테면 "하나는 커피로 주시고, 다른 하나는 주스요."—옮긴이] 등을 그 예로 들 수 있겠다. 하지만 이들이 대신하고자 하는 기존의 문학 분석 범주들은 아직도 이야기에 대해 훨씬 더 나은 통찰력을 제공하고 있는 것이 사실이다.

마지막으로, 서사 분야의 이론에 대한 기본적 질문은 서사가 지식의 근본적 형식인가(세계에 대한 지식은 서사적 의미화 과정에 의해 형성되는가), 혹은 이러한 서사가 올바르게 보여주는 만큼 왜곡하는 수사적 구조인가에 대한 것이다. 서사는 지식의 원천인가 아니면 환상의 원천인가? 서사가 제시하고자 하는 지식은 욕망의 결과로서의 지식인가? 이론가 폴 드만(Paul de Man)에 따르면, 올바른 정신의 소유자라면 그 누구도 '해'라는 단어의 빛으로 포도를 키우려고 하지 않는 반면, 우리는 허구적 서사의 틀에 따라 삶을 이해하지 않기는 매우 어렵다는 것을 인식하고 있다. 이것은 서사가 사물의 이치를 깨닫게 하고 위로하는 효과는 거짓임을 시사하는 것인가?

이들 질문에 답하기 위해서 우리는 서사로부터 **독립적인** 세계에 대한 지식과 함께, 이러한 지식이 서사가 제공하는 것보다 더 권위 있는 것으로 여길 수 있는 어떤 근거를 필요로 한다. 하지만 서사와는 별도로 독립된 그런 권위 있는 지식이 존재하는 것인지는 서사가 지식의 원천인가 아니면 환상의 원천인가 하는 질문에서 가장 핵심적인 사안이다. 따라서 이러한 질문에 대한 대답이 존재한다고 해도, 그 대답은 쉽지 않을 수 있다. 그 대신, 서사를 한편으로 통찰력이라는 환상을 창출하는 수사적 구조로 인식하는 것과, 다른 한편으로 우리 손에 맡겨진 의미 생산의 주요 기재로 연구하는 것, 이들 사이에서 우리는 진자 운동을 할 수밖에 없다. 결국, 서사는 수사라는 폭로마저 서사의 구조를 띤다. 그것은 애초의 오류가 진실의 엄중한 빛에 굴복하면서, 우리는 더 슬프지만 더 현명해지고, 환상에서 깨어나지만 더욱 단단해진다는 내용의 이야기이다. 우리는 원을 그리며 춤을 추기를 멈추고 비밀을 곰곰이 추측해본다. 이렇게 이야기는 계속된다.

제 7 장

수행적 언어

이 장은 문학과 문화 이론에서 큰 발전을 이루면서, 또한 여러 가지 견해가 '이론'의 영역으로 끌어들여지는 과정 속에서 변모하는 방식을 잘 보여주는 개념 하나를 추적함으로써 '이론'의 한 경우를 탐색하고자 한다. '수행적' 언어의 문제는 언어의 의미와 효과에 관한 중요한 문제를 부각시키고 정체성과 주체의 성격에 관한 질문을 낳는다.

오스틴의 수행적 발화

수행적 발화 개념은 1950년대 영국의 철학자 J. L. 오스틴(J. L. Austin)에 의해 전개되었다. 그는 발화를 두 가지로 구별할 수 있다고 제안하였다. 하나는 "조지는 오기로 약속했다"와 같은 **사실적** 발화로서, 언명을 하고, 일의 상황을 묘사하며, 진실 혹은 거짓을 가리킨다. 다른 하나는 **수행적** 발화로서, 진실 혹은 거짓이 아니라 발화가 가리키는 행위를 실제로 수행한다. "나는 당신에게 지불하기를 약속한다"고 말하는 것은 일의 상황을 묘사하는 것이 아니라 약속하는 행위를 수행하는 것이다. 오스틴의 설명에 따르면, 결혼식에 성직자나 공무원이 "당신은 이 여자를 당신의 법적 아내로 맞이하겠습니까?"라고 물을 때 내가 "네, 그렇게 하겠습니다"라고 대답하면, 나는 어떤 것을 묘사하는 것이 아니라, 나는 그것을 하는 것으로, "나는 결혼을 보고하는 것이 아니고, 결혼에 들어간다". 내가 "네, 그렇게 하겠습니다"라고 말할 때, 이 수행적 발화는 진실도 아니고 거짓도 아니다. 그것은 상황에 따라 적절하거나 부적절한—오스틴의 용어로는 행복하게도 '적절한(felicitous)' 혹은 불행하게도 '부적절한(infelicitous)'—것일 수 있다. 내가 "네, 그렇게 하겠습니다"라고 말한다고 해도, 나는 결혼에 성공하지 못할 수도 있다. 가령, 내가 이미 결혼을 했거나 결혼식을 주재하는 사람이 이 공동체에서 결혼식을 거행할 권한이 없는 경우가 그것이다. 오스틴은 이러한 발화는 '불발'되고 만다고 말한다. 이 경우의 발화는 불행하게도 '부적절한' 것이 되고, 이에 따라 분명 신부나 신랑 혹은 두 사람다 불행해질 것이다.

수행적 발화는 가리키는 행위를 묘사하는 것이 아니라 수행한다. 그것은 내가 약속한다, 명령한다, 혹은 결혼한다는 단어를 언명함으로써 이루어진다. 수행적 발화 여부를 알 수 있는 간단한 방식은 '이들 단어를 발화함으로써'라는 의미의 '이로써'를 동사 앞에 넣을 수 있는 가능성을 보는 것이다. "나는 이로써 약속한다", "우리는 우리의 독립을 이로써 선언한다", "나는 당신에게 이로써〔이렇게〕 명령한다"…… 하지만 "나는 마을에 이로써 걸어간다"는 불가능하다. 나는 어떤 단어를 언명함으로써 걷는 행위를 수행할 수는 없기 때문이다.

수행적 발화와 사실적 발화의 구별은 발화 유형 간의 중요한 차이를 포착하고, 언어가 단지 행위를 보고하기보다는 행위를 수행하는 정도에 주목하도록 하는 큰 의의를 가진다. 하지만 오스틴은 자신의 수행적 발화에 대한 논의를 더욱 밀고 나감에 따라, 몇 가지 어려움에 봉착한다. 우리는 1인칭 현재 직설법으로 가리키는 행위를 수행하는 '수행 동사'의 목록(나는 약속한다, 나는 명령한다, 나는 선언한다)의 나열이 가능하다. 하지만 이런 방식으로 작동하는 동사를 열거함으로써 수행적 발화를 정의할 수는 없다. 그것은 어떤 경우 누군가를 멈추도록 명령하는 행위는 "나는 이로써 당신이 멈추기를 명령한다"라기보다는 "서!" 하고 외쳐서 수행할 수 있기 때문이다. 분명 사실적 발화인 "나는 당신에게 내일 지불하겠다"는 것은 내일의 일에 따라 분명 진실 아니면 거짓이 될 터이지만, 그럼에도 이 말은 "그가 내일 당신에게 지불할 것입니다" 처럼 단순한 설명이나 예측이 아니라 내가 내일 당신에게 지불하겠다는 약속이 될 수 있다. 하지만 명백히 수행 발화 동사가 없는 이와 같은 '암묵적 수행 발화'를 허용하게 되면, 어떠한 발화도 암묵적 수행 발화가 될 수 있음을 인정하지 않을 수 없다. 사실적 발화의 기본형이라 할 수 있는 "고양이가 매트 위에 있다"라는 문장은 수행적 발화인 "나는 이로써 고양이가 매트 위에 있다는 것을 확언한다"라는 문장, 즉 확언 행위를 완수하는 수행적 발화의 생략형으로 볼 수도 있다. 사실적 발언 또한 행위—말하고, 확언하고, 설명하는 등의 행위—를 수행한다. 이와 같이, 사실적 발화는 일종의 수행적 발화이다. 이는 다음 설명 단계에서 중요성을 가진다.

수행적 발화와 문학

문학비평가들은 수행적 발화 개념을 문학 담론의 특징을 밝히는 데 도움이 되는 개념으로 여기고 있다. 이론가들은 오랫동안 문학적 언어가 '말하는' 것 못지않게 '행하는 것'에 주목해야 한다고 강조해왔고, 수행적 발화 개념은 이러한 생각—무엇보다도 어떤 일을 행하는 유형의 발화가 있다는 것—의 언어적이고 철학적인 정당성을 확인하고 있다. 수행적 발화처럼, 문학적 발화는 발생한 사태를 지칭하지 않으며 진실과 거짓의 문제도 아니다. 문학적 발화는 여러 가지 측면에서 그것이 가리키는 사태를 창출하고자 한다. 첫째 그리고 무엇보다도, 문학은 가령 등장인물과 그들의 행동이 존재하게 만든다. 조이스의 『율리시즈Ulysses』의 첫 문장인 "당당하게 통통한 벅 멀리건이 거울과 면도칼이 십자로 놓인 면도거품 종지를 들고 층계 꼭대기 위로 등장했다"는 대목은 기존의 어떤 상태를 가리키는 것이 아니라 이 인물과 이 상황을 창출한다. 둘째, 문학작품은 자신이 전개하는 생각과 구도를 만들어낸다. 라로슈푸코(François de La Rochefoucauld)가 우리는 사랑에 빠진 것을 책에서 읽지 않았다면 그것이 무엇인지를 생각지도 못했을 것이라고 주장하는 바와 같이, 낭만적 사랑의 개념은 (그리고 그것이 개인 삶의 중심이라는 개념은) 분명 엄청난 문학적 창조물이다. 물론 『돈키호테』부터 『보바리 부인』에 이르는 많은 소설 자체는 다른 책들에서 전개된 낭만적 생각을 비판하고 있다.

한마디로, 수행적 발화는 이전에는 부수적인 것으로 여겨졌던 언어 용법—문학적 언어와 유사한, 세계를 움직이고 창출하는 언어 용법—을 강조하면서 문학을 행위와 사건으로 생각하는 데 도움을 준다. 수행적 발화로서의 문학 개념은 문학의 옹호에 기여한다. 문학은 변덕스러운 사이비 언명이 아니라 세계를 바꾸고, 그 언어가 가리키는 사태를 창출하는 언어 행위의 지위를 가진다.

수행적 발화는 또다른 방식으로 문학과의 연계성을 형성한다. 최소한, 원칙적으로 수행적 발화에서는 말의 의미와 화자의 의도 간에 괴리를 보이는데, 왜냐하면 나의 언어적 수행 행위는 나의 의도에 의해서가 아니라 사회적이고 언어적인 관례에 의해 결정되기 때문이다. 오스틴의 주장에 따르면, 발화는 그것이 상황을 맞게 지시하건 틀리게 지시하건 간에, 어떤 내적 행동의 외적 기호로 여겨져서는 안 된다. 만약 내가 적절한 조건하에 "나는 약속한다"고 말한다면, 당시 내 머릿속에 무슨 의도를 가졌건 간에, 나는 약속을 하였고 또 약속 행위를 수행한 것이다. 또한 문학적 발화는 작가의 의도가 의미를 결정하는 것이라고는 생각되지 않는 경우이기 때문에, 수행적 발화 모델은 매우 적절한 것으로 보인다.

하지만 만약 문학적 언어가 수행 발화적이고, 또한 수행적 발화가 진실 혹은 거짓이 아니라 적절함과 부적절함의 차원에 있다면, 문학적 발화가 적절하거나 부적절하다는 것은 무슨 의미인가? 이는 복잡한 문제임을 알게 된다. 한편으로, '적절성'은 비평가들에게 흥미로운 또다른 이름일 수 있다. "내

애인의 눈은 조금도 태양 같지 않아라"라는 셰익스피어 소네트의 첫 부분에 대해 우리는 이 말이 진실인지 거짓인지를 묻지 않고, 이러한 말이 무슨 효과를 갖는지, 어떻게 시의 다른 부분과 조응하는지, 그리고 다른 행들과 적절히 연동하는지를 묻는다. 이것이 '적절성'이 한 개념일 수 있다. 하지만 수행적 발화 모델은 또한 우리로 하여금 발화가 약속이 되게 하는 관습이나, 소네트가 시가 되게 하는, 말하자면 소네트의 관습에 주의를 기울이도록 한다. 따라서 문학적 발화가 적절하다는 것은 그것과 장르의 관습 간의 관계를 포함한다. 이러한 발화가 불발되지 않고 관습에 부합하면 성공적으로 소네트가 되는가? 그러나 여기에서 나아가 더 생각해본다면, 내기의 성립은 오직 내기로 받아들여지는 경우에만 가능하듯이, 문학적 저술은 문학작품으로 출판되고, 읽히고, 받아들여져 완전히 문학이 되는 때에만 적절한 것이 된다. 한마디로, 문학이 수행적 발화라는 생각은 우리로 하여금 문학적 연쇄가 작동한다는 것은 무엇인가 하는 복합적 문제에 대해 숙고하도록 한다.

데리다의 수행적 발화

다음으로 수행적 발화에 대한 논의의 전개 과정에서 중요한 순간은 자크 데리다가 오스틴의 개념을 검토하면서 시작된다. 오스틴은 약속이나 결혼과 같은 어떤 것을 달성하는 심각한 수행적 발화와 '심각하지 않은' 발화를 이분법적으로 구별하였다. 그는 자신의 분석이 심각하게 말한 발화들의 경우에 적용된다고 주장한다. "나 자신은 가령 농담을 하거나 시를 쓰는 것이 아니어야 한다. 우리의 수행적 발화는, 적절하든 부적절하든, 일상의 상황에서 나오는 것으로 이해되어야 한다." 하지만 데리다의 주장은 언어의 파편이 반복되고 변주될 수밖에 없는 무수한 방식들을—이를테면 예나 인용으로 어떤 경우엔 '심각하지 않으면서도' 심각한 〔즉, '심각함'이라는 기준으로는 판별할 수 없는—옮긴이〕 반복 등을—오스틴은 '일상적 상황'이라는 기준에 호소하면서 제쳐두었다는 것이다. 데리다에 따르면, 항상 새로운 상황하에서 (변용 속에) 반복될 수 있는 이러한 가능성은 언어의 근본적 성격이다. 불가피하게, '심각하지 않은' 방식으로 반복될 수 없는 순수한 언어는 오히려 언어라 할 수 없다. 그것은 물리적 상황에 불가분하게 묶여 있는 어떤 표시〔예컨대 도로의 좌회전이나 우회전 표시—옮긴이〕일 것이다. 어떻든 반복 가능성은 언어의 기본이며, 특히 수행적 발화는 "그렇게 하겠습니다" 혹은 "약속합니다"와 같이 표준 공식의 변용이나 인용 수준의 반복으로 인식되는 경우만이 오히려 수행적 발화로서 작동할 수 있다. (만약 신랑이

'네, 그렇게 하겠습니다' 대신에 '좋지'라고 말한다면, [변용의 수준을 넘은 까닭에] 그는 결혼에 성공하지 못할 것이다.) 데리다는 질문한다. "수행적 발화의 공식이 '규칙화된' 혹은 반복 가능한 형식을 반복하지 않는다면, 달리 말해 회의를 개최하거나, 배를 명명하거나, 결혼을 하기 위해 발화하는 공식이 반복 가능한 모델에 부합하는 것으로 확인되지 않는다면, 그러므로 만약 그 공식이 일종의 인용으로 확인되지 않는다면, 수행적 발화가 성공할 수 있을까?"

오스틴은 언어의 법칙이라고 여겨져야 할 사례들을—데리다의 용어로 '일반적 반복 가능성'을 보여주는 변칙적이거나, 심각하지 않거나, 예외적인 특별한 사례들을—무시한다. 그것이 '일반적'이고 근본적인 이유는, 어떤 것이 기호가 되기 위해서는, 그것이 '심각하지 않은' 경우를 포함한 모든 경우에도 인용되고 반복될 수 있어야 하기 때문이다. 언어가 수행적 발화인 것은 언어가 단지 정보를 전달하는 것만이 아니라는 의미에서 그런 것은 아니다. 그것은 언어가 일정하게 확립된 담론적 실천(관행)의 반복과 함께 일을 수행하는 방식들의 반복을 통해 행위를 수행하기 때문이다. 이는 수행적 발화의 이후 단계로의 전개에 있어 중요해진다. [데리다에 따르면 오스틴의 수행적 발화론은 여러 가지 이분법에 기초한다. 데리다는 언어에 있어 이분법적인 순수 공식보다는, 부단히 '변용되는 반복'을 강조한다. 여기에서 반복과 변용은 이분법적으로 나뉘지 않는다. 그는 기본 적 언어 법칙으로 사실적/수행적이라는 차별(差別, différence) 대신에 변용적 반복이라는 차연(差延, différance, 차이와 연기 혹은 연쇄)을 강조한다. —옮긴이]

데리다는 또한 수행적 발화를 문학적·정치적 영역에서 무엇인가를 창설하거나 개시하는 행위, 어떤 새로운 것을 창출하는 행위와 연결시킨다. 한편으로 새로운 상황을 창출하는 독립선언과 같은 정치적 행위와, 다른 한편으로 사실적 언명이 아니라 약속처럼 수행적 발화 행위로서 어떤 새로운 것을 고안해내고자 하는 문학적 발화는 어떤 관계를 갖는가? 정치적 행위와 문학적 행위 모두 수행적 발화와 사실적 발화의 복합적이자 역설적인 조합을 활용하는데, 이를 통해 행위는 상황을 가리킴에 있어 설득력이 있어야 하지만 그 성공의 관건은 이렇게 지칭된 상황을 만들어내는 데 있다. 문학작품은 세계에 대해 이야기해준다고 주장하지만, 그 성공은 이들이 말하는 인물과 사건을 만들어내는 것에 달려 있다. 유사한 논리가 정치 분야의 개시 행위에서 작용한다. 가령, 미국 「독립선언서」의 중심 문장은 다음과 같다. "그러므로 우리는…… 엄숙히 공표하고 선언하는바, 여기 연합 식민지 각 주는 자유롭고 독립적인 주이며 천부의 권리로서 그렇게 되어야 한다." 여기 이들이 '독립적인 주이며'라는 선언은 오히려 그것이 가리키는 새로운 현실을 창출하려는 수행적 발화이고, 이러한 주장의 지지를 위해 이들이 독립적인 주이어야 한다는 논리를 말하는 사실적 주장이 함께하고 있다.

수행적 발화와 사실적 발화의 상호 관계

수행적 발화와 사실적 발화 사이의 긴장은 문학에서 분명히 발생하는데, 오스틴이 둘을 구별하면서 맞닥뜨린 어려움은 문학적 언어가 작동하는 핵심적 특징으로 여겨질 수 있다.

만약 모든 발화는 최소한 현상황에 대한 묵시적 주장과 언어적 행위 등을 포함하는 까닭에 수행적이자 동시에 사실적이라고 한다면, 발화가 말하는 것과 수행하는 것 사이의 관계가 반드시 조화와 협조 관계에 있는 것은 아니다. 문학 영역에서 이와 관련된 사안을 살피기 위해, 로버트 프로스트의 시 「비밀은 앉아 있다」로 다시 돌아가보자.

우리는 원을 그리며 춤을 추면서 추측해보지만,
비밀은 한가운데에 앉아 알고 있다.

이 시는 추측과 앎(참된 인식)의 대립항에 의존한다. 이 시가 이러한 대립항에 대해 갖는 태도와 이들에 부여하는 가치를 탐문하기 위해, 우리는 이 시 자체가 추측의 방식을 취하는지, 아니면 앎의 방식을 취하는지를 물을 수 있다. 이 시는 둥글게 춤을 추는 '우리'처럼 추측을 하고 있는가? 아니면 비밀이 그렇듯이 잘 알고 있는가? 인간의 상상력의 산물로서 시는 주위를 빙빙 도는 것과 같은 추측을 예시하는 것이지만, 반면에 그 격언이나 속담과 같은 특징과, 비밀은 '알고 있다'는 식의 확신에 찬 선언은 이 시가 정말로 알고 있는 것처럼 보이게도 한다. 그래도 확실한 것은 아니다. 하지만 이 시가 앎에 대해 우리에게 알려주는 것은 무엇인가? 아마도, 우리가 알고 있거나 알지 못하는 어떤 것인 비밀—따라서, 우리의 앎의 대상—은 그 스스로 환유나 연속을 통해, 알려져 있거나 알려지지 않은 것이기보다는, 알아가는 주체 즉 앎의 주체가 된다. '비밀'이라는 실재를 대문자로 표시(the Secret)하여 인격화함으로써, 이 시는 지식의 대상을 주체의 위치로 격상시키는 수사적 작업을 수행하고 있다. 이렇게 이 시가 우리에게 보여주는 것은 수사적 추측이 앎의 주체를 생성할 수 있고, 비밀을 하나의 주체로 즉 이 작은 연극의 등장인물로 만들 수 있다는 것이다. 앎의 주체인 비밀은 추측 행위에 의해 산출되는데, 바로 이 추측이 비밀을 대상의 위치(누군가가 비밀을 안다)에서 주체의 위치(비밀은 알고 있다)로 옮겨놓는다. 이로써 이 시가 보여주는 바는 비밀은 알고 있다는 사실 발화적 주장이 수행 발화적 추측(비밀을, 알고 있는 것으로 추측되는 주체로 만드는 추측)에 의존한다는 것이다. 이 시의 문장은 비밀이 알고 있다고 **말하며**, 반면에 이것은 추측임을 **보여주고** 있다.

수행적 발화에 대한 이론의 역사에 있어 바로 이 단계에서, 사실적 발화와 수행적 발화의 대비는 재정의되었다. 즉, 사실적 발화는 사물을 있는 그대로 반영하고 이미 존재하는 사물에 이름을 붙이는 것이라고 주장하는 언어로 정의되며, 이 주장에 이의를 제기하는 수행적 발화는 수사적 작업이자 언어 행위로서, 이제 언어는 단지 있는 사실을 재현하는 것이 아니라 언어적 범주를 세계에 적용하고, 사태를 존재하게끔 하고, 세계를 조직하는 것으로 정의된다. 우리는 여기에서 수행적 언어와 사실적 언어 사이에서 난관(難關, aporia)이라 불리는 것에 봉착하게 된다. '난관'은 닭은 달걀에서 오지만 달걀은 닭에서 오는 것과 같이 결정 불가능한 진자 운동의 '난국'이다. 언어는 세계를 형성하기 위해 수행 발화적으로 기능한다고 주장할 수 있는 유일한 방법은 "언어는 세계를 형성한다"와 같은 사실적 발화를 통해서 가능하다. 반면, 동일한 차원에서, 언어의 사실적 투명성을 주장할 수 있는 방법은 오직 언어 행위를 통해서만 가능하다. 사실적 언술 행위를 수행하는 제안들은 반드시 있는 사실을 있는 그대로 보여줄 뿐이라는 것 외에는 아무것도 해서는 안 된다. 하지만 우리가 그 반대—즉, 있는 사실을 반영한다는 주장들도 사실 스스로의 범주를 세계에 적용하는 것이라는 점—를 보여주고자 한다면, 이는 오직 그러한 경우가 맞는지 틀리는지에 대한 주장을 통해서만 가능하다. 언명하고 묘사하는 행위가 기실 수행적 발화라는 주장은 사실적 발화 형식을 취할 수밖에 없다.

버틀러의 수행적 발화

수행적 발화의 이 작은 역사에 있어 가장 최근의 일은 페미니즘 이론과 동성애 연구에서 '젠더와 성애에 대한 수행적 이론'이 대두한 것이다. 이에 관한 주요 이론가는 미국의 철학자인 주디스 버틀러로, 주요 저서인 『젠더 문제: 페미니즘과 정체성의 전복Gender Trouble: Feminism and the Subversion of Identity』(1990), 『몸의 문제Bodies that Matter』(1993), 그리고 『언어적 도발: 언술 행위의 정치학Excitable Speech: A Politics of the Speech Act』(1997) 등은 문학과 문화 연구, 특히 페미니즘 이론, 그리고 새롭게 부각되는 동성애 연구 분야에 지대한 영향을 끼쳐왔다. 최근 '퀴어 이론'이라는 이름을 채택한 집단은 동성애 연구의 전위적 집단으로, 이들의 문화이론 분야의 작업은 동성애 해방을 정치 운동과 연계하고자 한다. 이들은 자신들의 이름 그대로의 자세를 취하면서 동성애자들이 직면하는 가장 일반적인 모욕인 "퀴어!"(변태!)라는 언사를 사회를 향해 되돌려주고 있다. 이 도박은 이러한 이름을 오히려 과시함으로써 그 의미를 바꾸고, 이를 모욕이기보다는 명예로운 상징으로 삼기 위한 것이다. 이들의 이론적 작업이 모방하고 있는 것은 에이즈(AIDS, 후천성 면역 결핍증)와 싸우는 가장 눈에 띄는 행동가 단체의 활동인데, 가령 액트업(ACT-UP, Aids Coalition To Unleash Power, 힘을 발휘하는 에이즈 연합)과 같은 단체는 시위에서 "이봐, 우리는 퀴어이니, 받아들여!"라는 슬로건을 사용하고 있다.

버틀러의 『젠더 문제』는 미국의 페미니즘 저작에서 일상화된 생각을—페미니즘 정치는 여성적 정체성의 개념과 함께, 여성이 여성으로서 공유하면서 여성에게 공통의 관심과 목표를 제공하는 본질적 특성이라는 개념을 필요로 한다는 것을—문제삼는다. 이러한 생각과 달리 버틀러로서는 정체성의 근본적 범주가 문화적이자 사회적인 산물로서, 이는 정치적 연대의 **결과**이지 정치적 연대를 가능하게 하는 전제 조건은 아니다. 이러한 정체성의 범주들은 (어리사 프랭클린의 "당신은 나를 진짜 여자인 것처럼 느끼게 해요"에서처럼) 자연스럽게 느껴지는 모습을 낳고, 소위 정상적이라는 기준(여성이란 무엇인가 하는 정의들)을 부과함으로써, 이와 일치하지 않는 사람들은 제외하려고 든다. 『젠더 문제』에서 버틀러는 젠더를 어떤

"왼쪽 것이 더 귀여운데."

사람인가보다는 무슨 역할을 하는가의 의미에서 수행적인 것으로 여겨야 한다고 주장한다. 남자라는 정체성은 존재에서가 아니라, 수행 즉 실행 상황에 의해 결정된다. 당신의 젠더는 당신의 행위에 의해 창출되는데, 그것은 약속이 약속하는 행위에 의해 창출되는 것과 같다. 오스틴의 수행적 발화와 유사하게 사회적 관례에 의해, 즉 한 문화에서 어떤 것을 하는 습관적 방식에 따라 반복하는 행동에 의해, 당신은 남자 혹은 여자가 된다. 약속을 하고, 내기를 하고, 명령을 내리고, 그리고 결혼을 하는 데 있어 사회적으로 확립된 보통의 방식이 있는 것과 똑같이, 남자 혹은 여자가 되기 위한 사회적으로 확립된 방식이 있다는 것이다.

이것은 젠더가 선택이고, 아침에 입을 옷을 선택하는 것처럼 취하는 역할이라는 것을 의미하지는 않는다. 이는 사실 어떤 주체가 된다는 것은 젠더가 정해진다는 것이긴 하지만, 이러한 젠더에 앞서 선택을 하는, 아직 젠더화가 덜 된 주체가 있다는 것을 상기시키고자 한다. 젠더 지배 공간에서 당신은 남성이나 여성이 아닌 사람일 수는 없다. 버틀러는 『몸의 문제』에서 이렇게 말한다. "젠더로 주체화되면서, 하지만 젠더에 의해 피주체화한 〔즉 주체가 된—옮긴이〕 '나'는 이러한 젠더화 과정의 이전 혹은 이후에 존재하는 것이 아니라 젠더 관계의 기반 위에서 그리고 기반 자체로서 등장한다." 젠더의 수행성은 단 한 번의 행위, 즉 하나의 특정 행위에 의해 달성되는 것으로 생각될 수 없다. 오히려 그것은 '반복하고 인용(즉 차용)하는 실천 행위' 즉 젠더화된 주체를 활성화하고 제어하고 저항과 전복 그리고 전환이 이루어지는 기반의 역할까지 하는 젠더 규범의 강요된 반복에 의해 이루어진다.

이러한 관점에서, "여자아이입니다!" 혹은 "남자아이입니다!"라는, 전통적으로 아이가 이 세상에 온 것을 환영하는 언명은 (상황에 따라 진실 혹은 거짓인) 사실적 발화이기보다는, 아이의 출생을 선언하고 주체를 창출하는 일련의 수많은 수행적 발화의 첫 사례이다. 여자아이의 이름을 지어주는 것은 젠더 규범으로 강요되고 반복되는 '과제', 즉 '규범의 강제적 인용'을 통해 지속적으로 소녀를 만드는 과정인 '소녀화'를 시작한다. 주체가 된다는 것 자체는 이러한 반복의 과제를, (이는 버틀러에게 중요한데) 우리가 기대에 부합할 정도로 수행하는 것은 절대 아닌 과제를 부여받은 것이며, 이에 따라 우리는 우리가 수용하도록 강요된 젠더 규범이나 이상에 완전히 안주하는 것은 아니다. 이러한 간극에 의해, 즉 젠더 '과제' 수행상의 차이에 의해, 저항과 변화의 가능성이 발생한다.

여기에서 강조되는 것은 언어의 수행적 힘이 기존 규범과 기존 행위의 반복으로부터 나온다는 것이다. 그러므로 모욕적인 '퀴어!'의 힘은 그 피해자에게는 전혀 알려지지 않은, 바보임이 분명한 화자의 의도나 권위에서 오기보다는 오히려 '퀴어'라는 외침이 반복적인 수모나 경멸(경멸은 어떤 행위가 금기를 넘는 것으로 여기는 것을 포함한다. "그것만은 안 돼!")을 통해 동성애적 주체를 낳은 과거의 치욕이나 호명(부르는 행위)을 반복한다는 것에서 유래한다. 버틀러에 따르면,

> '퀴어'라는 경멸적 용어가 가지는 힘은 오랜 기간에 걸친 동성애 혐오 집단 간의 사회적 유대를 형성하는 반복된 (…) 구호 자체에서 온다. '퀴어'라는 호명은 과거의 호명들과 공명하면서, 화자들이 마치 시간을 거슬러 함께 외치는 것처럼 단결하도록 한다. 이런 의미에서, 그것은 '퀴어!'라고 조롱하는 많은 것이 상상 속에서 함께하는 합창이다.

이러한 모욕에 수행적 힘을 주는 것은 반복 그 자체가 아니라 그것이 일정한 양식과 규범에 따르는 것으로 인식되는 현실이고, 이는 배제의 역사와 연계된다. 이브 세지윅(Eve Sedgwick)은 "부끄러운 줄 알아라!"가 오스틴의 예인 "네, 그렇게 하겠습니다"라는 혼인 서약보다 더 분명한 수행 발화적 예가 될 수 있다고 주장한다. 어린아이들은 (그리고 어른들 또한) 스스로의 결정만큼이나 자신을 사회적 규범 내에 위치시키는 이러한 언어 행위를 통해 정체성을 정립해나간다. "부끄

러운 줄 알아라!"의 경우 "퀴어!"처럼 그 화자는 '정상적'인 것의 옹호자가 되고, 이렇게 지칭되는 대상자는 정상에서 벗어나 경계선을 넘은 존재가 되도록 한다. 진부한 모욕에 지나지 않았을 검둥이(니거, nigger)나 유대인 족속(카이크, kike)과 같은 모욕적 호칭에 특별한 힘과 악의를 부여하는 것은 반복 즉 억압의 역사를 지탱하는 규범과 연계된 공식의 반복적 호명이다. 이들은 이전의 권위적 행태들을 반복하고 인용함으로써 권위적 힘을 축적하면서, 과거의 모든 조롱의 목소리와 함께하는 듯이 말한다. 하지만 수행적 발화가 과거와 갖는 연계성은, 동성애자 자신들이 '퀴어'를 채택한 것과 같이, 억압적 함의를 갖는 용어를 붙잡아 되갚아주는 시도에 의해 그러한 과거의 무게를 경감하고 재조정할 수 있는 가능성을 암시하고 있다. 이는 우리가 자신의 이름을 선택한다고 해서 독자적이 된다는 것이 아니다. 이름은 항상 역사적 무게를 갖고 있으며, 미래에 다른 사람들이 어떻게 사용하는가 하는 활용에 지배받는다. 우리는 우리 자신의 이름을 짓기 위해 선택한 말과 조건을 통제할 수는 없다. 하지만 수행적 과정의 역사적 성격은 정치적 투쟁의 가능성을 창출한다.

관건과 함의

수행적 발화에 대한 이야기의 시작과 (잠정적) 끝 사이의 거리가 매우 멀다는 것은 이제 분명하다. 오스틴의 수행적 발화 개념은 우리로 하여금 이전의 철학자들이 간과한 언어의 특별한 측면을 생각하는 데 도움을 준다. 버틀러의 그것은 여러 가지 문제가 걸린 중요한 사회적 과정에 대해 생각할 수 있는 틀이다. 그 문제는 (1)정체성의 성격과 그것의 생산 방식, (2)사회적 규범의 작동 방식, (3)오늘날 우리가 '행위 주체'라 부르는 근본적 문제(얼마나 그리고 어떤 조건에서 내가 나의 행위를 선택하는 책임 있는 주체가 될 수 있는가의 문제), (4)개인과 사회 변화 사이의 관계 등이다.

따라서 오스틴에게 중요한 관건이 되는 것과 버틀러에게 중요한 관건이 되는 것 사이에는 큰 차이가 있다. 그리고 두 이론가는 근본적으로 다른 유형의 행위를 염두에 두고 있는 것으로 보인다. 오스틴은 특정 경우에 어떤 공식이 반복됨으로써 사태가 생성되는 방식(당신은 약속했다)에 관심을 가진다. 버틀러에게 이러한 사례는 역사적이고 사회적인 현실을 초래하는 대규모의 의무적 반복이 행해지는 경우(당신은 여자가 된다)에 해당된다.

사실 이러한 차이는 우리로 하여금 문학적 사건의 성격에 대한 문제로 되돌아오게 하는데, 문학적 사건 역시 두 가지 측면에서 수행적 발화로 생각해볼 수 있다. 문학작품은 단 한 번의 특정한 행위를 수행한다고 할 수 있다. 문학작품은 작품이라는 스스로의 현실을 창출하며, 그 말들은 작품 안에서 어떤 특정한 일을 달성한다. 우리는 각 작품과 그 부분들이 달성하는 것을 밝히려고 할 수도 있는데, 그것은 약속을 하는 특별한 행위에 있어 약속된 것을 우리가 밝히려고 하는 것과 같다. 그러므로 이러한 작업은 문학적 사건에 대한 오스틴식 작업이라 할 수 있다.

하지만 다른 한편으로 우리는 작품이, 규범을 받아들이면서 상황을 변화시킬 가능성을 갖는 많은 반복을 통해, 성공적으로 작동하고 사건이 된다고 말할 수 있을 것이다. 소설이라는 사건이 발생하는 이유는, 소설이라는 특수성 속에서 소설 규칙의 변용이 반복되고, 아마도 독자가 세계에 대처하기 위해 겪어야 하는 규범이나 형식의 변화를 유도하면서, 독자들의 읽기와 그 기억을 통해 소설 형식에 생명을 부여하는 애정을 창출하기 때문일 것이다. 시는 흔적 없이 사라질 수 있을 터이지만, 그것은 또한 기억 속에 흔적을 남기면서 반복되는 행위를 유발할 수 있다. 그러한 수행성은 오직 단 한 번 이루어지는 일회적 행위가 아니라 반복적 행위로서, 이러한 반복 행위가 형식에 생명력을 부여한다.

이제까지 살펴본 바와 같이, 수행적 발화 개념에는 '이론'

에 매우 중요한 일련의 문제가 집약되어 있다. 이를 열거하면 다음과 같다.

첫째, 언어의 형성적 역할을 어떻게 생각할 것인가? 우리는 언어가 행하는 것으로 자신 있게 말할 수 있다고 생각하는 어떤 특정 행위로 언어의 역할을 국한할 것인가, 또는 언어가 우리와 세계의 만남을 조직하는바, 언어의 한층 폭넓은 효과를 가늠하고자 노력해야 할 것인가?

둘째, 사회적 관습과 개인적 행위 사이의 관계를 어떻게 설정할 것인가? 사회적 관습을 우리가 행위를 결정하는 상황이나 배경처럼 여기는 것은 매력적이지만 너무 단순하다. 관습을 사건을 가능하게 하는 조건으로 제시하는 오스틴의 경우나, 행위를 의무적 반복이지만 규칙으로부터 어떻게든 벗어날 수 있는 것으로 제시하는 버틀러의 경우처럼, 수행적 발화 이론은 규칙과 행위의 혼재를 더욱 잘 설명한다. 문학은 관례적 구조 속에서 스스로를 '새롭게 하는' 것으로 여겨지며, 규칙과 사건을 수행성에 기반해 설명할 것을 요구한다.

셋째, 언어가 하는 일과 언어가 말하는 것 사이의 관계를 어떻게 설정해야 하는가? 이것은 수행적 발화의 기본적 문제이다. 하는 것과 말하는 것 사이의 조화로운 융합이 있을 수 있는가, 또는 모든 텍스트적 행위를 지배하고 간단치 않게 하는 피할 수 없는 어떤 힘이 존재하는가?

마지막으로, 어떻게 이 포스트모던의 시대에 사건을 생각할 수 있는가? 가령 미국의 경우 오늘날과 같은 대중매체의 시대에는, 텔레비전에서 일어난 일이 진짜 사건이라고 말하는 것이 일반화되어 있다. 텔레비전에 비친 이미지가 현실과 부합하건 안 하건 간에, 매체를 통해 전해진 사건은 우리가 의존할 수 있는 진짜 사건이 되었다. 수행적 담화 모델은 사실과 허구의 경계가 모호해지는 현상으로 대개 막연히 얘기되는 문제를 한층 더 복합적으로 설명하고 있다. 그리고 문학적 사건과 행위로서의 문학의 문제는 문화적 사건 일반에 대해 생각할 수 있는 틀을 제공할 수 있다.

제 8 장

정체성, 동일화, 주체

주체

최근 많은 이론적 논쟁들은 주체 혹은 자아 정체성과 기능에 관한 것이다. 나는 무엇이라고(사람, 수행자 혹은 행위자, 자아라고) 할 경우의 이 '나'는 무엇이고, 이 나를 나로 만드는 것은 무엇인가? 두 가지 기본적 질문이 이 문제에 대한 사유의 밑바닥에 있다. 첫째, 자아는 주어진 것인가 아니면 만들어진 것인가? 둘째, 자아는 개인적 관점에서 이해되어야 하는가 아니면 사회적 관점에서 이해되어야 하는가? 이 두 개의 상호 대립하는 쌍은 오늘날의 사유에서 보이는 네 개의 기본적 흐름으로 이어진다. 그 첫째는, 주체를 주어진 것이자 개인적인 것으로 설정하면서, 자아 즉 '나'를 내적이자 고유한 어떤 것, 자아가 수행하는 행위 이전에 존재하는 어떤 것, 말과 행동으로 다양하게 표현되는 (혹은 표현되지 않는) 내적 핵심으로 여긴다. 둘째는, 주체를 주어진 것이자 사회적인 것의 결합으로 설정하면서, 자아가 그 기원과 사회적 속성에 의해 결정된다는 것을 강조한다. 당신은 남자 혹은 여자이고, 백인이거나 흑인이며, 영국인이거나 미국인이라는 것 등등이 그것으로, 이들은 근본적 사실로서 주체 혹은 자아의 주어진 조건이다. 셋째는, 주체를 개인적인 것이자 만들어진 것의 결합으로 상정하면서, 자아는 특정한 행위를 통해 형성된 것으로, 이러한 자아의 특성을 변화시킬 것을 강조한다. 마지막은, 주체를 사회적인 것이자 만들어진 것의 결합으로 상정하면서, 내가 차지하는 다양한—노동자이기보다는 사장이고, 빈자라기보다는 부자라는—주체의 위치를 통해 바로 내가 된다는 것을 강조한다.

문학 연구 분야를 지배하는 현대적 전통은 개인의 개체성을 주어진 것이자 개인의 핵심으로 여겨왔으며, 개인의 행위를 설명해줄 수 있는 말과 행동은 이러한 핵심을 표현한 것이라 주장해왔다. 나는 이런 사람이기 때문에 내가 그렇게 한 것이었고, 내가 한 것과 말한 것을 설명하기 위해서는 내 말과 행동이 표현하는 (의식적이거나 무의식적인) '나'를 되돌아보아야 한다. '이론'은 행위와 말이 이미 존재하는 주체를 표현함으로써 작동한다는 이러한 표현 모델뿐만 아니라, 주체 자체가 우선한다는 것도 반박한다. 미셸 푸코에 따르면, "정신분석학, 언어학, 인류학의 연구는 주체의 욕망 법칙, 주체의 언어 형식, 주체의 행동 규칙, 혹은 주체의 신화적이고 상상적인 담론 활동 등과의 관계에 있어 주체를 '탈중심화'하였다". 만약 생각과 행위의 가능성이 주체가 제어하거나 심지어 이해할 수도 없는 일련의 체계에 의해 결정된다면, 주체는 사건을 설명하기 위해 참조해야 할 원천이나 중심이 아니라는 의미에서 '탈중심화'된 것이다. 그러한 주체는 이들 체계의 힘에 의해 구성된 어떤 것이다. 그러므로 정신분석학은 주체를 유일한 본질이 아니라 정신적, 성적, 그리고 언어적 기재가 교직된 생산물로 다룬다. 마르크스주의 이론은 주체를 계급 위치에 따라 결정되는 것으로 보며, 주체는 다른 사람의 노동에서 이익을 얻거나 혹은 다른 사람의 이익을 위해 노동한다. 페미니즘 이론은 사회적으로 구성된 젠더 역할이 주체의 내용 형성에 미치는 영향력을 강조한다. 퀴어 이론은 이성애적 주체가 동성애적 가능성의 억압에 의해 구성된다고 주장한다.

주체가 제기하는 질문은 "'나'는 무엇인가?"이다. 나는 환경에 의해 오늘의 나로 만들어진 것인가? 개인의 개별성과 한 집단의 구성원으로의 나의 정체성은 어떤 관련성을 갖는가? 그리고 지금 있는 '나'는 어느 정도까지 '주체', 즉 선택이 강요되는 존재가 아니라 선택을 하는 행위자인가? 영어의 **주체**

(subject)는 이미 이 중요한 이론적 문제를 요약하고 있다. 주체는 행위자 즉 문장의 주어(subject)이기도 한 경우처럼 어떤 일을 행하는 자유로운 주체적 존재이다. 하지만 주체는 또한 **종속되는**(subjected) 것이자 결정되는 것이며, 여왕의 충성스런 '신하'(subject) 혹은 '실험의 대상자'(subject)로 쓰인다. 이론은, 주체가 된다는 것은 다양한 (사회심리적·성적·언어적) 통제 양식에 종속되는 것이라고 주장하고자 한다.

문학과 정체성

문학은 항상 주체성의 문제에 관심을 가져왔고, 문학작품은 이러한 문제에 대한 묵시적 혹은 명시적 대답을 구상해왔다. 특히 서사문학의 등장인물들은 스스로를 정의하기도 하고 또 자신의 과거, 선택, 그리고 사회적 힘의 다양한 결합에 의해 정의되는 것처럼, 서사문학 자체도 이러한 인물들의 운명을 추적해왔다. 인물들은 자신의 운명을 **개척**하는가, 아니면 **지배**받는가? 이야기는 다양하고도 복잡한 대답을 내놓는다. 『오디세이아』에서 오디세우스는 '다재다능(polytropos)'한 것으로 그려지지만, 자신과 선원들을 구하고 고향인 이타카로 돌아가고자 사력을 다하면서 스스로를 정의해나간다. 플로베르의 『보바리 부인』에서 엠마는 자신이 읽은 낭만적 글과 본인의 평범한 환경 사이에서 스스로를 정의하고자 (혹은 '스스로를 찾고자') 몸부림친다.

문학작품은 정체성이 형성되는 일련의 암묵적 틀을 제공한다. 어떤 이야기에서는 정체성이 근본적으로 태생에 의해 결정된다. 목동에 의해 키워진 왕의 아들은 어떻든 근본적으로 왕이고, 그의 정체성이 발견될 때 당연히 왕이 된다. 다른 이야기에서는 인물들이 스스로의 운명이 바뀜에 따라 변화하거나, 또다른 경우에는 정체성이 삶의 시련 가운데 드러나는 개인적 자질에 따라 결정된다.

문학 연구 분야에서 인종, 젠더, 그리고 성애에 대한 이론화가 폭발적으로 증가한 주된 이유는 문학이 정체성 구축에 있어 이들 요소가 수행하는 역할에 대한 정치적·사회적 차원에서의 복합적인 설명을 담은 풍부한 재료를 제공하기 때문이다. 주체의 정체성이 주어진 것인지 혹은 구축된 것인지에 대한 질문을 살펴보자. 이 둘은 각각 문학에서 자주 제시되지만, 이들의 얽히고설킨 복잡한 양상 또한 자주 제시된다. 가령 인물들이 자신들의 과거에 대해 (이를테면 태생에 대해) 뭔가를 알게 되면서가 아니라, 어떤 의미에서는 행동을 통해 자신의 '본래' 모습이 밝혀지고 또 그렇게 됨으로써, 자연스럽게 본래의 모습을 '발견'하게 되는 흔히 있는 플롯이 그 한 예이다.

우리가 이미 우리였다고 여겨지는 어떤 것이 될 수밖에 없는—어리사 프랭클린이 본래 여자인 것처럼 느끼게 되듯이—이러한 구조는 최근 이론에서 역설이자 난관으로 등장하였지만, 서사에서는 오랫동안 항상 있어왔다. 서구 소설은 세계와의 경험을 통해 등장하는 자아가 어떤 의미에서는 이미 존재하는 것으로, 그리고 이러한 자아를—독자로 하여금 인물들의 자아를 가늠하게 하는 것은 그들의 행동인데—인물들의 행동의 기초로 제시하면서, 본질적인 자아 개념을 강화한다. 인물들의 기본적 정체성은 행동과 세계와의 투쟁의 결과로 나타나지만, 이러한 정체성은 행동의 토대이자 원인으로까지 설정된다.

최근의 다양한 이론은 문학에 있어 정체성을 다루는 방식에 자주 나타나는 역설들을 분류하려는 시도들로 보일 수 있다. 문학작품은 나름의 방식으로 개인을 묘사하는데, 정체성을 위한 투쟁은 개인의 내면적 투쟁이자 개인과 집단 사이의 투쟁으로서, 인물들은 사회적 규범과 기대에 저항하는 투쟁을 벌이거나 이에 순응한다. 하지만 이론적 논의에서 사회적 정체성에 대한 주장은 주로 집단적 정체성—여성이라는 것은, 흑인이라는 것은 무엇인가?—에 집중하는 경향을 보인다. 따라서 문학적 탐색과 비평 혹은 이론적 주장 사이에는 긴장이 있다. 앞의 2장에서 살핀 바와 같이, 문학적 묘사는 특이성과 예시성의 특별한 결합이라는 특징을 가진다. 독자들은 햄릿 왕자, 제인 에어, 혹은 허클베리 핀에 대한 구체적 진술과, 이러한 진술과 함께 이들 인물의 문제가 예시적이라는 추측을 하게 된다. 하지만 무엇을 예시하는가? 소설은 말해주지 않는다. 예시성의 문제를 중요시하면서 인물이 어떤 집단 혹은 계급을 대변하는가—햄릿의 상황은 '보편적'인가? 제인 에어의 상황은 여성 일반의 고통인가?—에 대해 우리에게 얘기해주는 사람은 비평가나 이론가이다.

정체성에 대한 이론적 논의는 소설에서의 섬세한 탐문을 단순화하는 것으로 보일 수 있다. 소설은 암시적으로 남겨진 일반화의 힘—아마 우리 모두가 오이디푸스이거나, 햄릿이거나, 보바리 부인이거나, 혹은 제니 스탁스〔미국의 흑인 여성 소설가 허스턴(Zora Neale Hurston)의 소설 『그들의 눈은 신을 보고 있었다 Their Eyes Were Watching God』(1937)의 여주인공—옮긴이〕라는 것—을 갖는 특이한 경우를 제시함으로써, 일반성을 주장하는 문제를 솜씨 있게 다루는 능력을 보유한 장르이다. 소설은 집단적 정체성—여자란, 혹은 중산층의 자녀란 무엇인가?—에 관심을 갖고 있고, 이러한 집단적 정체성에 대한 요구가 어떻게 개인적 가능성을 제약하는지를 자주 탐색한다. 이론가들은 그러므로 소설이 개인의 개체성을 초점으로 삼아 비평가들이 질문해야 할 더 넓은 사회적 문제를 간과하도록 하면서, 개인적 정체성의 이념을 구축한다고 지적한다. 분명

“아이들에게 강요하는 것은 좋지 않아요. 때가 되면, 맞는 젠더를 택하겠지요.”

엠마 보바리의 문제는 그녀의 개인적 우매함이나 낭만적 소설에의 심취가 아니라 당대 사회의 일반적 상황이라고 주장할 수 있다.

문학은 정체성을 하나의 주제로 만들었을 뿐만 아니라 독자의 정체성 구축에도 중요한 역할을 수행해왔다. 오랫동안 문학의 가치는 독자에게 주는 대리 경험과 연계되어왔는데, 이를 통해 독자는 특정 상황에서는 어떤 느낌인지를 알게 되고 이렇게 특정 방식으로 행동하고 느끼는 성향을 획득하게 된다. 문학작품은 인물들의 시각에서 사물을 보여줌으로써 독자와 인물들과의 동일화를 촉진한다.

시와 소설은 우리에게 동일화를 요구하는 방식으로 말을 건네며, 동일화는 정체성 창출로 작용한다. 우리가 우리가 되는 것은 우리가 읽은 인물들과 동일화하는 과정을 통해서이다. 문학은 오랫동안 젊은이들이 자신을 소설 속의 인물로 보면서 소설에서와 비슷한 방식으로 만족을 추구하도록 부추긴다고 비난받아왔다. 젊은이들이 도회지의 삶을 경험하기 위해 집을 뛰쳐나가고, 어른들에게 반항하는 남녀 주인공의 가치관을 감싸며, 세계를 경험해보지도 않고 세계를 혐오하도록 하거나, 사랑의 추구에 온 삶을 바치고 소설과 연애시의 각본을 재연하도록 한다는 것이다. 문학은 동일화 작용을 통해 젊은이를 타락시킨다고 말해진다. 반면, 문학 교육 옹호자들은 문학이 대리 경험과 동일화 작용을 통해 우리를 더 좋은 사람으로 만들 것으로 희망해왔다.

반영인가 생산인가?

담론은 이미 존재하는 정체성을 반영하는가 아니면 이를 생산하는가? 이것은 이론의 주요 문제가 되어왔다. 앞의 1장에서 보았듯이, 푸코는 '동성애'를 19세기의 담론적 실천에 의해 만들어진 정체성으로 여긴다. 미국의 비평가 낸시 암스트롱(Nancy Armstrong)은 18세기 소설과 예절 교범—올바른 행동에 대한 서적—이 '현대적 개인', 무엇보다도 먼저 현대 여성을 탄생시켰다고 주장한다. 이런 의미에서 현대의 개인은 그 정체성과 가치가 자신이 사회적 위계에서 차지하는 위치에서 오기보다는 개인적 느낌과 자질에서 오는 개인이다. 이는 사랑을 통해 얻어지고, 사회 안이 아니라 가정적 공간을 중심으로 이루어진다. 이러한 생각은 이제 널리 통용되기에 이르러, 진정한 자아는 사랑을 통해 그리고 가족과 친구와의 관계를 통해 얻어지는 것으로 여겨지게 되었지만, 이는 여성의 정체성에 대한 생각으로 18, 19세기에 시작되었고 이후에야 남자에게로 확대되었다. 암스트롱은 이러한 관념이 느낌과 사적 덕목을 옹호하는 소설과 여타 담론에 의해 개발되고 확대되었다고 주장한다. 오늘날 정체성에 대한 이러한 관념은 우리에게 사람이란, 남자란, 혹은 여자란 무엇인가에 대해 말해주는 각본을 갖는 영화, 텔레비전, 그리고 다양한 담론들에 의해 지속되고 있다.

정신분석학

사실, 최근의 이론은 동일화 과정을 통한 정체성의 형성을 설명하는 데 있어 문학에 대한 논의에서 항용 묵시적인 것이었던 것을 구체화하고 있다. 프로이트에게 동일화는 주체가 타자의 특성에 동조하고, 타자가 제공하는 틀에 따라 스스로 전체적으로 혹은 부분적으로 변모되는 심리적 과정이다. 인격 혹은 자아는 일련의 동일화에 의해 형성된다. 따라서 성적 정체성의 기초는 부모 가운데 한 사람과의 동일화이며, 아이는 부모 한쪽의 욕망을 모방하고 그 사랑의 대상에 대해 경쟁자가 되는 듯, 그 한편이 욕망하는 바와 같이 욕망한다. 오이디푸스 콤플렉스에서 남자아이는 아버지와 동일화하고 엄마를 욕망한다.

프로이트 이후 정체성 형성에 대한 정신분석학 이론은 동일화의 작동 방식을 생각할 수 있는 가장 좋은 방법에 대해 논쟁하고 있다. 자크 라캉 자신이 '거울 단계'라 부른 것에 대한 설명은 정체성의 시작을 유아가 거울 속의 이미지와 스스로를 동일화하면서 자신을 통일된 전체로, 자신이 원하는 바와 같이, 인식하는 순간에서 찾는다. 자아는 거울, 모친, 그리고 일반적으로 사회적 관계 속의 타자들에게 비친 자신의 모습에 의해 역으로 성립된다. 정체성은 일련의 부분적 동일화 과정의 산물로서, 결코 완성되지 않는다. 궁극적으로 정신분석학은 가장 심각하고 각광받는 소설들에서 얻을 수 있는 교훈을 재확인한다. 소설들에서 정체성의 형성은 항상 실패하고, 우리는 행복하게 남자나 여자가 되는 것이 아니며, 사회적 규범의 내면화는 (사회학자들은 그것이 순조롭고도 견고하게 진행된다고 설명하지만) 항상 저항에 직면하고 궁극적으로 달성되지 않으며, 우리는 우리에게 기대되는 바처럼 되지 않는다.

최근 이론가들은 동일화의 근본적 역할에 대해 더욱 뜻밖의 설명을 전개하고 있다. 미켈 보르크 야콥슨(Mikkel Borch-Jakobsen)의 주장에 따르면,

> 욕망(욕망하는 주체)은 가장 먼저 발생하는 것이 아니라, 욕망이 충족되도록 하는 동일화 이후에 '후발적'으로 생성된다. 가장 먼저 발생하는 것은 동일화를 추구하는 경향이고, 이러한 원초적 경향이 이후 욕망을 낳는다. (…) 동일화는 욕망하는 주체를 존재하게 하며, 욕망의 주체가 동일화를 낳는 것은 아니다.

이전의 정신분석학에서 욕망은 가장 기초가 되는 것이었다. 하지만 여기에서는 동일화가 욕망에 선행하며, 다른 사람과의 동일화는 욕망의 근원인 모방이나 경쟁의식을 포함한다. 이는 르네 지라르(René Girard)와 이브 세지윅이 주장한 것처럼, 욕망이 동일화와 경쟁의식으로부터 나오는 소설의 각본—이성애적인 남성의 욕망은 주인공이 경쟁자와 그의 욕망을 모방하는 것으로부터 나온다—과 일치한다.

집단적 정체성

동일화는 또한 집단적 정체성을 낳는 것에서도 일정한 역할을 한다. 오랜 기간 억압받거나 소외된 집단의 구성원에게, 이야기는 아직은 명시적으로 드러나지 않은 집단과의 동일화를 촉진하고 자신들이 누구이며 어떤 잠재성을 갖는지를 보여줌으로써 이들을 한 집단으로 만드는 작업을 해나간다. 이 분야에서의 이론적 논쟁은 정체성에 대한 다양한 정의의 적절성과 정치적 유용성에 집중해왔다. 한 집단의 구성원으로 기능하기 위해서는 그 구성원들이 공유하는 어떤 본질적인 것이 있어야만 하는가? 혹은, 여성이라는 것이나 흑인이라는 것이나 동성애자라는 주장은 억압적이고 구속적이며 부당한 것인가? 흔히 이러한 논쟁은 '본질주의'에 대한 논쟁으로 파악되어왔다. 한편으로 정체성은 주어진 것이자 근원적인 것이라는 생각과, 다른 한편으로 정체성은 잠정적 유대와 대항을 통해 생성되듯이—피억압 민족은 억압자에 대한 대항으로부터 정체성을 획득한다—항상 과정 속에 있다는 생각 사이의 논쟁이 그것이다.

주된 질문은 (개인과 집단 차원에서의) 본질주의적 정체성론에 대한 비판과 정체성에 대한 정신적이고 정치적인 요구 사이에는 어떤 관계가 있는가이다. 가령 여성이나 흑인, 혹은 아일랜드인의 견고한 정체성을 추구하는 절박한 해방적 정치는 무의식적이고 분열된 주체라는 정신분석학적 개념에 어떻게 대처하고 저항하는가? 이는 실질적이고도 중요한 이론적 문제가 되었는데, 그 이유는 해당 집단이 국적, 인종, 젠더, 성적 취향, 언어, 계급, 혹은 종교 등 어떤 기준으로 정의된다 하더라도, 역시 당면하게 되는 문제는 비슷한 것으로 보이기 때문이다. 오랜 기간 소외되어온 집단에게는 두 가지 과정이 진행 중에 있다. 한편으로, 깊이 있는 연구는 성적 성향, 젠더, 혹은 눈에 띄는 형태적 특징과 같은 어떤 특성을 집단적 정체성 판단에 있어 본질적 양상으로 여기는 것의 부당함을 입증하면서, 젠더, 계급, 인종, 종교, 성애, 혹은 국적에 의해 특징지어진 집단의 모든 구성원들에게 본질적 정체성을 부여하는 것을 부정하고 있다. 다른 한편으로, 집단은 자신들에게 강요된 정체성을 집단을 위한 자원으로 활용할 수 있다. 『성의 역사』에서 푸코는 이렇게 적고 있다. 19세기에 동성애를 비정상적 부류로 정의한 의학과 정신병리학 담론의 등장이 사회적 통제를 용이하게 하였으며, 또한

> '역 담론'의 형성을 가능하게 했다. 동성애는 자신에게 의학적으로 부당한 판단을 내린 동일한 의학적 범주들을 사용하여, 빈번히 의학 및 정신병리학과 동일한 용어 속에서 자신의 관점에서 말하고, 자신의 정당성 혹은 '자연스러움'을 주장하기 시작했다.

지배적 구조

정체성 문제를 결정적이고도 피할 수 없는 것으로 만든 것은 그것이 내포하고 있는 긴장과 갈등이다. (이런 점에서 그것은 '의미'의 문제와 닮았다.) 다양한 방향—마르크스주의, 정신분석학, 문화 연구, 페미니즘, 동성애 연구, 그리고 식민과 탈식민 사회에서의 정체성 연구 등—으로부터 파생된 이론적 작업은 정체성 등 구조적으로 유사한 사안들의 어려움을 보여주고 있다. 루이 알튀세르처럼 인간은 주체로서 '문화적으로 호명되어' 즉 불려나와 특정한 위치나 역할을 차지하도록 배치된 주체로 만들어진 것이라 말하든, 혹은 정신분석학처

럼 우리 주체가 거울에 비친 자신의 모습을 오인함으로써 정체성을 획득하는 '거울 단계'의 역할을 강조하든, 혹은 스튜어트 홀(Stuart Hall)처럼 우리의 정체성을 '과거의 서사에 의해 우리가 피동적으로 위치를 부여받고 또 그러한 서사 속에 우리 자신을 능동적으로 배치하는 다양한 방식에 부여하는 이름들'이라고 정의하든, 혹은 식민과 탈식민 주체성에 대한 연구처럼 우리는 모순된 담론과 요구의 충돌 속에서 분열된 주체의 형성을 강조해야 하든, 혹은 주디스 버틀러처럼 이성애적 정체성은 동성애적 욕망의 가능성에 대한 억압에 기초한 것으로 보든, 이 모든 것에서 우리는 어떤 공통적인 작동 기제를 만나게 된다. 정체성 형성 과정은 어떤 차이점은 부각시키고 어떤 차이점은 무시한다. 이러한 과정은 내적 차이점이나 분열을 받아들이고, 이를 개인 사이의 혹은 집단 사이의 차이점으로 확대한다. 예컨대 '남자인' 것은 '여성스러움' 즉 나약함을 거부하는 것이고 이를 남자와 여자 사이의 차이로 부각시키는 것이다. 개인별 내적 차이는 부정되고, 이는 남녀 사이의 차이로 강조된다. 여러 분야의 작업들은, 통일성과 정체성을 기반으로 한 (보증할 수는 없지만 피할 수도 없는) 위치 설정을 통해 주체가 생산되는 방식에 대한 탐문으로 수렴되는 것으로 보인다. 이에 따르면, 이러한 주체의 잠정적 위치 설정은 개인의 전략적 역량을 강화할 수도 있지만, 또한 개인에게 부여된 정체성이나 역할과 개인의 삶이 놓인 다양한 처지와 위치 사이의 괴리를 초래할 수도 있다.

혼란의 한 원인은 자주 이 분야의 논쟁 구도를 형성하는 하나의 주장, 즉 어떻든 주체의 내적 분열이 행위 능력과 책임 있는 행동의 가능성을 차단한다는 주장에 있다. 간략히 말하자면, 그것은 행위 능력을 더욱 강조할 것을 요구하는 사람들은 신중한 행위가 세계를 변화시킬 것임을 이론이 강조하기를 바라지만 이내 이것이 사실이 아닐 수 있다는 사실에 실망하게 된다는 것이다. 우리는 행위가 의도한 결과보다는 의도하지 않은 결과를 더 낳을 가능성이 많은 세계에 살고 있는 것은 아닌가? 하지만 두 개의 더 복합적인 대답이 있다. 첫째, 주디스 버틀러가 설명하는 바처럼, 정체성을 **효과**로서 (즉 **생산**되거나 **생성**된 것으로) 보는 재개념화는 정체성의 범주를 근본적인 것이자 고정적인 것으로 보는 입장에 의해 은밀하게 차단된 '행위 수행자'로서의 가능성을 열어놓는다. 젠더를 강제된 수행으로 설명하는 버틀러는 행위 능력을 행위의 변형, 즉 의미를 운반하고 정체성을 창출하는 반복 속의 변형 가능성에서 찾는다. 둘째, 기실 전통적 주체 개념은 책임과 행위 능력의 한계를 설정하고자 한다. 주체가 '의식적 주체'를 의미한다면, 이런 까닭에, 우리가 수행한 행위의 결과를 의식적으로 선택하거나 의도하지 않았다면, 우리는 결백을 주장하고 책임을 부정할 수 있다. 만약 이와 반대로 주체에 대한 우리의 개념 설정이 무의식과 우리가 서 있는 주체의 위치를 포함한다면, 책임은 확대될 수 있다. 무의식이나 우리가 선택하지 않은 주체 위치에 대한 강조는 우리의 삶에 있어 스스로가 명백히 의도하지 않은—예컨대 인종 차별이나 성적 차별과 같은—사건과 구조에 대해 우리가 책임지도록 한다. 주체 개념의 확대는 전통적 주체 개념으로부터 발생하는 행위 능력과 책임의 축소에 저항한다.

'나'는 자유롭게 선택하는가 아니면 선택에 있어 이미 결정되어 있는가? 철학자 앤서니 아피아(Anthony Appiah)에 따르면, 행위 능력과 주체에 대한 논쟁이 실제로는 상호 경합하지 않는 두 개의 다른 이론적 층위를 포함하는데, 그 유일한 예외는 우리가 이 두 층위를 동시에 추구할 수는 없다는 점일 뿐이다. 행위 능력과 선택에 대한 논의는 우리가 신뢰와 의지를 부여하는 사람들 사이에서 이해 가능한 삶을 살려는 우리의 관심으로부터 나온다. 행위를 결정하는 주체의 위치에 대한 논의는 개인이 사회적으로 결정되는 것으로 보이는 사회 역사적 과정의 이해에 대한 우리의 관심으로부터 나온다. 오늘날 이론의 가장 첨예한 논점 가운데 일부는 행위 능력자로서의 개인에 대한 주장과, 사회적이자 담론적인 구조의 힘에 대한 주장이 상호 경합하는 설명으로 보이기 때문에 발생한다. 가령, 식민과 탈식민 사회에서의 정체성 연구에서는 원주민 즉 '하위 계층'(피지배 하층민을 일컫는 용어)의 행위 능력에 대한 뜨거운 논쟁이 있었다. 하위 계층의 시각과 행위 능력에 관심을 갖는 일부 사상가들은 식민주의에 대한 저항 행위나 혹은 이에 대한 순종 가운데 하나를 강조해왔고, 이에 따라 식민주의의 가장 교활한 효과(예를 들어 주민들을 단순한 '원주민'으로 만드는 등, 상황과 행위 가능성을 일방적으로 정의하는 방식 자체)를 무시한다는 비난을 받고 있다. 다른 이론가들은 '식민 담론'의 힘을, 즉 피식민 주체가 살며 행동하는 세계를 창출하는 식민 권력 담론의 편재하는 힘을 기술하면서 토착 주체의 행위 능력을 부정하고 있다는 비난을 받고 있다.

아피아의 주장에 따르면, 이처럼 다양한 설명들은 서로 갈등 관계에 있지 않으며, 아무리 행위 가능성이 식민 담론에 의해 부정적으로 정의된다고 할지라도, 토착민은 아직도 행위 능력자이며, 행위 능력을 갖는 언어 또한 아직도 유효하다. 이들 설명은 다른 준거에 따른 차이점을 가지는데, 이는 한편으로 존이 새로운 마쓰다 자동차를 사도록 한 계기들에 대한 설명과, 다른 한편으로 전 세계적인 자본주의의 작동과 미국에서의 일제 자동차의 판매에 대한 설명이 갖는 차이점에서 잘 볼 수 있을 것이다. 아피아의 주장은 주체의 위치와 행위 능력에 대한 개념들이 서로 다른 종류의 서사에 속한다는 인식 속에서 이들을 분리함으로써 얻는 이익이 많다는 것이다. 다음 장은 행위 능력에 대한 이론적 논쟁으로부터 나오는 에너지의 방향이 재설정되는 방식을 살펴본다.

제 9 장

윤리와 미학

윤리

지혜를 얻기 위해 문학을 읽는 것은 오랜 전통이다. 고대 그리스의 경우 시와 여타 다른 형식의 문학은 윤리적 훈육의 원천으로서, 세계와 훌륭한 행위(혹은 어리석거나 비극적인 성향)의 예를 보여주었다. 플라톤은 시를 비난했는데 그 이유는 이들 허구적 예들이 젊은이를 오도한다고 생각했기 때문이지만, 그의 대화에서는 시민들이 시인의 주어진 관찰이 현명하거나 정당한 것인지를 적절히 따져볼 수 있어야 한다고 여겼다. 그때나 지금이나 문학의 주된 역할은 폭넓은 대리 경험을 제공하고 도덕적 상상력을 기르도록 함으로써 인생에 대해 가르치는 것이다. 문학은 우리에게 어떻게 행동할 것인가를 가르치기보다는, 독자로 하여금 자신의 가치판단 성향을 발견하고 윤리적 반응의 복합성을 인식하는 데 도움을 주고자 한다. 치누아 아체베(Chinua Achebe)의 식민 시대 아프리카에 대한 소설인 『모든 것이 산산이 부서지다Things Fall Apart』를 읽는 독자는 가치들의 충돌을 경험하게 될 것이다. 이보(Ibo)족 전통 사회에 대한 식민 권력의 개입은 가혹한 침탈 행위이자 이보족의 관습(쌍둥이를 흉조로 여겨 내다버려 죽도록 하는 것이나, 신의 명령이 있으면 가족으로 입양한 아이도 죽이는 행위 등)에서 보이는 극단적 부조리에 대한 대답으로 제시된다. 독자들은 이러한 관습에 대한 자신들의 반응이 식민주의의 압제에 대한 자신들의 반론과 비교해 갖는 무게를 느끼게 될 것이다. 빈번히 상호 갈등하는 도덕적 원칙을 동원해야 하는 상황이 더 미묘하여 더욱 탐문될수록, 독자와 비평가는 더욱더 그 작품을 높이 평가하게 될 것이다.

문학은 윤리적 사유와 특히 긴밀한 연관성을 갖는데, 그 이유는 문학이 항상 악의 문제를 다루고 자주 악을 포용하면서 그 유혹과 충동을 그려왔기 때문이다. 허구로서의 문학은 오도와 미혹 그리고 감정을 자극한다는 비난을 자주 받아왔다. 분명, 문학은 '도덕'의 완고함을 폭로하는 특성을 보여왔다. 시와 이야기는 독자로 하여금 다른 사람들의 고통과 관점에, 그리고 이로써 윤리의 불확정성에 자신을 열도록 유도한다. 우리는 엠마 보바리나 제이 개츠비[Jay Gatsby, F. 스콧 피츠제

럴드 작 『위대한 개츠비 The Great Gatsby』의 주인공—옮긴이]를 따라가면서, 비록 궁극적으로는 어떤 판단을 피할 수는 없다 해도, 더이상 단순히 도덕적 원칙에 따라서만 판단하지는 않는다. 문학은 윤리적 계산과 결정이 근본적으로 계산할 수 없는 환경 속에서, 바로 어떤 도덕적 원칙에 단순히 부합하는가의 문제가 아닌 조건 속에서 발생한다는 것을 보여준다.

문학이론과 윤리 영역에서의 최근의 논쟁은 도덕과 윤리의 차이를 강조한다. 도덕적 원칙은 보편성을 강조하지만 대체로 계급적 이해, 역사적 환경, 문화적 전통, 사리사욕의 결과일 수 있다는 것을 보여준다. 윤리는 다른 가능성의 허용, 도덕 원칙으로부터의 잠재적 자유, 윤리적 결정이 이루어지는 공간의 (자기 부정에 가까운) 확대를 요구한다. 『허클베리 핀』에서 주인공인 헉은 도망한 노예인 짐을 신고할 것인가 말 것인가를 고민하는데, 그는 교육받은 모든 도덕적 원칙 그리고 특히 그의 '양심'에 따라 짐의 행방을 밝히는 편지를 쓰길 결심하면서 '죄를 씻은' 느낌을 가진다. 물론 편지를 찢어버리고 ("좋아, 그렇다면, 지옥에 가고 말지"라고) 자신의 마음을 바꾸어 양심과 도덕을 거슬러 행동하도록 하는 윤리적 직관은 묘사되지 않지만, "나는 항상 둘 가운데 하나를 결정해야 했다"에서 보이듯, 그는 자신만의 결정을 내리는 윤리적 공간 속에 존재한다.

윤리의 한 모델은 읽기 자체일 가능성이 있다. 일부의 주장에 의하면, 텍스트를 적절히 읽는다는 것은 이를 지배하거나 여기에 자신의 견해를 강요하는 것이기보다는 이를 이해하고자 노력하는 것이고, 가능성을 차단하기보다는 가능성에 열린 자세를 취하는 것, 특히 예상치 못한 것들(특이한 표현, 은유, 환상적인 상상들)에 열리는 것이다. 이에 못지않게, 읽기가 비록 의미에 대한 결정을 반드시 필요로 하지만, 가능성이 가득한 문학을 읽는 것은 의미를 차단하기보다는 복합적 의미를 허용하며, 이러한 개방성은 목표이기보다는 출발점이 된다.

일관성 있고, 자기의식이 있는 개인 주체 개념에 대한 비판 가운데 일부는(8장 참조) 주체가 '타자'라 부르는 대상(당신에게 낯설거나 관계없는 무엇이나 사람)에 의존한다는 것을 지적한다. 가장 오래된 윤리적 명령 가운데 하나가 "다른 사람에게 대우받고 싶은 바와 같이 당신이 다른 사람을 대우하라"라면, 현대적 변형은 소위 '타자의 윤리'로서 타자의 타자성을 존경하라는 것이다. 이 경우 당신은 다른 사람이 당신과 같다고 추정하여, 당신의 견해와 감정이 보편적 유효성이 있다는 듯 보편성의 태도를 주장해서는 안 된다. 가장 극단적 형식으로, 프랑스의 철학자 에마뉘엘 레비나스(Emmanuel Levinas)의 저술에서 윤리는 타자의 명령 아래 당신을 놓을 것을 명한다. 물론 이 일반적 요구가 유효할 수 있지만, 열린 태도는 윤리적 공간을 창출하면서도 그 자체는 도덕적 가치 기준으로 작용하지 않는다. 열린 태도는 가령 유대인 대학살을 부정하는 사람들의 주장에 대해 열린 태도를 취하면서 이를 완전히 거부하지 말아야 한다는 것인가? 타자에 대한 책임의 한 모델이 문학작품의 타자성에 대한 훌륭한 독자의 열린 자세라는 지적도 있지만, 프랑스의 철학자 알랭 바디우(Alain Badiou)에게 윤리는 그가 '사건'이라고 부르는 것에 대한 열린 태도의 문제이다. 사건은 일상의 상황과 달리 생기는 일로서, 상황에 대한 진실성을 보여주면서 사태가 달리 보이게 한다. 윤리는 사건에 대한, 즉 사건이 창출한 변화된 시각으로 사태를 보는 것에 대한, 충실성을 포함한다. 일례로 이탈리아의 철학자 조르조 아감벤(Giorgio Agamben)에 따르면, 집단 수용소 사건은 그가 '벌거벗은 삶'—국가의 행위에 의해 권리가 완전히 박탈된 존재의 상황으로 떨어진 개인—이라 부른 상황을 직시할 것과, 모든 것을 빼앗기고 벌거벗겨진 정체성의 전망만을 갖는 그러한 인간 주체의 광경을 항상 명심할 것을 요구한다.

문학비평에서의 윤리학은 권력, 지식, 그리고 억압으로 구성된 문자의 그물망 안에 내재하는 윤리적 행동의 가능성을 풀어내고자 한다. 분명 문학작품은 도덕을 재점검하고 타자의 관점을 탐색할 수 있는 재료를 제공한다. 비평을 위한 또다른 가능성은 이브 세지윅이 '치유적 읽기'라 부른 것으로, 이는 모든 텍스트에서 이념적 공모, 말해지지 않은 것, 억압된 것을 찾는 의심이나 탈신비화의 비평 방식과 대비된다. 세지윅식의 치유적 읽기는 텍스트 앞에 위치한 중립적이고 일반화된 독자를 설정하는 방식을 포기하고, 우울한 상황을 시발점으로 채택한다. 엘리스 핸슨(Ellis Hanson)의 설명에 따르면, "인간은 나약하고 세계는 냉혹하다는 우울한 인식에 직면하여, 치유적 읽기는 우리가 이미 알고 있는 정치적 부조리의 폭로에 집중하는 것이 아니라 이러한 여파 속에서 지속 가능한 삶을 재건하는 과정에 집중한다". 가령, 소외당하는 젊은이에게 소설은 삶이 변할 수 있음을 보여줄 수 있다. 문학작품이 삶에 기여하는 것처럼, 치유적 읽기는 문학작품이 특정한 시점에 말을 걸고 그 생명력을 이어가는 데 기여한다.

인간/비인간

가끔 '윤리로의 전환'으로 불리는 현상은 이론이 정상(남성, 백인, 이성애자)을 창출하기 위해 특정 집단(여성, 흑인, 동성애자)을 배제하는 이항대립에 저항해온 전반적 움직임의 연장선에서 볼 수 있다. 젠더와 인종에 기초한 이러한 배제의 폐기는 문학적 정전의 확대로 이어졌다. 또한 성적 성향에 따른 배제에 대한 인식은 동성애 연구와 퀴어 이론으로 이어졌다. 정상 규범을 산출하기 위해 거부되어온 것에 집중함으로써 이론 영역을 확대한 논리는 인간과 동물의 구별과 같은 여타 이항대립에 대해서도 의문을 제기하게 되었다. 동물을 타자로 특징짓는 것—아리스토텔레스와 데카르트는 동물에게 이성을 부여하지 않았다—은 인간을 정의하는 데 있어 오랫동안 기여해왔다. 여기에서 더 나아가 검토될 수 있는 구분은 인간과 자연 사이의 구별이다. 어떻게 이러한 구분이 자연을 임의적으로 사용 가능한 것으로 여기는 인본주의를 형성하는 데 도움을 주었는가? 인간/동물과 인간성/자연이라는 이분법에 대한 비판은 가끔, 명백히 혹은 은연중에, 인간의 인간중심주의(우리는 자신을 모든 사물의 중심으로 삼는다)에 도전하고 환경과 모든 비인간 타자에 대한 존경을 도모하는 포괄적 생태주의 운동에 속한다. 하지만 인간과 기계 같은 비인간 사이의 구별은 어떤가? 우리는 우리 자신을 기계와 달리 정의하는 것을 매우 중요시하지만, 우리가 동물이듯이, 우리는 또한 기계이지 않을까? 이와 같이, 고유한 인간 주체에 대한 비판은 논리적으로 정확히 '기계 해방'으로 나아가는 것이 아니라, '탈인간(Post-human)'이라 불리는 현상의 탐문 속에서 인간/기계의 이항대립에 대한 의문의 제기로 나아가고 있다. (이 문제는 곧 다시 다뤄진다.)

인간과 동물을 구별하는 것의 의미와 효과는 무엇인가? 어떻게 이러한 구별이 이루어지고, 무슨 근거에 따라, 무슨 이득이 있어서일까? '동물 연구'는 급속히 피어나는 학제간 분야가 되었는데, 물론 하나의 연구 분야를 넘어선다. 많은 사람들에게, 이는 동물에 대한 부당한 대우에 자극받은 정치적 운동이 되었다. 여성 해방과 동성애 해방 이후, 동물 해방은—만약 동물 해방이 아니라면, 최소한 우리의 편의를 위해 동물을 인간 위주로 대우하는 것은 변호하기 어렵다는 인식은—한 걸음 더 나아간 단계로 보인다. 인간/동물의 대립에 대한 몇몇 비판은 둘 사이의 공통점과 연계점을 보여준다. 동물 조련사이자 철학자인 빅키 헌(Vicki Hearne)의 선도적 연구는 인간과 동물 사이의 의사소통을 탐색하고, 다른 이론가들은 동물과의 '공존'을 모색한다. 다른 한편으로, 최근 이론적 작업 가운데 강력한 분야의 하나는 인간과 동물의 비연속성, (특히 개와 말을 넘어설 경우) 우리가 감히 이해한다고 할 수 없는 동물의 근본적 타자성과 접근 불가능성을 강조한다. 동물에 대한 정의가 인간을 정의하는 데 수행한 역할에 주목하는 이러한 접근 방식은 동물의 타자성에 대한 존경을 요구하며, 초기 동물 옹호론자들의 접근 방법을 인간중심적인, 인간의 틀에 따른 것이라고 비난한다.

『동물인 고로 나는 존재한다The Animal That Therefore I Am』에서 자크 데리다는 "타자인 동물을 전유하여 인간적 면모를 부여하는 투사(投射)나, 인간 존재로부터 동물을 전적으로 배제하는 포기 사이의 양자택일에서 벗어나고자 하는 욕망"을 그려내고자 한다. 그럼에도 그는 동물의 시각을 이해하기 어렵다는 점과 개미부터 얼룩말까지 모두를 '동물'이라고 분류하는 인간중심적 폭력성 모두를 지적한다. 귀여운 중간 크기의 포유류에 대한 생각을 넘어서 가령 벌레와 새를 생각해보는 것이 가능할까? 인간과 동물 사이의 개념적 관계 설정에 대해 단 하나의 해답을 제시하려는 것은 괴이하고 인간중심적인 것으로 보인다. 여기에서 최근 이론은 인간과 다른 생물종 사이의 확연한 구별점을 유지하는 것의 어려움과 함께, 바버라 헌스타인 스미스(Barbara Herrnstein Smith)가 말하는 "인간과 동물, 그리고 동물들 사이에서도 축소 불가능하게 다양하고 복합적인 가변성 속에 무한히 재설정될 수 있는 관계"를 포괄하는 것의 어려움에 대한 논의를 시작할 수 있도록 하였다.

동물이라는 존재를 형성하고 동물이 인간에게 갖는 관계를 고려하는 데 있어, 그리고 인간을 달리 대함으로써 얻어지는 가치를 인식하는 데 있어 (인간관계에 있어서 다른 사람을 대하는 것에 관한 경우처럼), 문학은 특별한 장점을 갖는 장이다. 로라 브라운(Laura Brown)에 따르면 문학에서의 동물에 대한 묘사는 이론이 논의해온 역설을 벗어나는 경우가 있으며, 그 이유는 문학의 피조물들이 인간중심적이자 타자적인 면모를 동시에 갖고 있는바, 이론적 이분법에서 벗어나 "다른 방향에서 인간-동물의 문제를 이해하면서 인간과의 유대와 함께 인간을 배제하려는 충동, 인간중심주의와 타자성을 혼합하고 있기" 때문이다. 이렇게 인간-동물의 관계는 한층 변모된 모습을 띠며, 상상과 환상이 결합하고, 이로써 진정한 타자성에 대한 모색을 심화하고 있다. 동물은 일상의 경험 영역을 개념화하는 데 사용될 수 있는데, 위계와 다양성 그리고 차이의 효과에 대해 전혀 다른 시각을 제공한다. 동물을 소재로 한 시는 인간을 위해 동물을 전유하지 않는 말을 찾는 것이 불가능함을 강조하면서도, 동물만의 특이성과 공감하려는 상상력으로 가득한 시도일 수 있다.

생태비평

동물 문제에 대해 앞서 언급한 두 개의 넓은 이론적 접근 방식—우리가 다른 동물과 공유하는 점을 탐색하면서 인간/동물의 이분법을 해체하는 것과, 동물의 타자성을 강조하면서 그들에 대한 존경을 요구하는 것—은 문학 연구에 대한 지구 중심적 접근으로 새롭게 부각되고 있는 '생태비평'과 함께 하면서, 환경에 대한 생각에 있어 문학과 문학적 감성을 동원하고, 우리가 이를 항상 마음에 새기도록 촉구한다. 생태비평은 독특한 읽기 방식보다는 지배적인 질문과 척도의 변화 그리고 인간의 인간중심주의적 폭력의 다양한 방식에 초점을 맞춘다. 또 이 비평은 자연에 대한 글을 연구하면서, 생태 의식을 높이기 위해 다른 사회는 자연을 어떻게 달리 대하며 자연을 높이 칭송하는지를 보여준다. 일례로 「바다 쓰레기, 어두운 저수지, 공유지의 비극Sea Trash, Dark Pools, and the Tragedy of the Commons」에서 퍼트리샤 예거(Patricia Yeager)는 문학 연구에서 '거대한 전환'을 추구하는데, 그 명제는 문화를 창조하는 데 있어서 바다가 수행한 역할에 대해 근시안적이었다는 것이다. 이에 따르면, 이제 바다는 더이상 무한한 자원이나 숭고한 수평선이 아니라 너무나 손쉽고 하찮게 여겨지는 공유지가 되어버렸다. 바다에 대한 문학적 묘사가 바다의 현실과 대비되는 것을 읽어내면서, 예거는 바다에서 벌어지고 있는 일에 돈이 차지하는 중요성을 보여주기 위해 '돈 생태비평'(ecocriticism$)을 제안한다. 생태비평주의의 눈으로 보면, 인간이든 비-인간이든 모든 형식의 생명체와 환경의 안녕은 다른 목적들이 지향해야 할 최종 목표이다.

탈인간

하지만 자연과 자연적인 것에 대한 칭송은 이론이 만족할 수 있는 자세는 아니다. 사람/자연, 인간/동물, 인간/기계. 이 각 쌍의 두번째 항은 인간을 정의하기 위한 이항대립에 사용되는데, 앞의 두 대립 쌍을 해체하는 동일한 논리는 마지막 대립 쌍에도 해당된다. 인간/기계의 대립에 대한 비판은 인간 주체를 자율적, 이성적, 자기 의식적, 그리고 자유 의지를 갖춘 존재로 여기는 전통적 틀에 이의를 제기한 오늘의 이론적 움직임의 당연한 전개이다. (마르크스주의와 정신분석학은 주체를 개인이 제어할 수 없는 사회적·심리적 힘들의 산물로 파악하는 두 가지의 강력한 설명이다.) 의식적 행위 주체론은, 다수의 요소들이 교차한 결과 발생한 사태를 설명하기 위해, 의식이 스스로에게 말하는 이야기에 불과한 것일 수 있다.

탈인간 개념의 주요 기능은 전통적인 인간 주체 개념 너머로의 이행을 정초하는 데 있다. 비록 탈인간 연구가 자주 공상과학 소설, 인공두뇌학, 체계이론(system theory)을 이용하고 있지만, 그 주장은 단지 컴퓨터와 여타 기계가 세계를 바꾸었고 이제 우리는 우리가 제어할 수 없는 복합적 체계 혹은 회로의 일부가 된 상황을 창조하였다는 것이 아니다. 그 기본적 주장은 우리는 항상 탈인간이었으며, 항상 인본주의가 제시한 그러한 인간상과는 달랐다는 것이다. 컴퓨터와 여타 기기는 항상 이러했던 상황을 분명히 드러낸 것에 불과하다. 가령 충동을 담지한 정신은 우리가 제어할 수 있는 기기가 아니었다.

그렇다 하더라도, 오늘날 우리는 점차 우리가 기계를 제어하는 만큼 기계에 의해 제어되는 경험을 하고 있다. 내가 이렇게 쓰고 있는 동안에도 나의 기계는 여타 기계들이 전하는, 대부분 광고이거나 홍보물인 문자나 메일을 읽도록 나를 지속적으로 소환한다. 사실, 탈인간론의 개념이 의문을 제기하는 것은 지배와 피지배의 구조이다.

다나 해러웨이(Donna Haraway)의 1985년도 「사이보그 선언Cyborg Manifesto」은 이후 탈인간 개념으로 구체화될 것을 제시한 첫 글이다. 이에 따르면, "우리는 모두 키메라와 같은 괴물로서, 이론적으로나 실질적으로 기계와 생명체의 혼종적 공생체이다. 한마디로, 우리는 사이보그[cyborg, 인간과 기계가 결합된 존재로서 뇌과학(cybernetics)과 생명체(organism)의 합성어—옮긴이]이다". 공상과학 소설의 혼종적 창조물인 사이보그는 일부는 인간이고 일부는 로봇인 "탈젠더 세계의 창조물"이며(이는 페미니즘, 사회주의 선언이기도 하다), "이제껏 우리 스스로에게 우리의 몸과 우리의 도구를 설명해왔던 이원론의 미궁으로부터 빠져나올 수 있는 길을 제시할 수 있다". 일단 우리는 우리의 몸과 기구를 통제하는 것이 자아 혹은 마음이라는 생각을 의심하고, 우리가 기능할 수 있도록 하는 기술은 우리 자신의 몸에, 그리고 단순한 도구에서부터 정교한 컴퓨터 시스템을 포함한 환경 속에서 연장된 몸에 체화된 것이라는 점을 이해할 필요가 있다. 이로써 우리 자신은 '배분된 인지'로 구성된 체계의 일부로서, 이러한 인지의 일부는 우리의 마음에 체화되고, 일부는 우리와 기계가 창출하는 고성능 환경에 체화된 세계 속에 살고 있다는 것을 깨달을 수 있다. 캐서린 헤일스(Katherine Hayles)의 『우리는 어떻게 탈인간이 되었는가How We Became Posthuman』는 그녀 또한 제기하고자 하는 이해 방식의 이러한 변화—자율적 주체에서 반응의 수용과 반복이 가능한, 더욱더 고도화하는 체계 속에 체화된 접속점이나 마디로의 변화—를 그려낸다. 우리가 그 일부가 되는 이러한 체제는 이제 항공기를 띄우고, 주가를 결정하고, 정보를 찾고, 그 밖의 많은 일들을 이제까지 인간 정신이 홀로 할 수 있었던 것보다 훨씬 신속하고 훨씬 능률적으로 처리할 수 있다. 비록 많은 경우 아직도 우리는 전통적 개인과 자유 의지 그리고 행위 주체 등의 개념에 의존하고 있지만, 이들 개념은 유용한 허구로서, 질서 부재의 환경에서 반복된 작용에 의해 등장하는 양식을 통해 우리가 세계를 이해하려는 가운데 채택하는 것이다. 말하자면 우리가 인간이라 부르는 것은 기계적 체계와 과정들로부터 선택한 일련의 양상에 불과한 것일 수 있다.

우리가 탈인간이라는 주장은 물론 공격적인 이론적 움직임이고, 우리가 이런저런 것으로부터 벗어난 '탈(post)'의 위치에 있다는 주장들—우리가 탈모던하고, 탈구조주의적이며, 탈인종적이고, 그리고 마침내 탈인간적이라는 것—은 인정하기가 쉽지 않다. 그저 전통적 인간 개념이 도전받았고, 이로써 우리가 점차 복합화하는 체계 속에 체화되는 모습을 설명하는 새롭고 한층 더 정확한 인간 개념을 갖게 되었다고 말하는 것이 어떨까?

여기에는 분명 두 가지 이유가 있다. 첫째, 인간 개념은 아무리 재정의되어도 한편으로 인간과 동물, 다른 한편으로 인간과 기계라는 이분법을 내재하고 있는 것으로 보인다. '탈인간'론이 명백히 주장하는 바는 이것이 범박한 극단적 단순화라는 것이다. 둘째, '탈인간'과 같은 신조어 즉 새로운 용어는 자칫 망각하거나 간과할 수 있는 사상의 변화를 표시할 수 있는 힘을 가진다. 탈인간의 사유가 지속적인 힘을 발휘할지, 혹은 우리가 인간에 대한 또다른 새로운 설명에 익숙하게 됨에 따라 이 또한 바뀔지는 예측하기 어렵다. 이는 우리의 검색 장치가 말해줄 것이다!

미학

하지만 예술과 문학은 이 탈인간 세계에서 어떻게 될 것인가? 이상할 만큼, 탈인간에 대한 관심은 20세기 후반의 문학과 문화 이론에서 제쳐두었던 미학의 부흥에 기여한 것으로 보인다. 미학이 쇠퇴했던 이유는 이해하기 어렵지 않다. 예술적 천재성, 예술의 자율성과 인간적 보편성, 예술의 정신적 내재 가치 등 전통적인 미적 개념은 주요 이론적 경향(마르크스주의, 정신분석학, 구조주의, 탈구조주의)이 투쟁을 전개해왔던 특정한 주체 개념과 뗄 수 없이 연계되어 있었다. 이론의 승리와 함께, 미학의 기존 개념들이 이제는 낡고 고답적이며 예술의 보편적 가치를 지나치게 강조하는 개념들이라는 폭넓은 공감은 새로운 모습의 미학적 논쟁이 다시 제기될 수 있도록 하거나 이를 요구하는 것으로 보이는 공간을—일종의 진공 상태를—열어놓았다. 최근까지의 이론적 전개는 문학 형식에 대한 전통적 접근법이나 전통적 미학을 폐기하거나 반동적인 것으로 만들면서, 가끔 '신형식주의' 혹은 '신미학주의'라 불리는 움직임이 문학과 예술 형식에 대한 새로운 관심을 대변하고 있다. 자크 랑시에르(Jacques Rancière)는 미학 없이는 예술도 없다고 주장한다. 특수한 미학적 가치나 관점이 없이는 소위 예술은 다른 모든 것과 뒤섞이면서, 가령 소비적 대상의 바다로 합류할 것이라는 설명이다. 어떤 사물을 예술로 만들고 구별되도록 하기 위해서는 예술에 대한 면밀한 이해가 필요하다. 이와 함께 문학작품은 단지 언어가 아니라 해석이 필요한 특수한 문학적 실천이자 관습적 체계의 산물이다. 가령 시적 운율은 어떻게 작용하는가 하는 질문이 필요하다. 비록 사회적 산물이자 실천으로서 이념과 얽혀 있지만, 문학은 비평가와 여타 사상가들에게 궁극적으로 문학적 대상의 특수성에 관한 질문을 제기한다. 문학작품과 이에 대한 경험에 있어 어떤 고유한 특성은 존재하는가, 아니면 이는 단지 환상에 불과한가? 문학이나 예술적 창조란 무엇인가? 현재 문학작품의 독특한 사건으로서의 특이성과 문학이 세계를 드러내는 방식에 대한 관심이 높아지고 있다. 문학이 성취하는 효과에 있어 문학 형식은 어떤 역할을 하는가? 가령, 쾌락은 어떤가? 쾌락은 지금과 달리, 이전에는 문학이론의 긴급한 관심사가 아니었지만, 이제 쾌락의 문제는 감성이나 '정서(affect)'와 함께 관심의 대상이 되고 있다.

사이앤 은가이(Sianne Ngai)의 논문인 「미적 범주론On Aesthetic Categories」(2010)은 미학이론에서 비평이 다루어야 할 몇 가지 주요 문제—예술 작품과 소비문화 상품 사이의 유사성의 문제, (서로 간에 그 영향이 증대되고 있는) 문학이나 예술 작품과 이론 사이의 관계—를 제시하면서 세 개의 범주를 제안한다. 그것은 '귀여움', '우스꽝스러움' 그리고 '흥미로움'이라는 정서적이면서 동시에 개념적인 범주들로, 이들은 우리의 일상적 경험에서는 흔한 것이지만 거의 분석되지 않고 있는데, 그것은 아마도 이들이 하찮게 보이기 때문일 것이다. 이러한 범주들은 현대적 미학 경험에 대한 사유에서 매우 적절한 것인데, 그것은 이들이 다양한 매체와 경향 그리고 장르를 횡단하면서 제도화를 거부하고 이로써 경험과 더욱 직접적 연관성을 갖기 때문이다. 이들은 우리로 하여금 급진적이고 저항적으로 여겨진 예술이 소비주의 문화와 결합하는 가운데 보여준 소위 '현저한 유연성'에 대해 생각하는 데 도움을 준다는 것이 그녀의 주장이다.

새로운 디지털 매체와 하이퍼텍스트 그리고 컴퓨터 게임의 세계 또한 새로운 미학적 질문을 제기한다. 인쇄 기반 문화에서 전자 기반 문화로의 이동은 문학 개념에 어떤 영향을 주고, 이에 따라 문학이론에도 어떤 영향을 주게 될 것인가? 전자 형식이 텍스트를 잠재적으로 변덕스러운 것이 되도록 만듦에 따라, 완성된 언어 예술품이라는 문학 텍스트 개념은 변할 것이다. 캐서린 헤일스에 따르면, 문학은 항상 독자의 인식에 변화를 주고자 기획된 기술의 역할을 수행해왔고, 새로운 전자 시대 속에서 반응의 전자적 수용과 순환은 텍스트와 독자가 지속적으로 상호 영향 관계를 형성하고, 독자가 읽어나가는 과정에서 텍스트를 변모시키는 다양한 차원의 상호성을 가능하게 한다. 호르헤 루이스 보르헤스(Jorge Luis Borges)의 단편소설 「모래 책El libro de arena」에서 문자들은 책을 닫을 때마다 새로운 위치로 자리를 이동한다. 이제 전자 텍스트에서 단어와 이미지는 무한한 재조합을 가능하게 하는 알고리즘이나 프로그램을 통해 변화할 수 있다. 우리는 위대한 문학에서 텍스트가 항상 무궁무진한 놀라움을 담고 있고, 독자가 항상 거기에서 새로운 것을 발견한다는 말에 익숙하다. 전자 텍스트는 이러한 상황을 문자 그대로 실현한다. (그리고 아마도 이러한 상황을 시시한 것으로 만들어버릴 것이다.) 더욱 중요한 점은 전자 텍스트들이 문학작품을 놀이기구나 오락으로 여기게끔 할 수 있다는 것이다.

만약, 이러한 변화의 결과로, 문학이 고정된 텍스트라기보다는 사건으로, 즉 텍스트가 독자 혹은 청자와 독특하게 상호작용하는 특별한 경우로 여겨지게 된다면, 이는 다양한 상호작용 과정이나 체계의 잠재적 가치를 탐문하는 가치 평가적 미학을 요구할 수 있다. 그러므로 공연 연구는 문학 연구에 있어 새로운 중심을 차지하게 될 수 있으며, 이는 텍스트를 하나의 해석해야 할 기호로 보기보다는, 그 실행에서 가능성과 성공이 분명해지는 공연으로 다루게 한다. 전자 시대에 사건과 가치 평가에 한층 더 주목하는 것은 미학의 민주화를 낳을 것인가? 헤일스 자신은 전자 문학이 하고자 하는 상호작용 혹은 '상호매개'가 분명한 여러 가지 양식에 집중하면서, 이들 새로운 텍스트 양식의 작용과 (우리가 가지고 놀 수 있는 도구이자 의식을 변화시킬 장치로도 볼 수 있는) 전통적 문학작품 사이의 연계성을 강조한다. 궁극적으로 전자 문학은 두말할 것도 없이 문학 일반에서와 같이, 의미 구축에 대한, 이로써 문학에 대한 끈을 놓지 않는 존재가 될 것이다.

이론

어떻든, 21세기를 맞아 어떤 이들은 더이상 이론과 대적할 필요가 없도록 이론의 죽음을 바랄 수도 있지만, 이론적 사유 작업은 언제고 곧 끝나지 않을 것이다.

이론에 대한 지금까지의 설명에 어떤 총체적 교훈이 있다면, 그것은 이론이 조화로운 해결책을 낳지 않는다는 것이다. 가령, 이론은 우리에게 의미가 무엇인지—의도, 텍스트, 독자, 그리고 배경 등 각각의 요소가 얼마나 총체적으로 의미를 형성하는지—에 대한 최종적 가르침을 주지 않는다. 이론은 시가 초월적 소명인지 혹은 수사적 기교인지, 혹은 어느 정도만큼 그 각각인지를 우리에게 말해주지 않는다. 각 장을 마치면서 반복해서 깨달을 것은 내가 이들 각 요소나 관점 혹은 주장의 방향 간에 지속적인 긴장감을 조성하고자 한다는 것이었고, 총체적 해결책을 제시하지는 않지만 포기할 수도 없는 대안들 사이를 오가면서 각각의 이론을 탐문해야 한다고 결론짓고 있다는 것이었다. 이론은 그렇다면 일련의 해결책이 아니라 한층 진전된 사유의 전망을 제시한다. 그것은 독서 작업에의 헌신을 요구하며 선입견에 도전하고, 논의의 전제를 의심한다. 나는 이론이 끝이 없고 도전적이고 매혹적인 저작의 무한한 총체이지만, 단지 더 많은 글에 불과한 것은 아니라는 말로 이 책을 시작하였다. 이론은 또한 이 책 『문학이론』이 끝날 때 끝나지 않는 진행형의 사유 작업이다.

부록

이론 학파들과 운동

이 책은 '학파'보다는 문제점과 논쟁을 제시함으로써 이론을 소개하고자 하였지만, 독자는 당연히 비평을 논의하는 데 등장하는 '구조주의'나 '해체론'과 같은 용어에 대한 설명을 기대할 것이다. 현대의 이론적 운동을 간략히 요약하는 방식으로 그 설명을 여기에 덧붙인다.

문학이론은 맥락이 없는 일련의 생각이 아니라 제도들 내의 힘이다. 이론은 담론적 실천으로서 교육적이자 문화적 제도와 뗄 수 없이 얽힌 가운데 독자와 작가로 이루어진 공동체에 존재한다. 1960년대 이후 영향력이 가장 큰—어떤 경우는 의견을 함께하고, 어떤 경우는 대립하는—세 개의 이론적 틀은 첫째로 해체론과 정신분석학이 수행한 언어, 반영, 그리고 비판적 사유 범주에 대한 폭넓은 점검, 둘째로 문학과 비평의 모든 면에서 페미니즘, 이후 젠더 연구 그리고 퀴어 이론이 수행한 젠더와 성애의 분석, 셋째로 이전에는 역사를 갖는 것으로 생각되지 않았던 많은 대상들(몸, 가족, 인종)을 포함한 폭넓은 담론적 실천들을 연구하는 역사 지향적 문화 연구(신역사주의, 탈식민이론)의 발전이다.

1960년대 이전에도 몇몇 중요한 이론적 운동이 있다.

러시아 형식주의

20세기 초기의 러시아 형식주의자들은 비평가는 문학의 문학성에 집중해야 한다고 강조하였다. 이러한 문학성으로는 문학을 문학적으로 만드는 언어적 전략, 언어 자체를 전면에 내세우는 전경화(前景化), 그리고 이러한 전략이 이루어내는 경험을 '낯설게 하기' 등이 거론된다. 저자가 아닌 언어적 '장치' 쪽으로 관심을 전환하면서, 이들은 "언어적 장치는 문학의 유일한 주인공이다"라고 주장한다. "저자는 이 부분에서 무슨 말을 하는가?"라고 질문하는 대신, 우리가 질문해야 할 것은 "소네트의 이 부분에서는 무슨 일이 일어나고 있는가?" 혹은 "디킨스의 이 책에서 소설 형식은 어떻게 변화하고 있는가?"이다. 로만 야콥슨(Roman Jakobson), 보리스 아이

헨바움(Boris Eikhenbaum), 그리고 빅토르 시클롭스키(Victor Shklovsky)가 문학 연구의 방향을 형식과 기술의 문제로 재설정한 이 그룹의 주요 3인이다.

신비평

'신비평(New Criticism)'은 1930년대와 1940년대에 (영국에서의 I. A. 리처즈〔I. A. Richards〕와 윌리엄 엠프슨〔William Empson〕의 관련 연구과 함께) 미국에서 시작되었다. 신비평은 문학작품의 통일성이나 완결성에 관심을 집중한다. 대학에서 행해지던 역사적 연구에 반대하면서, 신비평은 시를 역사적 기록이기보다는 미적 대상으로 다루고 저자의 역사적 의도와 상황보다는 시의 언어적 측면의 상호 작용과 이에 따른 의미의 복합화를 검토하였다. 신비평가들(클린스 브룩스〔Cleanth Brooks〕, 존 크로 랜섬〔John Crowe Ransom〕, W. K. 윔샛〔W. K. Wimsatt〕)에게, 비평의 임무는 개별적 예술 작품을 해명하는 것이다. 다의성, 역설, 아이러니, 그리고 함축적 효과와 시적 이미지에 집중하면서, 신비평은 시적 형식의 각 요소가 통일된 구조에 어떻게 기여하는지를 보여주고자 한다.

신비평은 면밀한 읽기의 기술과 함께, 비평적 활동의 평가는 개별 작품에 대한 한층 풍부하고 더욱 통찰력 있는 해석의 산출에 얼마나 기여하는지가 기준이 되어야 한다는 명제를 후대에 지속될 유산으로 남겼다. 하지만 1960년대에 시작된 다수의 이론적 관점과 담론—현상학, 언어학, 정신분석학, 마르크스주의, 구조주의, 페미니즘, 해체론—은 문학과 그 밖의 다른 문화적 산물에 대한 사유에 있어 신비평의 경우보다 더 풍성한 개념적 틀을 제공하였다.

현상학

현상학은 20세기 초 철학자 에드문트 후설(Edmund Husserl)의 연구에서 시작된다. 현상학은 대상이 의식에 나타나는 바에 따라 대상의 현상적 실재에 집중함으로써 주체와 대상, 의식과 세계 사이의 괴리를 우회하고자 한다. 우리는 본질적 실재와 세계의 인식 가능성에 대한 질문을 뒤로 미루고, 세계가 의식에 현상하는 그대로를 기술할 수 있다는 것이다. 현상학은 작품 전반에 걸쳐 나타나는, 저자의 의식의 '세계'를 묘사하는 데 전념하는 비평(조르주 풀레[Georges Poulet], J. 힐리스 밀러[J. Hillis Miller])의 이론적 근거가 되었다. 문학작품은 독자의 의식에 주어지는 것이다. 이에 따라 문학작품은 어떤 객관적 사물이 아니며, 그것에 대한 경험과는 달리 존재하지도 않고, 오직 독자의 경험이라고 주장할 수 있다. 따라서 비평은 독자가 여러 가지를 연계하며, 텍스트가 말하지 않은 부분을 채우고, 예상하고 추측하면서 자신들의 기대가 좌절되거나 실현되는 가운데 어떻게 의미를 산출하는가를 분석하면서, 텍스트를 따라 점차적으로 움직이는 독자의 의식을 기술하는 형식을 취할 수 있다.

현상학의 또다른 독자 지향적 유형은 '수용 미학'(한스 로베르트 야우스[Hans Robert Jauss])이라 불린다. 여기에서 작품은 '기대 지평'에 의해 제기되는 질문에 대한 대답이다. 그러므로 작품의 해석은 개별 독자의 경험이 아니라, 작품이 수용되어온 역사에 집중하고, 또한 작품이 시대에 따라 달리 읽힐 수 있도록 하는 변화하는 미적 기준과 일련의 기대 간의 관계에 집중해야 한다.

구조주의

독자 지향적 이론은 구조주의와 어떤 공통점을 갖는데, 그것은 구조주의 또한 어떻게 의미가 생산되는가에 집중한다는 점이다. 하지만 구조주의의 목표는 경험을 기술하는 것이 아니라 그러한 의미를 가능하게 하는 기초적 구조를 밝히고자 하는 데 있다는 점에서, 구조주의는 현상학에 대한 '대립' 관계에서 기원한다. 의식의 현상학적 기술 대신에, 구조주의는 무의식적으로 작동하는 구조들(언어, 정신, 사회 구조들)을 분석하고자 한다. 의미가 어떻게 산출되는가에 관심을 갖기 때문에, 구조주의는 자주 독자를 (롤랑 바르트[Roland Barthes]의 『S/Z』에서와 같이) 의미를 가능하게 하는 기본적 규칙의 장이자 의미의 매개자로 다룬다.

보통 '구조주의'는 우선적으로 일단의 프랑스 사상가들을 가리키는데, 페르디낭 드 소쉬르(Ferdinand de Saussure)의 언어이론에 영향을 받은 그들은 1950년대와 1960년대의 구조언어학적 개념을 사회와 문화 현상 연구에 적용하였다. 구조주의는 먼저 인류학(클로드 레비스트로스[Claude Lévi-Strauss])에서 발전하여, 이후 문학과 문화 연구(로만 야콥슨, 롤랑 바르트, 제라르 주네트[Gérard Genette]), 정신분석학(자크 라캉[Jacques Lacan]), 지성사(미셸 푸코[Michel Foucault]), 그리고 마르크스주의(루이 알튀세르[Louis Althusser])로 이어졌다. 비록 이들 이론가는 일정한 학파를 이루지는 않았지만, '구조주의'라는 이름 아래 이들의 작업이 1960년대와 1970년대에 영국과 미국 그리고 다른 지역에 수입되고 읽히게 되었다.

문학 연구 분야에서 구조주의는 문학작품을 가능하게 하는 관습에 주목하는 시학을 발전시켰다. 구조주의 비평은 작품의 새로운 해석을 창출하는 것이 아니라, 어떻게 작품이 의미를 갖고 효과를 발휘하는지를 이해하고자 하였다. 하지만 영국과 미국에서 이 작업—문학 담론에 대한 체계적 설명—의 전면적인 도입은 성공하지 못했다. 영미에서의 그 주된 영향은 문학에 대한 새로운 생각을 제공하고, 문학을 여러 가지 표상 행위 가운데 하나로 여기도록 한 것이었다. 이렇게 구조주의는 문학작품에 대한 징후적 독서로의 길을 열었고, 문화 연구가 다양한 문화적 실천의 표상 과정을 자세히 설명하는 데 힘을 기울이도록 했다.

구조주의를 소쉬르에서 미국의 철학자 찰스 샌더스 퍼스(Charles Sanders Peirce)에 이르는 계보를 추적하는 기호에 대한 일반학인 기호학과 구별하기는 쉽지 않다. 하지만 기호학은 행동과 의사소통에 대한 과학적 연구를 통합하고자 하는 국제적 운동으로, 프랑스 등에서 전개된 구조주의를 특징짓는 철학적 사색과 문화 비평을 벗어나고자 노력한다.

탈구조주의

구조주의가 운동이나 학파로 정의되기 시작하자, 이론가들은 스스로 구조주의와 거리를 두었다. 소위 구조주의자들의 작업은 구조를 완전히 이해하고 규칙화하려는 시도로서의 구조주의적인 생각과 일치하지 않는다는 것이 분명해졌다. 가령 바르트, 라캉, 그리고 푸코는 한정된 의미로 설정된 구조주의를 넘는 '탈구조주의자'로 여겨졌다. 하지만 탈구조주의와 연관된 많은 입장들은 이 세 이론가가 구조주의자로 여겨지던 초기 작업에서마저도 명백히 드러난다. 이들은 자신들이 기술하고자 하는 현상 자체에 자신들의 이론이 얽혀 있는 방식과 더불어, 어떻게 텍스트가 구조적 분석이 밝히고자 하는 관례를 위반함으로써 의미를 창출하는지를 기술하였다. 기호 체계들은 항상 변화하기 때문에, 이들 이론가는 완벽하거나 일관성 있는 기호 체계를 기술하는 것은 불가능하다는 것을 인식하였다. 사실, 탈구조주의는 구조주의의 부적절성이나 오류를 증명하기보다는 오히려 문화 현상을 이해 가능하도록 하는 틀을 밝히려는 구조주의적 작업으로부터 빠져나온 것으로서, 그 대신 지식, 총체성, 그리고 주체에 대한 비판을 강조한다. 탈구조주의는 이들을 복합적인 효과로 여긴다. 여기에서 표상 체계의 구조는 주체와 유리된 지식의 대상으로 존재하는 것이 아니며, 그것은 주체를 생산해내는 힘과 불가분하게 연결된 구조이다.

해체론

'탈구조주의'라는 용어는 객관적 지식 개념과 우리가 스스로를 알 수 있다는 주체 개념에 대해 비판하는 폭넓은 이론적 담론을 지칭하기 위해 사용된다. 이런 까닭에 오늘날의 페미니즘, 정신분석이론, 마르크스주의, 그리고 역사주의 모두는 탈구조주의의 일부를 이룬다. 하지만 '탈구조주의'는 또한 무엇보다도 '해체론'과 자크 데리다(Jacques Derrida)의 작업을 가리킨다. 데리다가 처음 미국에서 유명해진 것은 구조주의에 대한 미국의 획기적 관심을 이끌어낸 논문집 『비평 언어와 인간 과학 The Languages of Criticism and the Sciences of Man』(1970)이 구조주의적 구조 개념에 대한 비판을 제기하면서부터이다.

해체론의 가장 간략한 정의는 서구 사상을 구조화해온 위계적 (이항)대립—안/밖, 정신/육체, 축어적/비유적, 말/글, 현존/부재, 자연/문화, 형식/의미—에 대한 비판이다. 이항대립의 해체는 한편으로 이들 위계적 대립이 자연스럽거나 불가피한 것이 아니라 일정한 구축물로서 이들이 의존하는 담론에 의해 생산된 것임을 보여주고, 다른 한편으로 이들이 스스로를 분해하고 재조직하려는 탈구축적 움직임 속의 구축과정—즉, 부수는 것이 아니라 다른 구조와 기능을 부여하려는 과정—임을 보여주고자 한다. 하지만 읽기의 한 방식으로서의 해체론은 바바라 존슨(Barbara Johnson)이 명명한 바와 같이 '텍스트 내에서 상호 투쟁하는 힘을 밝히는 것'으로, 언어의 수행적 차원과 사실 진술적 차원 사이의 긴장과 같이 표상방식 사이의 긴장을 탐문한다.

에드 플랜더스
해체 노동자

페미니즘

서구 문화의 역사에서 남성/여성의 대립적 이분법과 이와 연관된 이분법들을 해체하고자 하는 점에서 페미니즘은 탈구조주의의 한 유형이지만, 이는 다양한 페미니즘 가운데 하나의 분파에 지나지 않는다. 페미니즘은 하나의 통일된 학파이기보다는 사회적이고도 지적인 운동이자 토론 공간이다. 한편으로 페미니즘 이론가들은 여성의 정체성을 강조하고, 여성의 권리를 요구하며, 여성의 경험을 반영하는 것으로서의 여성의 글을 옹호한다. 다른 한편으로, 페미니스트들은 남성과 여성 사이의 이항적 대립의 관점에서 정체성과 문화를 조직하는 이성애적 기반에 대한 이론적 비판에 임하고 있다. 일레인 쇼월터(Elaine Showalter)는 남성적 명제와 절차를 점검하는 '페미니즘 비평'과, 여성 작가와 여성 경험의 반영에 집중하는 '여성중심 비평(gynocriticism)'을 구분한다. 이 두 방식 다 영국과 미국에서 가끔 '프랑스 페미니즘'이라 부르는 생각—이들에게 '여성'은 가부장적 담론 개념과 명제 그리고 그 구조를 전복하는 모든 급진적 힘을 상징한다—에 반대한다. 이와 비슷하게, 페미니즘 이론에 포함되는 것으로는 한편으로 부정할 수 없을 만큼 성차별적인 기반을 갖는 정신분석학을 거부하는 경향이 있고, 다른 한편으로 우리가 여성의 어려움을 이해하고 되새길 수 있기를 희망할 수 있는 것은 오직 규범을 내재화하는 복잡한 과정에 대한 이해를 제공하는 정신분석학을 통해서만 가능하다고 생각하는 재클린 로즈(Jacqueline Rose), 메리 야코버스(Mary Jacobus), 그리고 카자 실버만(Kaja Sliverman)과 같은 페미니스트 학자가 제시한 정신분석학에 대한 정연한 재조명이 있다. 이런 다양한 작업 가운데 페미니즘은 문학 정전의 확대와 일련의 새로운 논점을 제기함으로써 영미의 문학 교육에 있어 근본적인 변화를 가져왔다.

정신분석학

정신분석이론은 해석의 한 유형으로서, 또 언어, 정체성, 그리고 주체 이론으로서, 문학 연구에 영향을 주었다. 한편으로 마르크스주의와 함께 정신분석학은 가장 영향력 있는 현대의 해석학—'실제로' 즉 내면적으로 일어나고 있는 일을 이해하기 위해, 다른 상황에서와 같이 문학작품에서도 적용 가능한 권위 있는 메타 언어적[언어의 논리 자체를 의식하는—옮긴이] 혹은 기술적 수단—이 되었다. 이것이 비평가들로 하여금 정신분석학적 주제와 진술에 관심을 갖도록 한 것이었다. 하지만 다른 한편으로 정신분석학의 가장 큰 영향력은 기존 정신분석학계를 벗어나 자신만의 학파를 세우고 스스로

프로이트로의 복귀라고 명명한 운동을 주도했던 배반아인 프랑스 정신분석학자 자크 라캉의 작업을 통해 이루어졌다. 라캉은 주체를 언어의 효과로 설명하면서 프로이트가 '전이'라고 부른 바를 분석하는 데 있어 언어가 갖는 결정적 역할을 강조한다. 이러한 전이에서 ('당신의 분석가와 사랑에 빠지는 것'처럼) 피분석자는 분석가를 과거 자신이 경험한 권위적 인물의 위치에 놓는다. 이와 같은 설명에서 환자의 상태에 대한 진실은 분석가가 환자의 담론을 해석함으로써가 아니라, 분석가와 환자가 환자의 과거 경험에서 결정적이었던 각본의 재연에 갇히게 되는 과정에서 등장한다. 이러한 재설정을 통해 정신분석학은 해석은 그것이 정복할 수 없는 텍스트를 단지 재연하는 것이라는 탈구조주의적인 성격을 띠게 된다.

문학과 문화 이론에 있어 정신분석학적 사유 가운데 중요해진 한 부문은 정신적 외상 이론이다. 정신적 외상을 야기하는 사건은, 발생 당시에는 의미 있게 받아들여지지 않고 오직 사후 회상에 의해 겪게 되는데, 인간 심리의 복합적 과정을 잘 보여준다.

마르크스주의

영국에서는 미국과 달리 탈구조주의가 데리다나 이후 라

캉과 푸코가 아니라 마르크스주의 이론가인 루이 알튀세르(Louis Althusser)의 작업을 통해 전해졌다. 알튀세르는 영국 좌파의 마르크스주의 문화 안에서 해석됨에 따라 자신의 독자들을 라캉의 이론으로 인도하고 그들을 점진적으로 변화시켰다. 이에 따라 앤터니 이스트호프(Antony Easthope)가 말한 바와 같이, "탈구조주의가 이것을 초청한 문화인 마르크스주의의 공간과 너무나 비등한 공간을 차지하게 되었다". 마르크스주의에 있어 텍스트는 경제적 토대('실제 생산관계')에 의해 결정되는 상부구조에 속한다. 문화적 산물을 해석하는 것은 이를 경제적 토대와 연계시키는 것이다. 알튀세르의 주장에 따르면 사회구성체는 생산양식을 중심으로 구성된 통일된 총체가 아니라 한층 느슨한 구조로서, 그 내부에는 다양한 심급 즉 각기 다른 유형의 실천이 다양한 시차 속에서 전개된다. 사회적이고 이념적인 상부구조는 '상대적 자율성'을 가진다. 알튀세르는 이념이 주체를 결정하는 방식을 설명하기 위해 무의식이 의식을 결정한다는 라캉의 설명을 받아들이면서, 개인에 있어 사회적인 것이 정신분석적인 것을 결정하는 모습을 마르크스주의적 방식으로 보여준다. 여기에서 주체는 무의식의, 담론의, 그리고 사회를 조직하는 상대적으로 자율적인 실천들의 과정 속에서 구성되는 효과이다.

탈구조주의와 연계된 마르크스주의는 영국에서 문학과 문

화 연구만이 아니라 정치 이론 분야에서도 많은 이론적 논의의 기초가 되었다. 문화와 표상 사이의 관계에 대한 중요한 연구는 1970년대의 영화 연구 잡지인 『스크린Screen』에서 이루어졌는데, 이들은 알튀세르와 라캉을 동원하면서 어떻게 주체가 영화적 반영 구조에 의해 배치되거나 구성되는가를 이해하고자 하였다.

신역사주의/문화유물론

영국과 미국의 1980년대와 1990년대는 폭넓고 이론적으로도 적극적인 역사적 비평의 등장으로 특징지어진다. 한편으로는 영국의 '문화유물론'이 있는데, 레이먼드 윌리엄스(Raymond Williams)는 이에 대해 '가장 중심에 글을 두면서, 모든 표상 형식을 그것이 생산되는 실제 수단과 조건 안에서 분석하는 것'으로 정의한다. 푸코의 영향을 받은 르네상스 전문가들(캐서린 벨지[Catherine Belsey], 조너선 돌리모어[Jonathan Dollimore], 앨런 신필드[Allan Sinfield], 피터 스탤리브래스[Peter Stallybrass])은 주체의 역사적 구성과, 르네상스 시대 문학의 전복적 역할에 특별한 관심을 가져왔다. 미국에서 '신역사주의'는 텍스트, 담론, 권력, 그리고 주체의 구성 등 사이의 상호 연결성을 추적하는 과정에서 원인과 결과의 위계 관계 설정에 있어 상당한 유연성을 보이면서, 문화유물론과 더불어 르네상스 시대에 집중하여왔다. 스티븐 그린블랫(Stephen Greenblatt), 루이스 몬트로즈(Louis Montrose) 등은 르네상스기의 문학 텍스트가 그 시대의 담론적 실천과 제도 내에서 어떤 위치에 있는지에 주목하면서, 문학을 사회적 현실의 반영이나 산물이 아니라 다양하고도 간헐적인 대항적 실천으로 다룬다. 신역사주의자들의 주된 질문은 '전복과 봉쇄'의 변증법에 관한 것으로서, 그것은 르네상스기의 텍스트가 당대의 종교적·정치적 이념에 대해 얼마나 진정으로 급진적인 비판을 제시하는가와 함께, 문학의 담론적 실천이 그 명백한 전복성 속에서 얼마나 전복적 힘을 봉쇄하는 양상 또한 띠고 있는가 하는 점이다.

탈식민 이론

앞의 논의와 연관된 일련의 이론적 질문이 '탈식민' 이론에서도 등장한다. 유럽이 행한 식민화와 그 여파에 의해 제기되는 문제를 이해하고자 하는 시도가 그것이다. 식민의 유산 속에서, 독립국가의 이념은 물론 문화라는 이념 자체 등 식민 이후의 제도와 경험은 서구의 담론 행태와 얽혀 있다. 1980년대 이후 점증한 많은 저작들은 서구 담론의 패권과 저항 가능성 사이의 관계에 대해, 그리고 식민과 탈식민 주체—상호 갈등하는 언어와 문화가 중첩되는 가운데 등장하는 혼종적 주체—의 형성 문제에 대해 논쟁을 벌여왔다. 에드워드 사이드(Edward Said)의 『동양담론Orientalism』(1978)은 유럽의 지식 담론에 의한 동양적 '타자'의 구축을 탐문하면서 이 분야의 정립에 기여하였다. 이후, 탈식민 이론과 저작은 문화와 지식의 구성에 개입하려는 시도이자, 탈식민지역 출신의 지식인들로서는 타자들이 쓴 역사에 자신들의 길을 다시 내는 글을 쓰고자 하는 시도가 되고 있다.

소수자 담론

미국의 교육 기관 내에서 이루어진 하나의 정치적 변화는 소수 인종 문학 연구의 성장이다. 그 주요 효과는 흑인, 히스패닉, 아시아계 미국인, 그리고 아메리카 원주민의 작품에 대한 연구의 부흥과 촉진이다. 한편으로 문화적 정체성을 글쓰기 전통과 연계함으로써 특정 집단의 문화적 정체성을 강화하는 것과, 다른 한편으로 문화적 다양성이나 '다문화주의'를 높이 평가하는 민주적 관용 사이의 관계에 대한 논쟁이 벌어지고 있다. 기존의 이론들은 그들 자신만의 조건과 배경을 정립하려는 이러한 노력에 대해 곧바로 그 이론적 자격을 묻는 질문을 던지는데, 이는 새롭게 부상하는 그들에게 자주 서구 중심적인 소위 '백인의' 질문이나 철학적 논점을 들이미는 것으로 평가된다. 하지만 히스패닉이나 아프리카계 및 아시아계 미국인 비평가들은 소수자 담론 연구를 발전시키는 이론적 작업을 추진하고, 자신들만의 특이성을 정의하면서, 글쓰기 및 사유의 지배적 전통과 자신들 사이의 관계를 설명한다. '소수자 담론'의 이론을 생성하고자 하는 시도들은 특정 문화의 전통을 분석하기 위한 개념을 발전시키고 또한 주변인의 위치에서 '다수자' 담론의 대전제를 폭로하면서 이론적 논쟁에 개입한다.

퀴어 이론

해체론 등 오늘날의 다른 이론적 움직임과 같이, 퀴어 이론(7장에서 논의)은 주변부 존재—도착적이고, 용납할 수 없는, 근본적 타자로 따로 구별된 존재—를 이용하여 중심부의 문화적 구성, 즉 이성애적 정상성을 분석한다. 이브 세지윅(Eve Sedgwick), 주디스 버틀러(Judith Butler) 등의 작업에서, 퀴어 이론은 성애의 문화적 구성만이 아니라 문화 그 자체가 동성애적 관계의 부정에 기초해 있다고 주장하면서, 이들에 대한 생산적 질문의 지점이 되고 있다. 이전의 페미니즘과 여러 유형의 민족학의 경우처럼, 퀴어 이론은 차별로부터의 해방을 위한 사회적 운동과의 연계에 의해, 그리고 적절한 전략과 개념에 대한 이들 운동 내의 논쟁에 의해 지적 에너지를 얻고 있다. 우리는 차이를 축하하고 강조해야 하는가, 아니면 낙인을 찍는 구별에 도전해야 하는가? 어떻게 둘 다를 할 것인가? 행동 가능성과 이해 가능성은 둘 다 이론에서 중요한 문제이다.

더욱 진전되고 있는 퀴어 이론은 매우 다양한 작업의 공간이 되면서, 세지윅의 치유적 읽기(9장)만이 아니라 리오 버사니(Leo Bersani)의 『구원주의 문화The Culture of Redemption』와 리 에덜먼(Lee Edelman)의 『미래주의에 대한 반론No Future』이 제기하는 미래 지향적 전망에 대한 강력한 거부 또한 포용한다. 퀴어 이론은 자신의 정체성 등 그 어떠한 정체성에도 도전하는 태도가 되었다.

생태비평

인간 대신 환경으로 관심을 옮겨가면서, 생태비평은 다양한 작업을 포괄하고 있다. 가장 좁은 의미에서 생태비평은 자연과 환경의 문학적 반영에 대한 연구와, 이들과 연관된 변화하는 가치관, 특히 우리의 태도와 행동의 변화를 이끌 수 있는 자연의 교훈에 대한 연구이다. 더 넓은 의미에서 생태비평은 인간과 환경과의 관계—이는 문학이 많이 다루고 있다—에 영향을 주는 무수한 힘들에 대한 학제 간 고찰이다. 생태비평은 자주 페미니즘과 유대 관계를 갖는데, 그것은 페미니즘이 자연과 공존하기보다는 자연을 지배하려는 남성주의적 편향을 비판해왔고, 이러한 편향 자체가 생태적 위기의 원인이기 때문이다. 생태비평은 특히 지배와 착취의 생생하고 민감한 사례에 집중하는 동물 연구 또한 포함한다. 생태비평은 비판적 방법이기보다는, 윤리적 통찰과 우리와 환경과의 관계를 변화시키고자 하는 욕망으로 움직이는 삶의 태도이다.

참고문헌

제1장 이론이란 무엇인가?

Richard Rorty, *Consequences of Pragmatism* (Minneapolis: University of Minnesota Press, 1982), 66.

Michel Foucault, *The History of Sexuality*, vol. I (New York: Pantheon, 1980), 154, 156, 43.

말과 글: Jonathan Culler, *On Deconstruction: Theory and Criticism after Structuralism* (Ithaca, NY: Cornell University Press, 1982), 89-110.

Jean-Jacques Rousseau, *Confessions*, Book 3, 등, Jacques Derrida, *Of Grammatology* (Baltimore: Johns Hopkins University Press, 1976), 141-64에서 재인용.

텍스트 바깥의 세계는 없다: Derrida, *Of Grammatology*, 158.

Aretha Franklin: Judith Butler, 'Imitation and Gender Insubordination', Diana Fuss (ed.), *Inside/Out: Lesbian Theories, Gay Theories* (New York: Routledge, 1991), 27-8.

제2장 문학이란 무엇이고, 과연 중요한가?

역사적 이해: W. B. Gallie, *Philosophy and the Historical Understanding* (London: Chatto, 1964), 65-71.

잡초: John M. Ellis, *The Theory of Literary Criticism: A Logical Analysis* (Berkeley and Los Angeles: University of California Press, 1974), 37-42.

고도로 유지된 협력 원칙: Mary Louise Pratt, *Toward a Speech Act Theory of Literary Discourse* (Bloomington: Indiana University Press, 1977), 38-78.

Roman Jakobson, 'Linguistics and Poetics', *Language in Literature* (Cambridge, Mass.: Harvard University Press, 1987), 70.

Immanuel Kant, *The Critique of Judgment*, part 1, section 15.

상호텍스트성: Roland Barthes, *S/Z* (New York: Farrar Strauss, 1984), 10-12, 20-2; Harold Bloom, *Poetry and Repression* (New Haven: Yale University Press, 1976), 2-3 참조.

Benedict Anderson, *Imagined Communities: Reflections on the Origin and Spread of Nationalism* (London: Verso, 1983), 40.

1860년도 논설: H. Richardson, 'On the Use of English Classical Literature in the Work of Education', Chris Baldick, *The Social Mission of English Criticism, 1848-1932* (Oxford: Clarendon, 1987), 66 에서 재인용.

Terry Eagleton, *Literary Theory: An Introduction* (Oxford: Blackwell, 1983), 25.

문화 자본: John Guillory, *Cultural Capital: The Problem of Literary Canon Formation* (Chicago: University of Chicago Press, 1993).

제3장 문학과 문화 연구

문화 연구: Richard Klein, *Cigarettes are Sublime* (Durham, NC: Duke University Press, 1993); *Eat Fat* (New York: Pantheon, 1996).

Marjorie Garber, *Vice Versa: Bisexuality and the Eroticism of Everyday Life* (New York: Simon & Schuster, 1994).

Mark Seltzer, *Serial Killers I, II, III* (New York: Routledge, 1997).

Roland Barthes, *Mythologies* (London: Cape, 1972), 15-25.

Louis Althusser, 'Ideology and Ideological State Apparatuses (Notes toward an Investigation)', *Lenin and Philosophy, and Other Essays* (London: New Left Books, 1971), 168.

미국 교재: Lawrence Grossberg, Cary Nelson, and Paula Treichler (eds.), *Cultural Studies* (New York: Routledge, 1992), 2, 4.

사회적 총체성: Ernesto Laclau, *New Reflections on the Revolution of Our Time* (London: Verso, 1990), 89-92.

경찰 드라마: Antony Easthope, *Literary into Cultural Studies* (London: Routledge, 1991), 109.

제4장 언어, 의미, 해석

Ferdinand de Saussure, *Course in General Linguistics* (New York: Columbia University Press, 2011), 108, 117.

B. L. Whorf, *Language, Thought and Reality* (Cambridge, Mass.: MIT Press, 1956).

문학적 능력: Jonathan Culler, *Structuralist Poetics: Structuralism, Linguistics, and the Study of Literature* (London: Routledge & Kegan Paul, 1975), 113-60.

기대 지평: Robert Holub, *Reception Theory: A Critical Introduction* (London: Methuen, 1984), 58-63.

Elaine Showalter, 'Towards a Feminist Poetics', *Women Writing and Writing about Women*, ed. Mary Jacobus (London: Croom Helm,

1979), 25.

영화적 시선: Laura Mulvey, 'Visual Pleasure and Narrative Cinema', *Visual and Other Pleasures* (Bloomington: Indiana University Press, 1989).

의도의 오류: W. K. Wimsatt and Monroe Beardsley, 'The Intentional Fallacy', Wimsatt, *The Verbal Icon: Studies in the Meaning of Poetry* (Lexington: University of Kentucky Press, 1954), 18.

Toni Morrison, *Playing in the Dark: Whiteness and the American Literary Imagination* (Cambridge, Mass.: Harvard University Press, 1992).

Edward Said, 'Jane Austen and Empire', *Culture and Imperialism* (New York: Knopf, 1993), 80-97.

의심의 해석학: Hans-Georg Gadamer, 'The Hermeneutics of Suspicion', Gary Shapiro and Alan Sica (eds.), *Hermeneutics: Questions and Prospects* (Amherst: University of Massachusetts Press, 1984), 54-65.

제5장 수사학, 시학, 시

Jacques Derrida, 'White Mythology: Metaphor in the Text of Philosophy', *Margins of Philosophy* (Chicago: University of Chicago Press, 1982), 207-71.

수사적 비유: Jonathan Culler, 'The Turns of Metaphor', *The Pursuit of Signs: Semiotics, Literature, Deconstruction* (London: Routledge & Kegan Paul, 1981), 188-209.

George Lakoff and Mark Johnson, *Metaphors We Live By* (Chicago: University of Chicago Press, 1980).

Roman Jakobson, 'Two Aspects of Language...', *Language in Literature* (Cambridge, Mass.: Harvard University Press, 1987), 95-114.

4대 수사: Hayden White, *Tropics of Discourse: Essays in Cultural Criticism* (Baltimore: Johns Hopkins University Press, 1978), 5-6, 58-75.

화자와 청자: Northrop Frye, *The Anatomy of Criticism: Four Essays* (Princeton: Princeton University Press, 1965), 249.

문학적 모방: Barbara Herrnstein Smith, *On the Margins of Discourse: On the Relation of Language to Literature* (Chicago: University of Chicago Press, 1978), 30.

Northrop Frye, *Anatomy of Criticism*, 271-2, 275, 280.

제6장 서사문학

Frank Kermode, *The Sense of an Ending* (Oxford: Oxford University Press, 1967), 45.

Arisotle, *Poetics*, 6-11장.

Mikhail Bakhtin, *The Dialogic Imagination: Four Essays* (Austin: University of Texas Press, 1981).

Mieke Bal, *Narratology: Introduction to the Theory of Narrative*, 2nd edn. (Toronto: University of Toronto Press, 1997), 142-66.

Gérard Genette, *Narrative Discourse: An Essay in Method* (Ithaca, NY: Cornell University Press, 1980), 189-211.

유사 반복: Genette, 앞의 책, 121-7.

E. M. Forster, *Aspects of the Novel* (New York: Harcourt, 1927), 64.

Paul de Man, *The Resistance to Theory* (Minneapolis: University of Minnesota Press, 1986), 11.

제7장 수행적 언어

J. L. Austin, *How to Do Things with Words* (Cambridge, Mass.: Harvard University Press, 1975), 5, 6, 14, 54-70, 9, 22.

문학비평가: Sandy Petrey, *Speech Acts and Literary Theory* (New York: Routledge, 1990).

Jacques Derrida, 'Signature, Event, Context', *Margins of Philosophy* (Chicago: University of Chicago Press, 1983), 307-30.

Jacques Derrida, *Acts of Literature*, ed. Derek Attridge (New York: Routledge, 1992), 55.

독립 선언: Jacques Derrida, 'Declarations of Independence', *New Political Science*, 15 (Summer 1986), 7-15.

난관: Paul de Man, *Allegories of Reading* (New Haven: Yale University Press, 1979), 131.

Judith Butler, *Gender Trouble: Feminism and the Subversion of Identity* (New York: Routledge, 1990), 136-41.

Judith Butler, *Bodies that Matter: On the Discursive Limits of 'Sex'* (New York: Routledge, 1993), 7, 2, 231-2, 226.

Eve Sedgwick, 'Queer Performativity', *GLQ* 1 (1993), 4.

제8장 정체성, 동일화, 주체

Michel Foucault, *The Archeology of Knowledge* (New York: Pantheon, 1972), 22.

퀴어 이론: Judith Butler, *Bodies that Matter: On the Discursive Limits of 'Sex'* (New York: Routledge, 1993), 235-40.

Nancy Armstrong, *Desire and Domestic Fiction* (New York: Oxford University Press, 1987), 9.

프로이트: Jean Laplanche and J. B. Pontalis, *The Language of Psycho-Analysis* (New York: Norton, 1973), 205-8.

Jacques Lacan, 'The Mirror Stage', *Écrits: A Selection* (New York: Norton, 1977), 1-7.

Mikkel Borch-Jakobsen, *The Freudian Subject* (Stanford, Calif.: Stanford University Press, 1988), 47.

René Girard, *Deceit, Desire and the Novel: Self and Other in Literary Structure* (Baltimore: Johns Hopkins University Press, 1965).

Eve Kosofsky Sedgwick, *Between Men: English Literature and Male Homosocial Desire* (New York: Columbia University Press, 1985).

해방적 정치의 절박성: Jacqueline Rose, *Sexuality in the Field of Vision* (London: Verso, 1986), 103.

Michel Foucault, *The History of Sexuality*, vol. I (New York: Random, 1978), 101.

Stuart Hall, 'Cultural Identity and Cinematic Representation', *Framework* 36 (1987), 70.

내적 차이: Barbara Johnson, 'The Critical Difference: BartheS/

BalZac', *The Critical Difference: Essays in the Contemporary Rhetoric of Reading* (Baltimore: Johns Hopkins University Press, 1980), 4.

Judith Butler, *Gender Trouble: Feminism and the Subversion of Identity* (New York: Routledge, 1990), 147.

Kwame Anthony Appiah, 'Tolerable Falsehoods: Agency and the Interests of Theory', Jonathan Arac and Barbara Johnson (eds.), *The Consequences of Theory* (Baltimore: Johns Hopkins University Press, 1991), 74, 83.

하위 계층: Gayatri Spivak, 'Can the Subaltern Speak?', Cary Nelson and Lawrence Grossberg (eds.), *Marxism and the Interpretation of Culture* (Urbana: University of Illinois Press, 1988), 271-313.

제9장 윤리와 미학

레비나스: Seán Hand, *Emmanuel Levinas* (London: Routledge, 2009).

Alain Badiou, *Ethics* (London: Verso, 2001).

Giorgio Agamben, *Homo Sacer: Sovereign Power and Bare Life* (Stanford: Stanford University Press, 1998).

Eve Sedgwick, 'Paranoid Reading and Reparative Reading', *Touching Feeling* (Durham: Duke University Press, 2003).

Ellis Hanson, 'The Future's Eve: Reparative Reading after Sedgwick', *South Atlantic Quarterly* 110:1 (2011).

Vicki Hearne, *Adam's Task* (New York: Knopf, 1986).

동물과의 공존: Donna Haraway, *When Species Meet* (Minneapolis: University of Minnesota Press, 2007).

Jacques Derrida, *The Animal that Therefore I Am* (New York: Fordham University Press, 2008), 18.

Barbara Herrnstein Smith, 'Animal Relatives', *Scandalous Knowledge* (Durham: Duke University Press, 2005), 166-7.

Laura Brown, *Homeless Dogs and Melancholy Apes* (Ithaca: Cornell University Press, 2010), 23.

Patricia Yeager, 'Sea Trash, Dark Pools, and the Tragedy of the Commons', *PMLA* 225 (May 2010), 538.

Donna Haraway, 'A Cyborg Manifesto', *Simians, Cyborgs and Women* (New York: Routledge, 1991), 150.

N. Katherine Hayles, *How We Became Posthuman* (Chicago: University of Chicago Press, 1999).

Jacques Rancière, *Aesthetics and its Discontents* (Cambridge: Polity Press, 2009).

특이성: Derek Attridge, *The Singularity of Literature* (London: Routledge, 2004).

Sianne Ngai, 'On Aesthetic Categories', *PMLA* 125:4 (October 2010).

N. Katherine Hayles, *My Mother Was a Computer: Digital Subjects and Literary Texts* (Chicago: University of Chicago Press, 2005).

부록: 이론 학파들과 운동

Jacques Derrida, 'Structure, Sign, and Play in the Discourse of the Human Sciences', R. Macksey and E. Donato (eds.), *The Languages of Criticism and the Sciences of Man* (Baltimore: Johns Hopkins

University Press, 1970), 247-65.

Barbara Johnson, *The Critical Difference* (Baltimore: Johns Hopkins University Press, 1980), 5.

Elaine Showalter, 'Towards a Feminist Poetics', *Women Writing and Writing about Women*, ed. Mary Jacobus (London: Croom Helm, 1979), 25.

Jacqueline Rose, *Sexuality in the Field of Vision* (London: Verso, 1986).

Mary Jacobus, *Reading Woman: Essays in Feminist Criticism* (New York: Columbia University Press, 1986).

Kaja Silverman, *Threshold of the Visible World* (New York: Routledge, 1996).

Antony Easthope, *British Post-Structuralism since 1968* (New York: Routledge, 1988), p. xiv.

Raymond Williams, *Writing in Society* (London: Verso, 1984), 210.

독서안내

제1장

Jonathan Culler, *On Deconstruction: Theory and Criticism after Structuralism* (Ithaca, NY: Cornell University Press, 1982; 조너선 컬러, 『해체비평』, 이만식 역, 현대미학사, 1998)은 이론 일반에 대한 논의로 시작한다. Andrew Bennett & Nicholas Royle, *An Introduction to Literature, Criticism and Theory*, 4th edn. (Edinburgh: Person, 2009)은 다수의 이론적 개념에 대한 뛰어난 입문서이다. *Theory after Theory*, ed. Derek Attridge & Jane Elliott (London: Routledge, 2011)은 최근 이론의 다양한 측면에 대한 논문을 모았다. 푸코에 대해서는 Paul Rabinow, ed., *The Foucault Reader* (New York: Pantheon, 1984); Lois McNay, *Foucault: A Critical Introduction* (New York: Continuum, 1994) 참조. 데리다에 대해서는 Culler, *On Deconstruction*, 85-179; Geoffrey Bennington, *Jacques Derrida* (Chicago: University of Chicago Press, 1993) 참조.

제2장

Paul Hernadi, ed., *What is Literature?* (Bloomington: Indiana University Press, 1978; 폴 헤르나디, 『문학이란 무엇인가』, 최상규 역, 예림기획, 1998)는 대표적 의견을 폭넓게 담고 있다. Mary Louise Pratt, *Toward a Speech Act Theory of Literary Discourse* (Bloomington: Indiana University Press, 1977)는 문학이 특별한 종류의 언어라는 생각을 반박한다. Barbara

Herrnstein Smith, *On the Margins of Discourse: On the Relation of Language to Literature* (Chicago: University of Chicago Press, 1979)는 문학작품을 '실제' 언어 행위의 허구적 모방으로 설명한다. Terry Eagleton, *Literary Theory: An Introduction* (Oxford: Blackwell, 1983, 1-53; 테리 이글턴, 『문학이론입문』, 김현수 역, 인간사랑, 2001)은 19세기 영국에서의 문학 일반과 문학 연구에 대한 생각을 검토한다. Antony Easthope, *Literary into Cultural Studies* (London: Routledge, 1991, 1-61; 앤터니 이스트호프, 『문학에서 문화연구로』, 임상훈 역, 현대미학사, 1996)는 전통적 문학 개념에 대한 유익한 개관이다. Jacques Derrida, 'This Strange Institution Called Literature', *Acts of Literature*, ed. Derek Attridge (New York: Routledge, 1992, 33-75; 자크 데리다, 『문학의 행위』, 정승훈·진주영 역, 문학과지성사, 2013).

제3장

'Forum: Thirty-Two Letters on the Relation between Cultural Studies and the Literary', *PMLA* 112: 2 (Mar. 1997), 257-86은 폭넓고 생생하게 현재의 견해를 소개한다. Antony Easthope, *Literary into Cultural Studies*는 영국에서의 전개 과정을 개괄한다. Tony Bennett et al., eds., *Culture, Ideology, and Social Process: A Reader* (London: Batsford & Open University Press, 1987)는 오픈 유니버시티의 '대중문화' 강좌를 위한 영국의 고전적 논문 선집이다. John Fiske, *Understanding Popular Culture* (Boston: Unwin, 1989; 존 피스크, 『대중문

화의 이해』, 박만준 역, 경문사, 2002)는 좋은 입문서이다. Simon During, ed., *The Cultural Studies Reader* (London: Routledge, 1993)와 Mieke Bal, ed., *The Practice of Cultural Analysis* (Stanford, Calif.: Stanford University Press, 1999)는 비교적 최근의 선집이다. Ioan Davies, *Cultural Studies and Beyond: Fragments of Empire* (London: Routledge, 1995)는 최근의 역사를 영리하게 보여준다. 문학 정전: Robert von Hallberg, ed., *Canons* (Chicago: University of Chicago Press, 1984).

제4장

Jonathan Culler, *Saussure* (London: Fontana, 1976; rev. edn.: Ithaca, NY: Cornell University Press, 1986; 조너선 컬러, 『소쉬르』, 이종인 역, 시공사, 1998)는 소쉬르의 사상과 영향에 대한 소개서이다. M. A. K. Halliday, *Explorations in the Functions of Language* (London: Arnold, 1973)는 문학 연구에 관련되는 평론이다. Roger Fowler, *Linguistic Criticism* (Oxford: Oxford University Press, 1996)은 언어 그리고 문학의 언어적 차원에 대한 소중한 소개서이다. William Ray, *Literary Meaning: From Phenomenology to Deconstruction* (Oxford: Blackwell, 1984)은 문학에서의 의미에 대한 다양한 비평 학파의 접근법을 설득력 있게 전개하는 책이다. Jonathan Culler, *Structuralist Poetics: Structuralism, Linguistics, and the Study of Literature* (London: Routledge, 1975); Roland Barthes, *S/Z* (New York: Hill & Wang, 1974)는 발작의 이야기를 시학과 해석학을 오가며 분석한다. Jane Tompkins, ed., *Reader-*

Response Criticism: From Formalism to Post-Structuralism (Baltimore: Johns Hopkins University Press, 1980).

제5장

Jennifer Richards, *Rhetoric* (London: Routledge, 2008)은 주요 시안에 대한 역사적 개괄이다. 장르: John Frow, *Genre* (London: Routledge, 2006). Jonathan Culler, 'Apostrophe', *The Pursuit of Signs: Semiotics, Literature, Deconstruction* (London: Routledge, 1981), 135-54. Jonathan Culler, 'Poetics of the Lyric', *Structuralist Poetics: Structuralism, Linguistics, and the Study of Literature* (London: Routledge & Kegan Paul, 1975), 161-88. 시에 대한 이론적 문제를 폭넓게 다루는 논문들: Chaviva Hosek and Patricia Parker, eds., *Lyric Poetry: Beyond New Criticism* (Ithaca, NY: Cornell University Press, 1985); Jacques Derrida, 'What is Poetry?' ('Che cos'è la poesia?'), *A Derrida Reader: Between the Blinds*, ed. Peggy Kamuf (New York: Columbia University Press, 1991), 221-46.

제6장

Mieke Bal, *Narratology: Introduction to the Theory of Narrative*, 2nd rev. edn. (Toronto: University of Toronto Press, 1997; 미크 발, 『소설이란 무엇인가: 소설 서사학』, 성충훈·송병선 역, 울산대학교출판부, 1997)은 서사 이론에 대한 고전적 논의이다. 두 권의 뛰어나고도 체계적인 책은

Susan Lanser, *The Narrative Act: Point of View in Fiction* (Princeton: Princeton University Press, 1981; 수잔 랜서, 『시점의 시학』, 김형민 역, 좋은날, 1998)과 Monika Fludernik, *An Introduction to Narratology* (New York: Routledge, 2009)이다. Jonathan Culler, 'Story and Discourse in the Analysis of Narrative', *The Pursuit of Signs: Semiotics, Literature, Deconstruction* (London: Routledge & Kegan Paul, 1981), 169-87 또한 참조. Rick Altman, *A Theory of Narrative* (New York: Columbia University Press, 2008)는 영화와 문학에 공평하게 집중하고 있다. 인식론적 서사이론에 대한 논의: David Herman, *Basic Elements of Narrative* (Chichester: Wiley Blackwell, 2009) 및 Mark Turner, *The Literary Mind* (New York: Oxford University Press, 1998). 욕망: Peter Brooks, *Psychoanalysis and Storytelling* (Oxford: Blackwell, 1994)과 Teresa de Lauretis, 'Desire in Narrative', *Alice Doesn't* (Bloomington: Indiana University Press, 1984), 103-57. D. A. Miller, *The Novel and the Police* (Berkeley and Los Angeles: University of California Press, 1988).

제7장

Jacques Derrida, *Limited Inc.* (Evanston, Ill.: Northwestern University Press, 1988)은 'Signature, Event, Context'와 수행적 발화에 대한 다른 논의를 포함하고 있다. Barbara Johnson, 'Poetry and Performative Language', *The Critical Difference: Essays in the Contemporary Rhetoric of Reading* (Baltimore: Johns Hopkins University Press, 1980)은 간

략하고 효율적인 논의이다. 오스틴과 라캉에 대해서는 Shoshana Felman, *The Literary Speech Act* (Ithaca, NY: Cornell University Press, 1983) 참조.

제8장

Charles Taylor, *Sources of the Self: The Making of the Modern Identity* (Cambridge, Mass.: Harvard University Press, 1989)는 폭넓은 개관이다. Kaja Silverman, *The Subject of Semiotics* (Oxford: Oxford University Press, 1983)는 문학과 영화의 예를 들어 정신분석학과 기호학을 결합하면서 주체 형성을 논한다. 본질주의: Diana Fuss, *Identification Papers* (New York: Routledge, 1995). 탈식민 이론: Homi Bhabha, *The Location of Culture* (New York: Routledge, 1994; 호미 바바, 『문화의 위치』, 나병철 역, 소명출판, 2012) 및 Ania Loomba, *Colonialism/Postcolonialism* (New York: Routledge, 1998), 그리고 Robert Young, *Postcolonialism: A Very Short Introduction* (Oxford: Oxford University Press, 2003).

제9장

윤리: J. Hillis Miller, *The Ethics of Reading* (New York: Columbia University Press, 1989)와 Derek Attridge, *J. M. Coetzee and the Ethics of Reading* (Chicago: University of Chicago Press, 2004)은 윤리의 모델로 읽기를 제안한다. Robert Eaglestone, *Ethical Criticism: Reading after Levinas* (Edinburgh: Edinburgh University Press, 1988)는 에마뉘엘 레비나스

가 문학비평에서 갖는 함의를 논의한다. Martin Hagglund, *Radical Atheism: Derrida and the Time of Life* (Stanford: Stanford University Press, 2008)는 가치의 기초에 대한 인상적인 설명과 '윤리로의 전환'에 대한 비판을 제공한다. Andrew Gibson, *Postmodernity, Ethics, and the Novel* (London: Routledge, 1999)은 최근의 연구에 대한 중요한 개괄이다.

동물 연구: Jacques Derrida, *The Animal That Therefore I Am* (New York: Fordham University Press, 2008); Cary Wolfe, *Animal Rites: American Culture, the Discourse of Species, and Posthumanist Theory* (Chicago: University of Chicago Press, 2003); 그리고 Wolfe가 편집한 *Zoontologies: The Question of the Animal* (Minneapolis: University of Minnesota Press, 2003) 모두 영향력 있는 저술이다. Matthew Calarco, *Zoographies: The Question of the Animal from Heidegger to Derrida* (New York: Columbia University Press, 2008)는 이 분야의 수준 높은 개관이다.

생태비평: Greg Garrad, *Ecocriticism* (London: Routledge, 2004; 그렉 개러드, 『생태비평』, 강규한 역, 서울대학교출판문화원, 2014)은 짧고 접근하기 쉬운 입문서이다. Ursula Heise, *Sense of Place, Sense of Planet: The Environmental Imagination of the Global* (Oxford: Oxford University Press, 2008)은 이 분야의 폭을 넓히고 있다.

탈인간: Donna Haraway, 'A Cyborg Manifesto', *Simians, Cyborgs and Women* (New York: Routledge, 1991; 다나 해러웨이, 『유인원, 사이보그 그리고 여자: 자연의 재발명』, 민경숙 역, 동문선, 2002), 그리고 N. Katherine Halyes, *How We Became Posthuman* (Chicago: University of Chicago Press,

1999; 캐서린 헤일스, 『우리는 어떻게 포스트휴먼이 되었는가: 사이버네틱스와 문학, 정보 과학의 신체들』, 허진 역, 플래닛, 2013)과 함께, Cary Wolfe, *What is Posthumanism?* (Minneapolis: University of Minnesota Press, 2010) 참조.

미학의 역사와 이에 대한 비판: Terry Eagleton, *The Ideology of the Aesthetics* (Oxford: Blackwell, 1991; 테리 이글턴, 『미학사상』, 방대원 역, 한신문화사, 1995); Jacques Rancière, *Aesthetics and its Discontents* (Cambridge: Polity Press, 2009; 자크 랑시에르, 『미학 안의 불편함』, 주형일 역, 인간사랑, 2008)는 미학 비판에 대한 뛰어난 분석이자 반론이다. Marjorie Levinson, 'What is New Formalism?', *PMLA* 122:2 (March 2007)는 Jonathan Loesberg, *A Return to Aesthetics* (Stanford: Stanford University Press, 2005)와 *The New Aesthetics*, ed., John Soughin and Simon Malpas (Manchester: Manchester University Press, 2003)로 보완될 수 있을 것이다.

Roland Barthes, *The Pleasure of the Text* (New York: Hill and Wang, 1975; 롤랑 바르트, 『텍스트의 즐거움』, 김희영 역, 동문선, 1997)는 이전에는 관심을 끌지 못했지만, 이제는 기준점이 되었다. Christopher Butler, *Pleasure and the Arts: Enjoying Literature, Painting, and Music* (Oxford: Oxford University Press, 2005)은 폭넓고 알기 쉬운 논의이다. N. Katherine Hayles, *My Mother was a Computer: Digital Subjects and Literary Texts* (Chicago: University of Chicago Press, 2005)는 디지털 혁명의 몇몇 결과를 설명한다. Richard Schechner, *Performance Studies: An Introduction* (New York, Routledge, 2006)은 이 분야의 고전적 입문서로

서 개정판이다.

부록

비평 제도의 역사: Jonathan Culler, 'Literary Criticism and the American University', *Framing the Sign: Criticism and its Institutions* (Oxford: Blackwell, 1988), 3-40; Gerald Graff, *Professing Literature: An Institutional History* (Chicago: University of Chicago Press, 1987); Chris Baldick, *Criticism and Literary Theory, 1890 to the Present* (London: Longman, 1996) 참조.

비평 학파: Terry Eagleton, *Literary Theory: An Introduction* (Oxford: Blackwell, 1983; 테리 이글턴, 『문학이론입문』, 김현수 역, 인간사랑, 2001)은 저자의 입장을 강하게 제시하며, 자신이 옹호하는 마르크스주의 비평을 제외하고 모든 '학파'에 대한 생동감 있는 설명을 제공한다. Antony Easthope, *British Post-structuralism since 1968* (New York: Routledge, 1988)은 영국에서의 '이론'의 운명에 대한 정교한 논의이다. Peter Barry, *Beginning Theory: An Introduction to Literary and Cultural Theory* (Manchester: Manchester University Press, 1995; 피터 배리, 『현대 문학이론 입문』, 한만수 외 역, 시유시, 2001)는 '학파' 위주의 유용한 교재이다. Richard Harland, *Superstructuralism: The Philosophy of Structuralism and Poststructuralism* (London: Methuen, 1987; 리차드 할랜드, 『초(超)구조주의란 무엇인가: 구조주의와 후기구조주의 철학』, 윤호병 역, 현대미학사, 1996)은 폭넓고 활기찬 입문적 개관이다. *The Johns Hopkins Guide to Literary*

Theory and Criticism, 2nd ed. (Baltimore: Johns Hopkins University Press, 2005)은 편리하고 권위 있는 참고자료이고, M. H. Abrams, *A Glossary of Literary Terms* (Boston: Thompson Wadsworth, 2011)는 비평 학파와 운동을 잘 요약하고 있다.

역자 후기

이 책 『문학이론』은 2011년에 나온 원서 개정판을 번역한 것으로, 적은 분량으로 문학이론의 안과 밖과 함께, 그 하부와 상부를 압축적이면서도 이해하기 쉽게 담아내고 있다. 저자 조너선 컬러의 이 분야에 대한 장악력이 이루어낸 성과임이 틀림없다. 컬러는 1970년대부터 구조주의와 탈구조주의 그리고 해체론 등에 대한 매우 선명한 설명으로 돋보이는 존재이다. 그는 다양한 분야에 걸쳐 상호 관계가 혼재되어 난해할 수밖에 없는 유럽의 이론을 가장 쉽게 영미권에 소개해온 대표적 학자이다.

이론을 소개하는 입문서인 이 책은 독특한 서술 방식을 채택하였는데, 이는 최근 이론의 넓고도 복합적인 스펙트럼을 포괄적으로 제시하는 데 있어 매우 효과적이다. 흔히 이론에 대한 다른 개론서들이 그 내용을 역사적으로나 학파를 기준으로 전개해나가는 것과 달리, 이 책은 오늘의 이론이 당면하고 있는 몇몇 핵심적 주제와 사안을 선별한 다음, 주요 이론적 틀이 이들에 대해 어떠한 견해를 갖고 있는지를 살핀다. 이렇게 구체적 사안에 대한 질문과 대답을 기준으로 한 설명은 초심자로 하여금 여러 이론의 실질적 주장과 상호 차별성을 한층 분명히 확인하고 이해할 수 있도록 한다.

이 책은 이론이란 무엇인가에 대한 재점검에서 시작한다. 이러한 질문과 어떻든 잠정적일 수밖에 없는 나름의 대답을 통해 분명해지는 것은 저자의 이론적 입장이지만, 이어지는 그의 논의는 오늘의 이론적 상황에 대한 균형 있는 개괄이 되기에 충분하다. 이러한 개괄이 담고 있는 주요 사안에 대한 다양한 이론의 진단과 처방을 범박하게 공식화한다면, 그것은 역사적으로 주어진 구조의 내적 모순과 그 외부에 대한 끈질긴 탐문이라고 표현할 수 있을 것이다.

저자 컬러의 입장에서, 그리고 문학이론에서 출발하여 이론 일반에 대해 접근하는 입장에서도, 이 책의 본격적 출발점은 문학이란 무엇인가, 또 문학은 어떤 역할을 수행하는가에 대한 검토에 두어진다. 문학의 내적 논리와 외적 조건에 대한 논의는 곧장 해석과 그 맥락으로서의 문화의 문제로 이어진다. 더 나아가, 하나의 단위 혹은 개체로서의 문학이 갖는 정체성이나 그 지위의 문제는 그것이 본래적이고도 개별적인 속성에 따른 것인지, 또는 그것을 둘러싼 공간 내에서의 특정 역할의 수행에 의해 부여되는 것인지의 문제로 옮아간다. 전자의 관점이 본질주의적이라면, 후자의 관점은 역사 문화주의적이라 부를 수 있을 것이다. 이 두 극단 사이의 선택 혹은 혼종의 양상이 갖는 유비적 함의는 다른 층위에 있는 대상들의 정체성과 위상을 가늠하는 데 있어서도 널리 활용되고 있다. 현재 여러 차원에서 개진되고 있는 논의의 무게중심을 지목하자면 그것은 문학이라는 개체는 물론이고, 개인과 국가 등 여타 층위의 개체들을 정체성의 차원보다는 상호 연계되는 과정, 즉 본질보다는 문화 역사적 과정으로 이해하려는 경향이라고 할 수 있겠다.

개체에 대한 정체성론은 필연적으로 개체 상호 간의 관계를 설정하는 문제에 직면하게 되는데, 이는 오늘날 타자에 대한 윤리의 문제로 총칭된다. 페미니즘은 역사적으로 이항대립적 구조가 형성되고 이에 따라 타자로 지목되면서 억압과 배제의 대상이 된 대표적 예로 여성을 든다. 이러한 접근은 식민과 탈식민 논의, 퀴어 이론 등으로 확대되면서, 문학에서 시작한 이론이 도달하고 있는 오늘의 외연을 잘 보여준다.

이러한 외연 가운데서도 특히 저자가 이번 개정판에 추가한 마지막 장("윤리와 미학")에서 거론하는 사안들은 현시점에서 논의가 가장 첨예하게 진행되고 있는 주제들이다. 타자론을 기반으로 한 윤리론은 그 고려 대상의 확대와 더불어 이러한 타자를 어떻게 인식하고 함께할 것인가 하는 참으로 논쟁적인 지점에 도달하였다. 이제 이러한 논쟁이 생대주의와 포스트 휴먼 즉 탈인간의 문제, 그리고 동물의 문제 등으로 나아가고 있는 것은 당연한 진전으로 이해된다. 이와 함께 애초 문학에서 시작하여 하염없이 그 외부와 상부를 오간 이론적 논의가 이제 다시 문학적 미학의 문제로 회귀하려는 징후를 알려주는 부분 또한 매우 시사적이다. 문학에 대한 미학적 재접근, 특히 기존 미학의 완고성을 탈피하면서 현실의 사소한 대상을 미학적으로 설명하고자 하는 욕구에 대한 소개는 이 분야의 전문가에게도 도움이 되는 조언이다. (이렇게 시사점이 큰 부분의 또다른 예를 들자면, 6장의 서사이론과 인지과학과의 연계점에 대한 모색을 소개하는 장면이다. 지면 관계 등으로 비록 간략하고도 단정적으로 언급하고 있지만 이러한 접근 방식이 갖는 잠재성은 풍부하다.) 마지막으로 저자가 개정판에서 업데이트한 추천 도서 또한 눈여겨볼 필요가 있다. 이들은 입문적 이해의 측면에서 분명한 족적을 남긴 저작들로, 여기에서는 한국어 번역본이 있는 경우 이를 함께 적어두었다.

저자 컬러가 마지막에 자신의 서술을 되돌아보면서 언급하고 있듯이, 이론 특히 오늘의 인문학적 이론은 최종적 해결책보다는 의문 제기 능력의 지속을 지향하고 있다. 이 책은 섬세한 사려와 필체로 이론의 상호 각축과 긴장 그리고 부단한 자기 갱신이 이루는 지형과 지평 그리고 그 너머를 전하기에 충분하다. 마지막으로 역자가 행해온 입문적 강의 과정에서 선별한 추천서 또한 이론의 계단에 한 발을 올리는 데 작은 도움이 될 것이다.

역자 독서안내

문학이론에 대한 간명한 소개서로는 조금은 오래되고 신비평적인 저작이지만 이상섭, 『문학의 이해』 (서문문고 48, 서문당, 1972), 그리고 이후 방법론에 따른 또다른 소개서인 이상섭, 『문학연구의 방법』 (탐구당, 1991)을 권한다. 이들 입문서와 달리 학파 혹은 방법론을 기반으로 한 대표적 소개서로는 라만 셀던(Raman Selden), 『현대 문학이론 개관』 (한신비평이론 신서 20, 정정호 외 역, 한신문화사, 1998), 그리고 더욱 간략한 영어본은 Hans Bertens, *Literary Theory: The Basics* (Routledge, 2001 & 2007)를 권한다. 이 둘은 '문학이론' 교재이지만 그 내용은 최근의 흐름을 반영하여 문학과 문화 그리고 정치사회적 이론으로서의 함의와 확장성을 담고 있다. 역시 조금 오래된 것이지만, 김치수 외 『현대 문학 비평의 방법론』 (대학 교양 총서 14, 서울대학교출판부, 1983)은 구조주의 등에 대한 매우 인상적인 개관으로 여전히 유용하다. 저자 컬러의 설명에서 보이듯, 구조와 개인, 지배와 피지배, 다수와 소수, 윤리와 미학 등에 대한 논의의 틀은 구조주의와 탈구조주의에서 찾을 수 있는바, 탈구조주의 혹은 이항대립의 해체에 대한 이해는 구조주의에 대한 이해의 중요한 첫걸음이자 큰 걸음이 될 수 있다. 구조주의와 그 이후에 대한 최근의 소개서로는 우치다 타츠루(内田樹), 『푸코, 바르트, 레비스트로스, 라캉 쉽게 읽기: 교양인을 위한 구조주의 강의』(이경덕 역, 갈라파고스, 2010)를 권한다. 철학 부문에서는 전은영, 『순수이성비판, 이성을 법정에 세우다』(그린비, 2004)와 미카엘 하우스켈러(Michael Hauskeller), 『예술 앞에 선 철학자』(김현희 역, 이론과실천, 2003)가 도움을 줄 수 있고, 마크 롤랜즈, 『철학자와 늑대: 괴짜 철학자와 우아한 늑대의 11년 동거 일기』(강수희 역, 추수밭, 2012) 또한 유용하다.

도판 목록

만화 © The New Yorker Collection

문학이론

LITERARY THEORY

1판 1쇄 발행 2016년 2월 29일
2판 1쇄 발행 2023년 11월 1일
2판 2쇄 발행 2024년 6월 10일

지은이 조너선 컬러
옮긴이 조규형
편집 최연희 조현나 이고호
모니터링 이희연
디자인 강혜림
저작권 박지영 형소진 최은진 서연주 오서영
마케팅 김선진 김다정
브랜딩 함유지 함근아 고보미 박민재 김희숙 박다솔 조다현 정승민 배진성
제작 강신은 김동욱 이순호
제작처 한영문화사(인쇄) 한영제책사(제본)

펴낸곳 (주)교유당 **펴낸이** 신정민
출판등록 2019년 5월 24일 제406-2019-000052호
주소 10881 경기도 파주시 회동길 210
전자우편 gyoyudang@munhak.com
문의전화 031) 955-8891(마케팅)
031) 955-2680(편집)
031) 955-8855(팩스)

페이스북 @gyoyubooks
트위터 @gyoyu_books **인스타그램** @gyoyu_books

ISBN 979-11-92968-57-5 03800